緑衣の鬼

江戸川乱歩

目次

緑衣の鬼

巨人の短剣

初秋の夜、人出ざかりの銀座通りを、大きな白ッぽい怪光《かいこう》が、チラリチラリと非常な早さで掠《かす》め通っていた。ペーヴメントを行列して行く群衆は、ハッと眩惑《げんわく》させる稲《いな》光《びかり》に思わず立ちどまって、その怪光の源《みなもと》をつきとめようと、空を見上げた。

空には星がきらめいていた。稲光ではない。おや、なあんだ。あんな所でいたずらしていやあがる。……M百貨店の屋上にその光源があった。探照燈《たんしょうとう》なのだ。M百貨店は創立二十周年の大売出しをやっていた。夜間営業の景気づけに、昼間のアド・バルーンにかわる探照燈が、クルクルと帝都の空を照らしまわっていたのであった。

探照燈係りのいたずらか、あるいは素通りして行く群衆の注意をひくためか、サーチ・ライトは空ばかりでなく、ときどきは銀座の舗道《ほどう》を舐《な》めて通る。

銀座にも空家《あきや》がある。まるで歯の抜けたようにまっ暗な、大商店の空家がある。明るいショウ・ウィンドウの前ではさほどでもないサーチ・ライトが、そういう空家の正面にぶッつかると、にわかに光度をまして、まっ白く、まるで映画の銀幕のようにかがやくのだ。

「君、見たまえ、あれを。今、恐ろしいものが写ったよ」

「見たよ。人間の顔も、あれだけ大きくなると怖いね」

夜店の屋台と屋台との廂間《ひあわい》、薄暗い電柱の下に、二人の洋服男がたたずんで、向こう側の空家に写った途方もなく大きな人の顔について話しあっていた。

顔が写ったのは、ほんの一瞬間であったが、その巨大さはべらぼうな怪談じみたものであった。サーチ・ライトの白光が三階建ての空家を昼のように照らし出していた時、突然だれかの横顔が、建物一ぱいの大きさで、ヌーッとまっ黒な影を写したのだ。

おそらく百貨店屋上の探照燈の前を通り過ぎた人の顔であろうけれど、物云いたげな唇《くちびる》、高い鼻、ふるえる睫毛《まつげ》までが、実物の千倍万倍に拡大されて、三階の建物を蔽《おお》いかくしていった有様は、すぐその下を歩いている群衆の小さな姿に引きくらべて、何か恐ろしい悪夢にでもうなされている感じであった。

「おもしろい。もう少し見ていようじゃないか。また何か写るかもしれない」

「君らしいね。探偵小説の発端にでもしようというのかい」

「ウン、何かの発端になるかもしれない……だが考えてみると影というものは怖いね。もし太陽みたいな強い光源が手近にあるとしたら、この僕の小さな身体《からだ》が、東京全市を蔽うことだって、いや、日本全体を蔽うことだってできるんだからね。君は、朝鮮半島ぐらいの人の顔を想像できるかい」

会話でもわかるように、影の恐怖について説いている洋服男の一人は、大江白虹《おおえはっこう》という探偵小説家であった。三十五、六歳、痩《や》せ型《がた》の背の高い男。折り目のなくなった黒っぽい背広をむぞうさに着て、贅沢《ぜいたく》な籐《とう》のステッキに寄りかかっていた。黒いソフトの下から、無髯《むぜん》の骨ばった顔がのぞいている。

もう一人は、探偵作家と仲よしの帝国日日新聞《ていこくにちにちしんぶん》記者折口幸吉《おりぐちこうきち》であった。年は白虹よりもずっと若く三十になるやならず、はでな縞《しま》スコッチのダブルブレストがピッタリと身についている。年は若いけれど、社会部記者にその人ありと知られた、警視庁づめの敏腕家だ。

サーチ・ライトは、衆群の上を走りまわっている。三階の空家へもときどきチラチラと光を投げるけれど、探偵作家が待ちかねているような影は、なかなか映らない。

「行こうよ。もう映りやしないよ」

折口記者が、まだ未練を残している白虹をうながして、車道を横ぎるために二、三歩あるきだした時、またしても、向こう側の空家がパッと明るくなった。そして、こんどはどうしたわけか、探照燈がそこを照らしたまま、じっと静止してしまったのだ。

それと見ると大江白虹は動かなくなった。折口記者も肩を並べて立ちどまらないではいられなかった。

こちら側から眺めていると、空家の前は偶然人通りがとだえて、まっ白な建物を乱す影とてもなかった。フィルムのないスクリーンだ。そこへ一人の若い婦人が通りかかった。非常に若い。お嬢さんかもしれない。何気なく、さも無邪気に、サーチ・ライトの光の中へ歩みいった。こまかいところまでは見えぬけれど、白い顔、やさしい歩きぶり、洋服の着こなし、美しい人に違いない。一《ひ》足《あし》ごとにハーフ・コートがひらめき、スカートがゆらいで、コツコツと可愛らしい靴音が聞こえるようにさえ感じられる。

「オイ、見たまえ」

折口記者は、白虹の声にビクッとして、彼の指さすところを見た。

まっ白に浮き出している三階洋館の屋根のあたりから、何かしら黒いものが降りてくる。

電柱よりもっと太い棒のような黒い影だ。それが、一本、二本、三本、四本、五本、まっ直《す》ぐではない。異様に折れまがっている。そして、五本のまがった棒は根元で一つになっている。折れまがったままグワグワ動いている。動きながら徐々に下へ降りてくる。

「アッ、手だ。手の影だ」

あまり大き過ぎるので判断しにくいくらいだけれど、よく見ると、べらぼうに拡大された人間の手首の影にちがいなかった。

下を歩いている可愛らしいお嬢さんは、まだ建物の半分も横ぎっていなかった。頭の上から悪魔の指が降りてくるのも知らないで、同じ歩調であるいていた。おお、可哀そうに、お嬢さんはあの途方もない巨人の手につかみつぶされてしまうのではないだろうか。

黒い手は、三階から二階、二階から一階へと、拡大鏡の中の巨大な蜘蛛《くも》のように、薄気味わるく這《は》い降りてきた。そして、なにか蝶々《ちょうちょう》でもつかむ時のように、折れまがった指を大きく開いておいて、ギュッとにぎりしめたのである。お嬢さんはその一匹の蝶のように見えた。真実巨人の指につかまれた可憐《かれん》な蝶であった。

「おかしいぜ。偶然にしては、影と実物とがうまく合い過ぎているじゃないか」

探偵作家が思わずつぶやいた。

次の瞬間には、お嬢さんが影のいたずらに気づいた様子で、ギョッと立ちすくんだ。思いもかけぬ恐ろしい幻影を見た若い女の異様な恐怖が、遠目にもはっきりわかった。早く逃げればいいのに、彼女は走る力もないのか、巨人の指に押しつけられでもするように、そこにうずくまってしまった。そして、何かしきりと両手を動かし、身をくねらせて、もがき苦しむ様子に見えた。おや、この美しい娘さんまでが、影と気を合わせてお芝居を始めたのであろうか。

すると巨人の手はパッと光線の中から消え去ったが、またたくひまもなく、今度こそ実に恐ろしいことが起こった。もう決して偶然ではない。再度屋根から這い降りて来た悪魔の手には、諸刃《もろは》の鋭い短剣がにぎられていた。刃わたり一丈(注1)もあるかと思われる黒い短剣の影が、ブルブルふるえながら、舗道《ほどう》にうずくまっているお嬢さんを目がけて、サッとひらめいたのである。

幻聴《げんちょう》であったかもしれない。探偵作家は「キャーッ!」という鋭い悲鳴を聞いたように思った。娘さんは真実短剣に刺されでもしたかのごとく、もう身動きをしなかった。

恐ろしい目的をはたした巨人の短剣は、空に向かって消えていった。その刃先からは非常に大きな血の滴《したた》りがポトポト落ちていたのではないかとさえ感じられた。

最初巨人の手が現われてから、短剣がふりおろされるまで、書けば長いけれど、数十秒の出来事であった。群衆の多くはそれを気づきさえしなかった。気づいた人も、とっさにはその意味を悟りかねて躊躇《ちゅうちょ》していた。それゆえ、舗道にうつぶしたまま起きあがらぬ娘さんに不審《ふしん》をいだいて、群衆が彼女のまわりへ集まる頃には、大江白虹と折口記者とは、電車道を飛ぶように横ぎって、もうその現場に達していた。

「どうしたんです。気分でもわるいのですか?」

ふとった中年の洋服紳士が、倒れている娘さんの肩に手をかけて、しきりに揺り動かしていた。

「おや、気を失っている」

彼はそれをたしかめると、びっくりしたように群衆の環《わ》を見まわした。

すばやい折口記者は、娘さんに走りよって、いきなり抱きおこした。

「しっかりなさい。なんでもないのですよ」

彼は乱暴すぎるほどに失神者をゆすぶりながら、耳のそばへ口を持っていって、大声に呶鳴《どな》った。

娘さんは案《あん》の定《じょう》非常に美しかった。つつましくお化粧をした顔が、すき通るほど青ざめて、目をとじたまま動かぬ表情が、きれいな蠟人形《ろうにんぎょう》のようであった。羽根のついた装飾帽、ビロードのハーフ・コートの下に、絹のスカートがみだれている。決して女優などではない。はでな盛装は、どこかお呼ばれの帰り道なのであろう。

折口記者は娘さんの顔をのぞきこんで、一生懸命ゆすぶっているうちに、ハッと記憶がよみがえってきた。そうだ、絹川芳枝《きぬがわよしえ》さんだ。妹の学校時代のお友達だ。家へ遊びに来たこともある。二、三度口をきき合ったこともある。妹がクラス中で一ばん美しいといっていたのを覚えている、あのセーラア服の少女がこんなにりっぱに美しく成長したのだ。

「絹川さん、絹川さん。しっかりなさい」

彼が名前を思い出したのと、絹川芳枝の美しい目がパッチリ開いたのと、ほとんど同時であった。

「あら、すみません。あたしどうしたんでしょう」

びっくりしたように、急いで立ちあがろうとしたが、ヨロヨロして折口の両手にささえられた。蠟人形の顔にサッと桃色の生気《せいき》がよみがえった。

「僕、折口ですよ。もうお忘れでしょうが、あなたの同窓の折口伸子《のぶこ》の兄ですよ」

「まあ、折口さんの……おはずかしうございますわ。あたし、今恐ろしい幻《まぼろし》を見ましたの……こんな道のまん中へ倒れたりなんかして……」

美しい人は、大きな目をパチパチさせてそんなことをつぶやくと、深くうなだれてしまった。

その頃はもう黒山の人だかりであった。彼らのまわりには、人の顔が鈴生《すずな》りになって、千の目がじっとこちらを睨んでいた。

「折口君、ともかくここを出ようじゃないか。その横町に自動車がいるから」

探偵作家がうながして、群衆の中に道を開いたので、折口は芳枝さんを抱くようにしてそのあとにつづいた。

三人とも、(注2)円《えん》タクのクッションにおさまるまではほとんど夢中であった。何かはれがましい舞台の上で演技でもしているような妙な自意識になやまされた。

「お宅は？」

折口がたずねると、もう気力を回復した芳枝さんは、

「代々木《よよぎ》ですの……それから、あたし今笹本《ささもと》って申しますの」

と少し云いにくそうに答えた。

では、もうお嬢さんではなかったのだ。しかし、お嬢さんのように初々《ういうい》しい奥さんであった。

自動車が走り出してから、折口は芳枝さんを大江白虹に引きあわせた。すると、芳枝さんの方では白虹の著書を読んでいて、彼の顔さえも写真で見覚えている様子であった。

「どうしてあんなにびっくりなすったのです。百貨店の屋上でだれかがいたずらしたんですよ。サーチ・ライトの影だったのですよ」

しばらくして、探偵作家はさいぜんから不審に思っていた点に触れてみた。

「ええ、影っていうことは知っていましたの。でも、少し訳《わけ》があるものですから……」

芳枝は何か怖そうにして口ごもった。やっぱりそうだ。何かあるのだ。タクシーの中なんかで話せない深い事情があるのだ。そうでなくて、いくらいたずらにもせよ、百貨店の屋上でぶっそうな短剣などが閃《ひら》めくはずはないのだ。あの不気味な影は偶然でなかったのかもしれない。芳枝さんが通りかかるのを見すまして、何者かが企らんだ恐ろしい演技であったかもしれない。だが、それはいったい何を意味していたのであろう。

読者諸君は、最初サーチ・ライトの影が現われた時、大江白虹が「何かの発端になるかもしれない」とつぶやいたのを記憶せられるであろう。探偵作家の直覚《ちょっかく》が当たった。あの影はまったく何かの発端であった。今のところ、捉《とら》えどころのない、妙に奥底の知れぬ怪異《かいい》の発端であった。

笑う影絵

笹本芳枝の家は代々木のはずれ、まだ昔ながらの武蔵野《むさしの》の雑木林《ぞうきばやし》が少しずつ残っているような物さびしい場所にあった。アスファルトの新道路で車を捨てて、折れまがった生垣《いけがき》のあいだを一丁ほど行くと、樹木にかこまれた二階建ての洋館が、星空に黒くそびえていた。

「あれがそうですの」

芳枝が先頭に立って、ほの暗い常夜燈《じょうやとう》の光の中を歩いて行ったが、もう一つ曲がると彼女の家の門に出るというところで、ふと立ちどまった。

「どうかなすったんですか？」

芳枝が立ちどまったまま動かぬので、折口記者がその顔をのぞきこむようにしてたずねた。

彼女は答えることもできなかった。何か非常な恐怖におそわれたらしく、じっと前方の地面を見つめている。

そこはT字型になった細い道路で、たぶん、ここからは見えぬ笹本家の門燈《もんとう》であろう、あかるい光線が、曲がり角から向こうの路面をクッキリと照らし出しているのだが、その白い道路の上に、大きな影法師《かげぼうし》が長々と横たわっていた。通行人の影なれば動くはずだ。動かないところをみると、立ちどまって考えごとでもしているのか、それとも、芳枝さんが帰って来るのを見すまして、彼女を威嚇《いかく》するために待ち構えていたのか。

影法師は門燈のすぐ前に立っているとみえて、路面の黒い人物は、異様に巨大であった。長細くいびつに伸びた顔の半分だけが、たっぷり二メートルはあった。

大江白虹は走りだそうとしていた。一《ひと》と飛びに角《かど》を曲がって影の正体をたしかめてやろうと、一歩ふみだした時であった。さすがの探偵作家を立ちすくませてしまったほどの異様な声が聞こえて来た。

威嚇するような高い声ではなかった。そうではなくて、聞きとれるか聞きとれないほどの、低い低い笑い声であった。その笑い声につれて、地面の影の間伸びのした唇が大きく波打つのが見えた。

その声には大の男をゾッとさせる響きがこもっていた。人間の声のようではなかった。生命のない物《もの》の怪《け》の笑い声であった。

うつろな狂気の笑い声であった。そして、何かしらいまわしい出来事の前兆を告げ知らせる笑い声であった。

白虹は一刹那《せつな》立ちすくんだけれど、すぐ気を取りなおして走りだした。だが、彼が角を曲がるのと地面の影がサッと消え去るのと同時であった。もうそこにはだれもいなかった。白々《しらじら》とした門燈が、低い石の門柱と、それにつづく生垣を照らし出しているばかりであった。

「だれもいやしませんよ。大丈夫ですよ。僕たちは少し影というものに神経質になりすぎていたのですよ」

大江が快活に呼びかけたので、芳枝さんもやっと安心したものか、折口と肩を並べて門柱の方へ近づいて来た。

「通りがかりの人が、立ちどまって思い出し笑いでもしていたのかもしれない」

折口がいうと、大江も合槌《あいづち》を打って笑い出した。だが芳枝さんだけは笑わなかった。

「いいえ、そうじゃありませんのよ。あれはお化けです。笹本を病気にしてしまった悪魔です。でも、くわしい事は家《うち》の中で申し上げますわ。サ、早くおはいり下さいませ」

芳枝さんは小走りにポーチに駈けあがって呼鈴《よびりん》を押した。すると、うちからカチと鍵をまわす音が聞こえて、ドアを開き、まん丸な顔の小女がオズオズとのぞいた。この家は女中までが何かにおびえている様子だ。

探偵作家と新聞記者は、あまり広くない客間に通された。大変手ぎわよく飾りつけてはあるが、家具や装飾品もさして立派ではないし、椅子なども布張りのクッションのついた籐椅子で間にあわせてある。豪奢《ごうしゃ》な生活とはいえない。この洋館もたぶんは借家なのであろう。

やがて芳枝さん自身が紅茶を持ってはいって来た。コートを脱ぎ、わざと帽子をとっていたが、コートの下は略式のアフターヌーンで、品のよいオレンジ色の絹物の色艶《いろつや》、肘《ひじ》から上をゆるやかなパフにした可愛らしさ。青ざめてはいたけれど、すきとおるように美しい顔と照りはえて、二人の客は、おや、こんなにもきれいな人だったのかと、今更《いまさ》らのようにおどろかされた。

彼女がお茶をならべ終わらぬうちに、開けてあったドアの向こうから、黒っぽいナイトガウンを着た彼女の夫笹本静雄《しずお》がはいって来た。

「病中だものですから、こんなふうで失礼します。ほんとうに思いがけぬお世話さまになりましたそうで……」

ていねいにお礼を述べたあとで、自己紹介をしたが、笹本静雄といえば少しは知られた童話作者であった。いかにも詩人らしい風采《ふうさい》で、濃い髪を少女のようにおかっぱにしているのだが、久しく手入れをしないのか、青白い額の上に鬱陶《うっとう》しく乱れかかり、口にも顎《あご》にもまっ黒に不精鬚《ぶしょうひげ》がはえて、そのうえ目がわるいのか青い眼鏡をかけているので、一そう病人病人した憂鬱《ゆううつ》な様子に見えた。

「ご病気にさわるといけません。どうかおやすみになって下さい」

お互いの挨拶《あいさつ》が終わったあとで、折口記者がいうと、静雄は力なく笑いながら答えた。

「いいえ、こうしてお客様があるのが、僕には大変ありがたいのです。一人ぼっちになると、怖《こわ》くてたまらないのです。お笑いなさるかもしれませんが、僕たちは悪魔にとりつかれているのですよ」

「悪魔って云いますと？　もしお差し支えなければ、お話し下さいませんか」

大江がたずねた。探偵作家の好奇心からばかりではない。

「ありがとう。実は今芳枝とも話し合ったのですが、大江さんは犯罪研究の専門家でいらっしゃるし、折口さんは警視庁づめの記者でいらっしゃるし、ちょうど幸いだから、もしおいやでなかったら、この数日来の変な出来事をお話しして、一つ判断していただこうじゃないかということになったのですが……」

「判断できるかどうかわかりませんが、ともかく、その変な出来事というのを聞かせて下さいませんか」

「別にこみ入った話ではありません。ただ妙な男の影が私どもにつきまとっているのです。それだけのことですが、どういう理由でそんな影が現われるのか、私たちにはまったくわからないのです。聞けば今、門の所でその影が現われたということですが、あなた方もたぶんあのいやな笑い声をお聞きなすったでしょう。あの声です。意気地のない話ですが、僕はあの影と笑い声とになやまされて、病みついてしまったのですよ。ハハハハハ」

笹本はてれかくしのように陰気に笑って見せた。

「その影というのがどんなものかは、今晩の二度の経験で私たちにも大体わかるように思いますが、いたずらにしては少し念が入りすぎていますね」

「いいえ、決してただのいたずらじゃありません。何かゾッとするような悪意《あくい》がひそんでいます。もっと恐ろしいのは、あいつは正体がなくて影ばかりだということです。血も肉もないヘラヘラした影ばかりなんです。僕はお化けなんて信じない方ですが、しかし、あいつばかりはお化けよりも恐ろしいやつです」

「いつ頃から影が現われ始めたのですか?」

「一週間ほど前です。書斎で仕事をしていますと、昼間ですよ、西日をさけるために閉めてあったカーテンに、大きな人影が写ったのです。誰だいと声をかけても、返事もしなければ身動きもしません。変だなと思っていると、そいつが、突然笑い出したのです。あの低い声で内緒話《ないしょばなし》みたいに笑い出したのです。僕はなぜかゾーッと水をかけられたような気がしました。しかし勇気を出してカーテンを開いて見たのですが、窓の外にはカンカン日が照っているばかりで、ヒッソリとして人の気配もなかったのです」

「裏の雑木林へ逃げこんだのかもしれませんね。足跡は注意なさいませんでしたか？」

「あとで調べて見ましたけれど、芝草《しばくさ》がはえているのでよくわかりませんでした。しかし、そいつが雑木林へ逃げこむなんて暇《ひま》はとてもなかったのです。まっ昼間の怪談です。あいつは影だけを持っていて、実体のないやつだとしか考えられません」

笹本は真顔《まがお》でいうのだ。

「それだけではないでしょうね」

「ええ、むろんそれだけじゃありません。その日以来ほとんど毎日一度は、同じ影を見るようになりました。いつでも釣鐘《つりがね》マントを着たような裾のひらいた影なのです。帽子はかぶっていません。モジャモジャに縮《ちぢ》れた毛がハッキリと写ります。そして、きまったように例の陰気な、いやあな笑い声を立てるのです」

「いつも書斎ですか？」

「いいえ、同じ場所へ二度現われることはありません。夕方庭の椅子に腰かけていて、あいつのとほうもない長い影が地面に写るのを見たこともあります。夜おそく台所へ紅茶の道具を取りに行くと、台所の電燈がついていて、そこの磨《すり》ガラスの戸にあいつの影がいっぱいに写っていることもありました」

「その時なんか、笹本は大きな叫び声を立てたかと思うと、気を失ってしまいましたのよ」

芳枝さんがささやくように言葉をはさんだ。

「おはずかしい話ですがほんとうなのです。それ以来不眠症《ふみんしょう》と心悸亢進《しんきこうしん》を起こして、ご覧の通り病人になってしまいました。あの化物はどこへでも現われるのです。この部屋の窓へ出たこともあります。寝室をおそったこともあります。しかし、あいつはいつの場合も、ただ低い不気味な声で笑うばかりで、呶鳴りつけても口答えをするではなく、別に品物を持って行くわけでもありません。まったく目的がないように見えるのです。それだけに一そう恐ろしい気がします……。

「家内《かない》は存外平気でした。それというのが、影の現われるのは僕一人いる時にかぎっていたからです。これは見ないものだから僕の怖がるのを幻だろうなんて笑っていたほどですが、今日こそ思い知ったでしょう」

大江白虹は聞くにしたがって、この怪事実に不思議な興味を感じないではいられなかった。お化けでないことはわかっている。だが、お化けなんかよりもずっと恐ろしい悪企《わるだく》みかもしれない。

「何かお心当たりはないのですか。そういう念入りないたずらをしそうな友達とか、それとも、何かあなたに恨みをいだいている男とか……」

「ええ、そんな心当たりは少しもないのです」

笹本は喉《のど》に痰《たん》のからまったような妙な声で答えた。そして、てれかくしのようにモゾモゾと身体を動かした。白虹はその様子を見て、ふと、この男は何か隠しだてをしているんだなと感じたが、深くたずねるのも礼儀でないと思ったので、そのまま話を先へ進めた。

相手が捉えどころのない影なのだし、ただ笑い声を聞かせるだけで、別段害をしないのだから、今警察の保護を求めたところで、大して効果を期待することはできなかった。

「ともかく、こういう淋しい場所に住んでいらっしゃるのはいけませんね。もしできれば引越しをなすってはどうでしょうか。たとい影の方でどこまでもつきまとって来るにしても、もっと隣近所のにぎやかなところへ転宅なされば、危険も少ないし、それに気分も変わりましょうし」

「ええ、あたしもそう思いますわ。こんな気味のわるい家、もう一日だって……」

芳枝さんは云いさしてハッと言葉をとめた。突然黒ビロードでおおわれでもしたように、目の前がまっ暗になったからである。家じゅうの電燈が消えてしまったのだ。

「故障かしら……」

だれかが闇の中で、虚勢《きょせい》を張るようにつぶやいたが、その実、四人が四人とも、日頃物おじをしない新聞記者までも、時が時であったので、ゾーッと身をすくめないではいられなかった。

だれも身動きもしなければ物も云わなかった。ただ目だけが、闇の中の八つの目だけが、申しあわせたように、部屋の一方にそそがれた。

そこには窓があった。闇に目がなれるにしたがって、その磨ガラスが、だんだん明るく見えてきた。故障はこの家だけなのか、外の道路の常夜燈の光が、おぼろ月夜のようにボンヤリと映っている。

だが、あれはいったいなんだろう。そのおぼろげな光の中に、薄墨《うすずみ》をぼかしたような、大きな物の影が見えるではないか。

気のせいだ、気のせいだ、と打ち消しても、怪しい影は刻々《こくこく》にはっきりして来るばかりであった。人の姿だ。頭の毛は笹本がいった通りモジャモジャに縮れみだれている。肩から下はボヤッと拡がって、如何にも釣鐘マントでも着ている様子だ。

ああ、あいつだ。このえたいの知れない化物は、さいぜんから部屋の中の話を立ち聞きしていたのかもしれない。それが電燈の消えたために偶然曝露《ばくろ》したのかもしれない。

だが、影の男は動かなかった。動かないばかりか、部屋の中の四人を嘲笑《あざわら》うかのごとく、またしても例のしわがれ笑いを始めた。ガラス戸ごしなので、その声は一そう低く、不気味さもひとしおであった。何かしら深い深い洞穴《ほらあな》の中からのような、或いはまた八十九十の老いぼれたおじいさんの、一本も歯のない口からもれるような、シュウシュウという響きをともなう、実に異様な笑い声であった。

その笑い声にまじって、暗闇の中に、芳枝さんのであろう、ハッハッという荒い呼吸の音が聞こえはじめた。気を失いそうな恐ろしさを、歯をかみしめて、おどりくるう心臓をおさえつけて、じっとこらえている息づかいだ。もう少しこのままにしておいたら、彼女は泣き出すかもしれない。夫の笹本にしがみついて、赤ん坊のように泣きわめくかもしれない。

大江白虹はその想像に耐えられなかった。彼女の恐怖を思いやって、肉体的な痛みをさえ感じた。彼は闇の中で椅子をガタンといわせて立ちあがると、窓に向かって突進した。早くもその気配を察した折口記者も、おくれてはいなかった。もう一つの椅子がガタンと鳴った。二つの黒影が窓のところへ達したのが、同時であった。力を合わせてガラス戸が上へ押し上げられた。

冷たい夜気《やき》がサッと流れこんだ。

だが、窓の外にはなんの姿も見えなかった。生垣ごしに見える常夜燈をさえぎるものは何もなかった。曲者《くせもの》は早くも逃げうせてしまったのであろうか。それとも、そいつは笹本のいうような、影ばかりで本体のない化物なのであろうか。

二人が窓から首をつき出して、暗がりの庭を見まわしているあいだに、パッと室内の電燈がついた。その光線が窓を通して、庭一面をほの明るくした。だが、やっぱり人の姿は見えなかった。ただあるものは、地面にクッキリと長方形を描いた窓の形と、その中にうごめいて見える大江、折口両人の丸い頭ばかりであった。

振り向くと、室内では、笹本夫妻が一とかたまりになって、不思議な彫像のようにじっとしていた。肘掛け椅子にもたれこんで、青眼鏡を窓の方へ釘づけにして、まっ青になって身をすくめている笹本、その笹本の膝の上にうつぶして、両手で彼の身体にしがみついている、オレンジ色の絹のかたまりのような芳枝さん。

「オイ、外をしらべてみよう」

白虹が意気ごんで折口をかえりみた。

「ウン、しらべてみよう。笹本さん、懐中電燈ないでしょうか？」

「あ、あります。待って下さい。今持って来ますから」

大江と折口とは、それを聞くと、つぎつぎに窓を乗りこえて、庭へ飛びおりた。

やがて、窓ごしに懐中電燈が手渡され、その光をたよりに、広くもない庭じゅうがくまなく捜索せられたが、人の気配さえ感じられなかった。足跡についても、影のたたずんでいたとおぼしき地面を綿密に調べたけれど、天気つづきの上に、一面の芝草なので、はっきりしたことはわからなかった。だがまったく収穫がなかったのではない。

入念に捜索を終わった探偵作家と新聞記者とは、よごれた靴下を脱いで、素足になって元の部屋に戻って来たが、白虹の右手に何かが大切そうににぎられていた。

「こんなものお心当たりはないでしょうか？」

手のひらを開くと、金色に光る小さい丸いものが現われた。

「ロケットのようですね」

笹本がのぞきこむようにして云う。

「そうのようです。あなたの時計の鎖《くさり》からとれたのではありませんか？」

「いいえ、僕も芳枝もロケットは持っていませんが、どこにあったのです？」

「窓の外の芝の中から見つけたのです。キラキラ光っていたのですぐわかりました。この頃、あなた方のほかに庭を歩いた人はないのですか？」

「客はありましたが、庭を歩いた人なんて、一人もありません。それに、僕たちにはそんなロケットを持っていそうな友達はないのですよ。ねえ君」

「ええ、あたしも少しも心当たりがありませんわ」

「すると、この美しいロケットは、あのお化けが落として行ったのかもしれませんね」

「まあ！」

四人は思わず顔を見あわせた。メダルの形をした金製の小函《こばこ》。ヘラヘラした影ばかりの化物には、あまりにそぐわぬ持ち物ではないか。

「中に何がはいっているか、開けて見ましょう」

ロケットは人々の熱心な注視《ちゅうし》の中で、パチンと音を立てて開かれた。

「写真だ。女の豆写真ですよ」

四人が順番にそれを手に取って眺めた。見覚えのない顔だ。しかし、最後に芳枝さんがその写真を一と目見ると、彼女は思わず「あらッ！」と小さな叫び声を立てた。

「知っているの？」

笹本は心配そうにたずねる。

「ええ……いいえ、そうじゃないわ。やっぱり知らない人よ。ふっと或る人を思い出したのよ。でもよく見るとそうでもないわ」

彼女は目をふせて、少し頬《ほお》を赤らめながら答えた。おかしい。ほんとうは知っているのにちがいない。それを下手な技巧《ぎこう》でごまかそうとしているのだ。だが、なぜか笹本は深くも追及しなかった。可憐《かれん》な芳枝さんを気の毒に思ったのかもしれない。

その肖像は三十歳ぐらいの美しい婦人の襟《えり》から上だけを切り取ったものであった。髪の結い方がひどく古風なところを見ると、よほど年代を経た写真にちがいない。印画紙も色あせていた。

ロケットが「影」の遺失物かどうかは、にわかに断定できないけれど、なんとやら怪しい節がある。殊《こと》に芳枝さんが知りながら隠そうとしているのは、何か深い訳がありそうだ。

「これ僕に貸して下さいませんか。少し調べて見ようと思うんです」

白虹が何気ない体《てい》でいうと、笹本は少し困った顔をしてチラと芳枝さんを見やった。彼女が迷惑するのではないかと、気づかっているのだ。すると芳枝さんは照れかくしのように、

「ええ、そうして下さるといいと思いますわ。お化けの落としものなんて気味がわる

いわ。それに専門家の先生に調べていただければ……」

とまだ少しほてった頰《ほお》で大江を見上げた。

「専門家じゃありませんよ。しかし、僕は秘密というものに興味を感じるたちですから、いろいろ考えてみたいと思うのです」

で、結局ロケットは大江白虹のポケットに納まった。

何かと話し合っているうちに夜が更けて、十二時を過ぎてしまった。笹本夫妻は遅くなったから泊まって行くようにすすめたけれど、妙な事件のために如何にうち解けたとはいえ、初めての訪問に泊まるわけにもいかなかった。それに、夫妻はひどくおびえているけれども「影」の怪物はただ笑い声を聞かせるだけで、別に危害を加えるのではないのだから、大袈裟《おおげさ》に泊まりこんだりすることもないように思われた。大江と折口とは明日の夕方にはまたお邪魔するからと約束して、暇《いとま》を告げることにした。

「美しいね」

帰りのククシーの中で、二人は顔を見合わせて微笑みあった。

「僕はあとにも先にも、あんなあどけない可愛らしい目を見たことがないよ。赤ん坊みたいに無邪気な目だ。じっと見つめられると何もいえなくなる。笹本君は幸福だね」

大江白虹は日頃に似合わない女性崇拝者《フェミニスト》になって、しきりと芳枝さんの美貌《びぼう》を称《たた》えるのであった。

彼らは明日の訪問がむしろ楽しみだった。奇怪な「影」への好奇心もあった。しかし、少なくとも大江白虹にとって、芳枝さんの「あどけない目」が、それにもまさる誘惑でなかったとはいえない。

だが、その明日の訪問ははたして楽しかったであろうか。何かしら予期せぬ変事が突発するような事はあるまいか。芳枝さんの「あどけない目」は彼らを無事に迎えてくれるかしら。もしや彼女の顔をさえ見ることができないほどの、恐ろしい出来事が待ちかまえているのではあるまいか。

緑色の恐怖

その翌日、折口幸吉は新聞社の食堂で夕食をすませてから、約束にしたがって探偵作家に電話をかけたが、ちょうど来客中で、手がすきしだいあとを追うから、一足《ひあし》先に出かけてくれということであった。折口は一人で社の前から円タクをひろった。

代々木についた頃には、もうトップリ日が暮れていた。昨夜のように大通りで車を捨てて、生垣の道を少々ビクビクしながら通り抜けると、もうそこに見覚えのある石の門柱が立っていた。

家《うち》じゅうがひっそりと静まりかえって、なんとなく空家のような空虚《くうきょ》な感じであったが、ポーチの横の書斎の窓にあかあかと電燈がついていたので、それを目あてに門のなかへはいって行った。

窓にはぴったりと黄色いカーテンがしめ切ってあった。たぶんあの向こうに主人の笹本が青い顔をして腰かけているのだろうと想像しながら、近づいて行くと、その明るいカーテンの上に、ヒョイと黒い人影が写った。

やっぱり書斎にいたんだな。しかしあの影は外套《がいとう》を着ているじゃないか。ナイト・ガウンにしては裾が広すぎる。おや、それに頭がおかっぱではないようだぞ……縮れ毛だ。モジャモジャした縮れっ毛だ。

折口はギョッと立ち止まった。

あいつだ。あいつの影だ。だが待てよ、これは少し変だわい。あの影は部屋の外側からでなくて、内側から写っているじゃないか。すると、影を作っている本体は、笹本の書斎の中に立っていることになるじゃないか。そんなばかなことが起こり得るのだろうか。

だが、いくら見なおしても、頭はモジャモジャだし、どこかしらお化けじみたあの感じに思いちがいはない。彼はだんだん動悸《どうき》が早くなって来るのをどうすることもできなかった。

相手に悟られてはいけない。悟られぬように隙見をしてやろう。正体をつきとめてやろう。彼は忍び足で窓のそばへ近づいて行った。

だが、残念なことには、いくら探してもカーテンに隙間がない。実に念入りに締切ってある。では、中から廻ってやろう。彼はやっぱり足音を忍ばせながら、ポーチへ上がって行った。

すると、これはどうしたことだ。呼鈴を押すまでもなくドアは、開け放ったままになっている。昨夜はあんなに用心ぶかく鍵までかけてあったのに、変だぞ。だが、大きな声で呼ぶわけにもいかない。曲者が逃げ出してしまうからだ。

彼はとっさに決心して、お詫《わ》びはあとでするつもりで、靴のままホールに上がって、書斎のドアへ忍びよって行った。

すると、ちょうどその時、折口をビクンと飛び上がらせたほど、恐ろしい叫び声が聞こえて来た。魂も縮みあがるような、何かえたいの知れぬ動物の鳴き声に似た叫び声であった。女ではない。男だ。もしや笹本の声ではないだろうか。笹本がどうかされたのではあるまいか。

折口はもう音を立てるのもかまわず、書斎のドアへ飛びついて行った。だが、ドアは開かない。内部から鍵がかけてある様子だ。

「笹本さん、笹本さん」

大声に呶鳴ってみた。しかし、ドアの向こうは、墓場のようにシーンと静まりかえって、答えるものもない。

「だれかいませんか、笹本さーん、折口です。だれもいないのですか？」

家じゅうに響き渡るような声で叫んでも、だれも出て来るものはなかった。そして、そのかわりに、書斎のドアの中から、不思議な声が聞こえて来た……あの笑い声だ。老いぼれじいさんのしわがれ笑いだ。地獄の底からのような低い笑い声だ。

「だれだッ、そこにいるのはだれだッ？」

しかし相手は無感動にただ低く笑いつづけるばかりだ。やがて、その声も糸のように細って行って、パッタリと消えてしまった。

折口は、心臓が寒くなるような、いやあな気分におそわれて、もう逃げ帰ろうかと思った。だが、さっきの叫び声が笹本の口から発せられたとすると、このまま逃げ出すわけにもいかぬ。あれはたしかに生命の危険を意味する、死にもの狂いの声であった。笹本の安否をたしかめなければならない。

ふと気がつくと、ドアの鍵孔《かぎあな》から細い光がもれていた。ああこれだ。折口はいきなりそこにしゃがんで、鍵孔に目を当てた。

すると、ちょうど鍵孔の正面、部屋のまん中に長々と横たわっているものがあった。乱れたおかっぱの頭部、見覚えのある黒っぽいナイト・ガウン、笹本静雄が倒れているのだ。なおよく見ると、赤いものがチラと視野にはいった。笹本の横たわっている身体の下に、まっ赤な液体が流れている。なんだろう。ああわかった。血だ、血が流れているのだ。笹本は殺されたのかもしれない。

血の色が折口を半狂乱にした。彼はいきなり立ちあがると、全身の重みでドアにぶッつかって行った。二度、三度、メリメリと音がして、鏡板《かがみいた》が裂け飛び、蝶番《ちょうつがい》の釘が抜けると、ドアはいびつになって室内に倒れた。折口はその隙間から書斎の中へ飛びこんで行った。

グルッと部屋を見まわしても、別に人の気配もない。怪物は早くも逃げ去ったのであろうか。さいぜんの窓が開け放されて、黄色いカーテンがほのかにゆらいでいる。

ともかくも負傷者を介抱《かいほう》しなければならない。

「笹本さん」

呼んでみても、なんの反応もおこらぬ。ガウンの胸が開いて、白いシャツにベットリと血の塊だ。歯を喰いしばった土色の顔、胸の前で空をつかんだ、断末魔の指。なんというむごたらしさだ。

折口は死人のそばへオズオズと近づきながら、脈搏を見ようとして、グッと身をかがめた。そのとたん、ガクンと大地震のような衝動を感じた。何かしらかたくて重いものが、力をこめて後頭部へ打ちおろされたのだ。悪魔はいつの間にか、足音を立てないで彼のうしろへ忍びよっていたのである。

　折口の頭部が機械的に振り向いた。そして、失神する一瞬前《いっしゅんまえ》の網膜《もうまく》が、一つの異様な物体を見た。それは、一人の人間であったかもしれない。しかし、彼の視神経《ししんけい》には、もう全体の形をつかむ力はなかった。何かしら非常に鮮明な緑の色彩だけが感じられた。彼はその滴《したた》るような緑色を生涯忘れることができないであろう。彼はかつてこれと同じような色の芋虫《いもむし》を見たことがある。世の中に何がいやらしいといって芋虫ほど不気味なものはない。白いのは我慢ができる。まだらのやつも我慢ができる。だが、どんな木の葉よりも鮮明な緑色の芋虫と来ては、どうにも我慢ができないほどいやらしいのだ。折口のおとろえ行く視力が捉《とら》え得たものは、その緑の芋虫を連想させる色彩の一物であった。

　たちまちあざやかな緑色を塗りつぶすように、彼の目の前に黒ビロードの闇がおおいかぶさって来た。シーンと耳が澄んで、全身が深い深い水の底へ沈んで行くように感じられた。そして、可哀そうな新聞記者の身体は、クナクナと床の上にくずおれていったのである。

恐ろしき「影」は笹本を殺害した。そして折口記者を殴打昏倒《おうだこんとう》せしめた。影とはそも何物であるか、あのいやらしい緑色のものは何を意味するのか。この物語は怪談ではない。「影」はやがて読者の前に、その正体を曝露《ばくろ》するであろう。それにしても、そのものはいったいなんの目的で笹本を殺害したのか。一見無意味のごときこの殺人事件にどのような深い秘密が隠されているのか。笹本芳枝はどこへ行ったのであろう。もしかしたら、彼女もまた、夫におとらぬ恐ろしい運命にさいなまれていたのではあるまいか。

屍体《したい》消失

探偵作家大江白虹が、尻の長い来客を追い帰すようにして、自動車を飛ばせて、笹本の家に到着したのは、それから三十分ほど後であった。

彼は門をはいると、もうただならぬ空気を感じた。「何かあったな」という直覚が彼の足を急がせた。

ポーチを駈けあがると、入口のドアは開け放したままで、屋内は異様に静まりかえっていた。ホールのゆかに一箇所長方形の光があかあかと射していた。見ると、そのドアが打ち破られて、鏡板の切れはしが散乱している。いやそればかりではない。その開いた入口から、靴穿《くつば》きのままの人間の足が二本、ニョッキリと突き出していたではないか。

しかも、その靴やパンツの裾には見覚えがあった。折口幸吉の足にちがいないのだ。

「折口君じゃないか？」

思わず名を呼んで、いきなりその部屋へ飛びこんで行った。

やっぱりそれは折口記者であった。別に手傷を受けた様子はない。ただまっ青になって失神しているのだ。

「オイ、どうしたんだ。しっかりしたまえ」

肩を持ち上げて揺すぶりながら、耳のそばで呼びつづけているうちに、時期が来ていたのか、失神者はやっと意識を取り戻した。だが、とうてい立ち上がる気力はない。後頭部の痛みを訴えて、グッタリとなってしまった。

「早く探してくれたまえ。青いやつだ。いや、緑色のやつなんだ。そこのカーテンの蔭《かげ》から飛び出して来やがった」

折口は横たわったまま、切れ切れにつぶやいた。

「緑色のやつって？」

「なんだかわからない。緑色をしたやつだ。あの『影』のやつめ、とうとう人殺しをしやがった」

「じゃ、やっぱりあいつなんだな。しかし、人殺しとは？　だれがやられたんだ」

「ほら、そこにころがっているじゃないか、笹本さ」

折口が力ない右手を上げて部屋の一方を指さした。ギョッとして目をやると、だが、そこには死骸なんて影も形もありはしなかった。ただ張りつめたリノリウムの床の上に広い面積にわたって、まっ赤な血の池ができているばかりだ。びっくりするほどの血潮《ちしお》が、リノリウムの油に浮いて生々《なまなま》しく淀《よど》んでいた。

大江白虹は、それを見ると、あまりのことにしばらく言葉も出なかったが、やがて、屍体消失という恐ろしい疑問が、彼の胸に、はっきりと浮かび上がって来た。

「オイ、見たまえ。死骸なんてどこにもありやしないぜ。血が流れているばかりだぜ」

折口はその叫び声にけげんらしく、やっと頸《くび》をねじ向けて、そこを見た。そして、あ

きれかえったように、少しのあいだ黙りこくっていたが、

「探してくれ、どこかへ這いずって行ったのかもしれない。家探《やさが》しをしてくれ。ほかにも心配なことがあるんだ。芳枝さんがどうしているか、それが早く知りたいんだ」

と苦しそうに喘《あえ》いだ。

「よし。待っていたまえ。君にはすぐに医者を呼んでやるからね。少しのあいだそうして我慢しているんだぜ」

白虹は部屋を飛び出して、片っぱしからドアを開いて、スイッチを探して電燈をつけながら、家探しを始めた。だが、どの部屋にも人の影さえなかった。

最後に、もしやと思って台所のガラス戸を開けて、手さぐりで電燈を点じて見ると、そこの隅に妙なものがころがっていた。

「アッ、お前、女中さんじゃないか」

見覚えのあるまん丸な顔の小女《こおんな》が、手足を海老のように縛られて、猿ぐつわをはめられ、その上、手ぬぐいで目かくしをされて、丸くなってモゾモゾとうごめいているのだ。

白虹は手早く縄を解いて、猿ぐつわと目かくしをはずしてやった。そして書斎の折口のそばへ連れもどった。

「泣くんじゃない。泣くんじゃない。だれがこんなことをしたんだい。そいつの顔を覚えているかい」

泣きじゃくる小女をなだめすかすのに骨が折れた。

彼女が流しで洗いものをしていた時、何者かが背後から忍びよって、いきなり口の中へ手ぬぐいを押しこんで、声を立てさせぬようにし、もう一本の手ぬぐいで目かくしをしてしまったのだという。それから、驚愕《きょうがく》のあまり無抵抗になっている彼女の手足を、グルグル巻きに縛りつけて、そこの板の間にころがしたまま、どこかへ立ち去ってしまったのだという。

そういうわけで曲者の顔を見ることはできなかったけれど、目かくしをされる時、チラと見えたのは、まっ青のものだった。草のようにまっ青のものだったと答えた。草のように青いというのは、つまり緑色にちがいない。この小女も折口記者と同じ色彩を見たのであった。

そうして板の間にころがされて、しばらくすると、書斎の方で恐ろしい叫び声がした。それから、だれかが玄関で呼び立てる声が聞こえて、間もなく何かのこわれるバリバリという恐ろしい物音がしたのだという。するとこの小女が縛られたのは、殺人事件の起こる直前であったにちがいない。

「だが、奥さんはどうしたんだろう。お留守なのかい」

「あら、あたし、どうしましょう。きっとあいつだわ。あいつが奥さまをどうかしたんだわ」

小女はまたしてもベソをかいた。

「じゃ、奥さんは家にいたんだね。外出していたんじゃないんだね」

「ええ、そうよ。お客さまがいらっしゃるからって」

芳枝さんは家にいたのだ。大江と折口の来訪を待ちかねていたのだ。すると、彼女はどこへ消え去ったのであろう。考えるまでもない。主人笹本を殺害した犯人は、その美しい妻をも同じ目に遭わせたのかもしれない。それとも彼女だけは生きたまま誘拐したのかもしれない。

「女中さん、この近所に電話のある家をしらないか？」

「お隣にあるわ」

「それから、お前、ここの家の親戚か親しい友達を知らないかね。しょっちゅう訪ねて来るような」

「知りません。あたし一週間ほど前に来たばかりですもの」

「チェッ、しょうがないな。じゃともかく隣の電話を借りて警察と医者へ知らせよう。

待っていたまえ」

白虹は云いのこして、あわただしく闇の中へ駈け出して行ったが、しばらくして帰って来た時には、電話の持ち主の隣家の主人といっしょであった。

それから、近所の医者が来るまでのあいだ、皆が書斎に集まって、重傷の折口を介抱したり、主人の殺害を知って泣き出す女中をなだめたり、隣家の主人に事の次第を語り聞かせたりしていた時、突然、またしても、えたいの知れぬ怪異《かいい》が起こったのである。

怪異は昨夜とまったく同じ順序で繰りかえされた。

屋内の電燈が一時に消えてしまった。人々はパッタリ会話をやめて、恐ろしい予期に息をのんで、じっと部屋の一方を見つめた。そこに、薄いカーテンをへだてて、長方形の窓が白く浮き出していた。その白さは、遠い街燈の光にしては変にギラギラして、少し強すぎるように見えたが、だれもそこまで考える余裕はなかった。

やがて、案にたがわず、カーテンの上に大きな影法師が現われた。裾ひろがりのマントの影、モジャモジャの頭髪、怪物の横顔がクッキリと写って、その唇が異様に曲がったかと思うと、例の老人の笑い声が部屋の中の人たちを揶揄《やゆ》するように、或いは悪魔の凱歌《がいか》でもあるように、薄気味わるく聞こえて来た。「影」は殺人罪を犯した。

そして、被害者の屍体をどこかへかき消してしまった。そればかりではない。大胆不敵にも、まだ殺人の現場を立ち去らず、お化けめいた影を写し、あの世の笑いを笑っている。

なんという執拗《しつよう》な怪物だ。再三《さいさん》のことながら、白虹は形容のできない悪感《おかん》を感じて、ただ立ちすくむほかはなかった。

×　　×　　×

その時、カーテンの外にはどんなことが起こっていたのか。物語のあいだに、時に廻《まわ》り舞台を使用するのも興味のないことではない。舞台は一転して屋外に移る。そして、時計の長針を二分ばかりあともどりさせて見る。

洋館の窓々にかがやいていた電燈が一時に消え去った。あとには生垣の外の街燈が薄ぼんやりと庭の一部を照らしているばかりだ。見上げると、東京の中心方面の空がボーッと火事のように赤くなって、その空を背景に、笹本の家の洋館が、まっ黒な大入道みたいにクッキリと浮き上がっている。

黒い洋館の裾のところに、闇の中から闇が抜け出すようにして、何か飛び出して来たものがある。黒いマントをまとった一人の男だ。その男が出て来たのは洋館の台所口にちがいない。すると、彼こそ、台所にある電燈のスイッチを切って、家じゅうをまっ暗にした曲者ではなかろうか。

黒マントの怪物は、芝草の上を忍び足で、人々のいる書斎の窓の外へ近づいた。右手に何か円筒形《えんとうけい》のものを持っている。彼はそれを窓から五、六メートル離れた地面へ、その辺にころがっていた石ころを台にして、円筒の口がちょうど窓に向かうようにすえつけた。そして、何かカチッと音をさせたかと思うと、書斎の窓から壁にかけて、幻燈のような大きな丸い光が現われた。怪物が地面に置いたのは円筒形の懐中電燈であった。

黒マントの男は、その丸い光の中へ、ヌッと立ちあがった。上半身が書斎の窓のカーテンにクッキリと影を写した。と同時に、われわれは光に照らし出された彼の半面を見ることができた。

少し赤茶けたモジャモジャの頭髪、ノッペリと鬚のない長い顔、細いけれどもよく光る目、高い鼻、異様にゆがめられた唇、光に向かっている右頬に三日月型《みかづきがた》の深い皺《しわ》、それが少し赤味をさしているのは古傷の痕《あと》にちがいない。いかにも薄気味のわるい形相《ぎょうそう》である。

たちまち彼は笑い出した。老人のようなしわがれ声で笑い出した。その声を文字に現わすことはできないけれど、聞く者を心底から戦慄《せんりつ》せしめるような、心臓を凍らせるような、残忍冷酷の笑いである。

書斎の中は静まりかえっていた。人々はおびえているのだ。だが、いつまでもおびえているはずはない。この静寂が破れた時、人々は屋外に飛び出して来る。悪魔を捕えるために飛び出して来るにきまっている。

怪物は笑いながらその気合《きあい》を計っていたにちがいない。見えぬ敵との暗黙の烈しい闘争、一秒、二秒、三秒、カーテンの内側に物の動く気配が感じられた。と見るや、怪物はすばやく飛びしさって、懐中電燈を拾い取ると、庭の彼方へ走り出した。その早さ、黒いマントがうしろになびいて、まるで一陣の黒い風のようであった。

書斎のカーテンがサッと引かれた。半ば開いていたガラス戸が、ガラガラと押し上げられた。そして、パッと目を射る光、いつの間に用意したのか、窓枠を乗りこえて庭に飛び降りた大江白虹の手には、前夜の手提電燈が光っていた。

彼はその電燈を振り照らして、曲者の行方を求めた。だが、風のような怪物はもう彼の視野の中にはいなかった。逃げ去った方角さえもわからぬ。

開け放った窓から隣家の主人が顔を出しているのがぼんやり見える。とうてい外へ出て来る勇気はないのだ。折口は倒れているのだし、女中はふるえるばかり、探偵作家はただ一人で殺人鬼の行方を探さねばならなかった。

　手提電燈が芝草を丸く照らして、だんだん書斎の前を遠ざかって行った。さして広くもない庭が、あちこちと隈《くま》もなく捜索せられた。しまいには、手提電燈の円光が裏手の生垣を越えて、外の雑木林にまで遠ざかって行った。

探偵作家の推理

　やがて、まず近所の医者が駈けつけて、折口記者に手当てを加え、看護婦をつけて、自動車で自宅へ送りとどけた。間もなく所轄《しょかつ》警察署の捜査主任やら刑事やら、それを追っかけるようにして、警視庁からの人々が到着した。その中に、大江白虹とは知り合いの、木下《きのした》捜査係長がまじっていた。

　屋内の取り調べには別段の新事実もあがらなかった。女中はさいぜん白虹に答えたほかには何も知らなかったし、部屋部屋の綿密《めんみつ》な捜索からもこれという手がかりは得られなかった。唯一の証跡《しょうせき》は書斎の血の池であった。いうまでもなく、血液は小量を採取して鑑識課に持ち帰られたのだが、翌日発表された検鏡《けんきょう》の結果をここに前もってしるしておくと、それは正しく人間の血潮であった。そして、リノリウムに流れていた分量を計算すれば、被害者が絶命していることは一点の疑いもないということであった。

「差し出がましいようだけれど、僕は少し発見したことがあるのです。まずここを見て下さい」

一《ひ》と通《とお》りの質問が終わった時、大江白虹が木下警部をとらえて云った。

「ほら、ここに血の筋がズッと一方へ伸びているでしょう。自然に流れた跡ではありません。また、これほどの血を流した被害者が自身で這い出したとも考えられません。つまり何者かが屍体を引きずったのです」

説明されて見ればいかにもそういう痕跡があった。血の池の一方がくずれて、二メートルほど流れていたのだが、その末は大きな刷毛《はけ》で擦ったようにかすれていた。

「そうですね。しかし、どこかへ引きずって行ったとすれば、もっと血の跡がつづいていなければならない。これだけ出血しているのですからね。ここで止まってしまっているのはおかしい」

木下警部が首をかしげた。

「僕もそれを考えたのです。たとい犯人が被害者を抱いて行ったとしても、血の滴りが残るはずですからね。さいぜんそれも調べて見ましたが、そういう血痕は部屋の外にも一つもありません。で、僕が思うのに、犯人はここで何かで屍体を包んだのです。それとも箱のようなものに入れて運んだのかもしれません」

「まあそう考えるほかはないですね。しかしなんのために……」

「それはあとで僕の考えをお話しします。その前にまず庭を見て下さい。大変なものが残っているのだから」

そこで、例の手提電燈を持った大江を先頭に、木下警部をはじめ警察の人々が、その中の二、三人は用意して来た懐中電燈にスイッチを入れて、ゾロゾロと闇の屋外に出た。芝生の上に丸い電光がみだれ散った。

「皆さん、ご自分の足跡をごらんなさればわかりますが、この芝生には、普通に歩いたのでは、見分けられるような足跡はつかないのです。ところがこれを見て下さい。こんなに深い足跡が残っている」

白虹が指さす地面を見ると、いかにも人の足の形に、芝草がゴボンと窪《くぼ》んでいる。しかも、その深い足跡が三十センチほどの狭い間隔で、裏庭の方へ、点々として続いているのだ。

「この深い窪みと狭い足幅は何を意味するでしょうか、あなた方にはすぐおわかりになるでしょう。つまり犯人は非常に重い荷物をかついでいたのです」

「死骸を何かに入れて運んだというのですね」

「そうです。一人でそれをやってのけたのですから、大変な力が要《い》ったことでしょう。犯人は馬鹿力のあるやつにちがいありません。それからもう一つ、重大な点があります。これです。ごらんなさい。足跡は一と筋ではない。こちらにもう二た筋同じ深い跡がついています」

最初のとほとんど並行して、また別の窪みがつづいていた。

「犯人は別に重い荷物を担いだのです。それがなんであったか、想像できないことはありません。被害者の細君《さいくん》の芳枝さんです。非常な美人でした。芳枝さんが殺されたかどうかは疑問ですが、ともかく、主人同様に運び出されたことだけは、この足跡が語っていると思うのです」

「なんにしても、足跡をもう少し辿《たど》って見ましょう」

木下警部は納得できない様子である。

「ええ、そうしましょう。これを辿って行けば、不思議なものを見ることになるのです。僕の想像説がもっとハッキリするのです」

一同は懐中電燈で地面を照らしながら、やや急ぎ足に歩き出した。

やがて、裏手の生垣の隅に達すると、大江白虹は茂った柊《ひいらぎ》の中へ片手を突っこんで、

何かモゾモゾやりながら、

「ここに秘密の出入口がこしらえてあったのですよ」

といって、その生垣をグッと押すと、二メートルほどの柊の層が、まるで柴折戸《しおりど》のように音もなく開いた。柊の根と生垣をささえる竹を、その部分だけ切り取って、それを針金で、外からは見えぬようにつなぎ止めてあったのだ。

生垣の外はまばらな雑木林、地面には黒い土が露出しているし、日頃人通りのまったくない場所なので、犯人の足跡は掌《たなごころ》を指すように明瞭に残っていた。調べてみると、合わせて六通りの同じ靴跡がある。三通りは生垣に向かって、三通りは生垣から外へ、そのうち二た通りの靴跡だけが他のものの二倍以上深く地面に喰い入っていた。

「犯人が最初忍びこんだ跡、第一の重い荷物をかつぎ出した跡、その荷物の始末をして引き返した跡、それから第二の荷物を運び出した跡、それを始末してまた引き返した跡――この時書斎のカーテンにさっきお話しした影を映して見せたのです。――そして最後に立ち去った跡、六通りの足跡がちゃんとそれを語っていると思うのです」

もはや、探偵作家の推理に疑いをさしはさむ余地はなかった。

「では、その二つの荷物をどこへ運んだかと云いますと、こちらへ来てごらんなさい。

ここにそれを説明するものがあります」

生垣から三十メートルほど行くと、樹木のとだえた部分がある。そこに自動車のタイヤのあとがはっきりと残っていた。

「犯人はここへ自動車を止めておいて仕事をしたのです。もう跡をつけて見るまでもありません。自動車はすぐ向こうに見えるアスファルト道へ出て行ったのです。最初犯人の自動車はあの大通りから、空地を横にそれて、この雑木林の中へ、はいれる所まではいって来たのにちがいありません」

思いがけない所に近道があったのだ。もし生垣を破ってはいるとすれば、表門に廻るよりも、ここを通った方が、アスファルトの大道路へずっと近いのだ。犯人はその妙な地形をたくみに利用したのである、
犯人が逃走してから、もう一時間ほどもたっていたけれど、念のために非常線の手配を依頼するために、一人の警官が大道路に向かって駈け出して行った。

靴跡にはこれという特徴もなかった。ただ足袋《たび》にすれば十二文は充分ある大きな足の持ち主だということがわかるくらいのものであった。しかし、靴跡のもっとも明瞭な一つに、型をとるまで原形のくずれないように、覆い物がほどこされた。

木下警部はタイヤの鑑別には自信を持っていたが、そこに残された自動車の跡は、

ひどくすりへって、マークも何もわからないような古タイヤなので、まったくなんの手がかりにもならなかった。

犯人の行動は手にとるように判明した。手がかりはありあまるように見えた。だが、その実、犯人が何者であるかを語る指紋や、遺留品《いりゅうひん》や、ほんとうの意味の手がかりらしいものは何一つ残されていなかった。唯一の靴跡さえもこれという特徴のない曖昧《あいまい》きわまるものに過ぎなかった。

「こんな気違いめいた事件は初めてですよ。美しい細君を誘拐したというのは想像できる。しかし、殺害した夫の屍体をなぜわざわざ運んで行ったか。なんの必要もない無駄骨折りとしか考えられないじゃないか」

木下警部が途方に暮れてつぶやいた。

「犯人は恐らく正常な人間ではありますまい。いまわしい先天性の犯罪者かもしれません。あの影と笑い声の不気味なお芝居を考えただけでもそれはわかります。しかし、彼の犯打には一応筋道が通っていないこともないのです。僕はこんなふうに想像して見たのですが」

探偵作家が彼の論理を説明した。

「犯人は笹本夫妻に何か深い恨みをいだいていた。そこで、彼らを充分いじめた上で殺害してやろうと考えたとします。影と笑い声はその怖がらせの手段だったかもしれません。

「そして、今夜とうとう笹本を殺害したのですが、彼は大変なへまをやりました。血を流したことです。なぜ血を流さない殺人方法を採らなかったか。それには何か事情があったのかもしれません。いずれにもせよ、あんなに多量の血を流したのは、ひどい失策でした。

「そこへもって来て、殺人の現場へとんだ邪魔者が闖入《ちんにゅう》しました。折口君がドアを破って飛びこんで行ったのです。仕方がないので彼は折口君を叩きつけて昏倒させました。なんの恨みもないものを殺す意志はなかったのでしょう。ただ昏倒しているすきに屍体の始末をつけようとしたのです。

「そして、屍体だけは無事に運び出すことができました。細君の方も、これは恐らく生きたままでしょうが、運び出す余裕があったのです。むろん予定の行動です。彼は犯跡《はんせき》を残さない方法をあらかじめ考えていたにちがいありません。屍体をどこかへ運んで、笹本夫妻はただ行方不明になったのだと思わせる魂胆《こんたん》だったにちがいありません。

「なぜといって、犯人は荷物を運び出したあとで、三度目に現場へ引き返しているじゃありませんか。それがただ例の影を見せて、僕たちをおびやかすだけのためだったとは考えられぬことです。殺人者にそんな呑気《のんき》な余裕があるでしょうか。

「彼が引き返して来たのには、別の重大な目的があったのです。屍体だけ隠したところで、あのおびただしい血が流れていたのではなんにもなりません。犯人はその血を拭きとり洗い清めるために帰って来たのです。

「なるほど折口君が殺人の現場を見ていますけれど、彼は完全に気を失ってしまったのです。正気に返った時、そこには屍体もなく血も流れていないとしたら、さぞかしびっくりすることでしょう。あれは夢ではなかったかと疑うかもしれません。まさかそれほどでなくても、この殺人事件を非常に曖昧な、えたいの知れぬものにしてしまうことができるのです。犯人自身は折口君にも女中にも姿を見られていないのですからね。

「そういうわけで、彼は血を拭き清めることを、断念できなかったのだと考えると、よく辻褄《つじつま》が合います。そのためにこそ彼は危ない中を三度まで引き返して来たのです。ところが、今度もまた邪魔者にぶッつかりました。僕です。僕ばかりじゃない、女中も縄を解かれていたし、折口君は正気に返っていたし、そこへ隣の主人までやって来たのです。

「犯人は迷ったにちがいありません。しかし、いつまで待っても、邪魔者がふえるばかりです。血を拭きとることはあきらめるほかありません。くやしまぎれに、彼は最後のお芝居を思いつきました。そこで、あの影と笑い声の実演となったのです。そして、僕たちを充分おびやかしておいて、自動車へ逃げ帰ったのです。

「と、僕はこんなふうに筋道を立ててみたのですが」

大江白虹の長広舌《ちょうこうぜつ》が終わった時には、一同はもう洋館のポーチに近づいていた。

「うまい！　よく筋が通ってますね。探偵作家の想像力にはかないませんよ。ハハハハハ」

木下警部は半ば敬服したかのごとく、半ば揶揄《やゆ》するがごとく妙な笑い方をした。

「一と通りは筋道が通っているようでいて、変に非常識なところがあります。常人には考えも及ばない突飛《とっぴ》さがあります。この犯人はおそらく非常な難物《なんぶつ》かもしれませんよ。心底はまったくの狂人のくせに、うわべは当たり前の人間として通っている、犯人はそんなふうの人物じゃないかと思います。……しかし、いずれにせよ、最大の急務は生死不明の笹本芳枝さんを取り戻すことです。ご尽力を切望《せつぼう》します」

「それはあなたがおっしゃるまでもありません。何しろ大きな荷物を二つまでも抱えている犯人ですから、存外《ぞんがい》早く逮捕できるかもしれませんよ。ところで、こういう計画的な犯罪ですから、犯人は被害者の知り合いのものにちがいない。われわれはまず笹本の友人関係、親戚関係を洗って見なければなりません」

そして、木下警部は再び書斎にはいると、被害者の机の引き出しなどを次々と開いて、書類調べを始めたのである。

劉《りゅう》ホテルの怪紳士

麻布《あざぶ》の高台に、欧州某小国の公使館をとりまいて、ごく小区画の外人町ともいうべき箇所がある。その片隅に今時珍しい赤煉瓦《れんが》二階建のささやかなホテルが経営されている。その名は劉ホテル。だが主人が中国人というわけではない。ある大ホテルの支配人次席を勤めていた男が、ドイツ人の旧宅を買い取り、少し手入れをして、外人向き高等下宿といった小ホテルを始めたのである。

客種《きゃくだね》は、大公使館からさし向けてくるあまり豊かでない外人遊覧客、各国の商人、大公使館の下級官吏、留学生などで、半分は年ぎめ月ぎめの止宿人《ししゅくにん》である。

古い煉瓦建てにはところどころ亀裂《きれつ》がはいって、赤さびた鉄の締金《しめがね》で鉢巻した箇所なども見える。その不体裁《ふていさい》を隠すためか、建物の前面は半ば以上蔦《つた》で蔽われている。

煉瓦の赤と蔦の緑とまだらになった建物に、ごく旧式な小さい窓が、何か洞窟《どうくつ》のような感じで、ポツリポツリと開いている。

或《あ》る夜のこと、それは偶然にも代々木の笹本邸にあの椿事《ちんじ》の起こったその夜なのだが、劉ホテルの小さな鉄門の前に一台のクライスラーがとまった。

クライスラーというと何か立派なようだけれど、背の高いまっ四角な箱の一九三五年型で、今時ちょっと手に入りそうもない骨董品《こっとうひん》、ああ珍しい車を見るものだと、ホテルの主人は奥床《おくゆか》しいような気持がしたほどである。

ホールに客待ちをしていた制服のボーイたちがパラパラと駈け出して、自動車のドアを開くと、うしろの客席には二つの大トランクがあるばかり、お客様は、自身運転席に坐《すわ》って、車を操縦して来たのであった。

降り立った紳士というのは、非常にあざやかな濃緑色の無地の背広を着て、緑色のネクタイをして緑色のソフトをかぶって、片手にスーツケースをさげている。肩幅の広い、背の高い三十歳ほどの立派な男だ。決して車のようにみすぼらしくはない。外国人ばかりあつかいなれているボーイたちは、中国人かしらと考えたが、たちまちそうでないことがわかった。

「今朝電話で頼んでおいた柳田《やなぎだ》というものだ。部屋は用意してあるだろうね」

緑色の紳士はボーイの一人をとらえて、重々しい声でたずねた。

「ハ、用意してございます。どうかこちらへ」

「じゃ、トランクを運んでくれたまえ。重いから注意をして。大切な書類がいっぱい詰まっているんだ」

「ハ、承知しました」

それは普通のスーツケースではなくて、大旅行用の、厚みが五十センチ以上もある本物のトランクであった。一箇のトランクにボーイ二人がかりで、二階の部屋まで二度に運びこまれた。

ホールには赤ら顔のホテルの主人が、作り笑いをして待ちかまえていた。

「よくお出で下さいました。お云いつけの通り、一ばん静かな離れた部屋を取っておきましてございます。一度ごらんなすってくださいまし」

「ありがとう。少し調べものがあってね。あんなに書類をかつぎこんで、籠城《ろうじょう》しようってわけです。家にいては客が多くて、とても細かい仕事はできないものだからね」

紳士は主人のさし出す宿帳《レジスター》に署名すると、五日分の宿泊料を前払いして、ボーイの案内で二階の部屋へ上がって行った。

部屋は二階の廊下の突きあたり、建物の角に当たる場所にあたった。六坪ほどの小じんまりした居間兼寝室、その隣に三畳ほどの狭い化粧室、バスの設備はないけれど、トイレットの形を備えている。部屋には黒ずんだ格天井《ごうてんじょう》から昔風の装飾の多いシャンデリアが下がり、旧式なマントルピースの上には、どういうつもりか仰々《ぎょうぎょう》しく大きな鏡がはめこんである。

一隅に金色の擬宝珠《ぎぼうしゅ》いかめしい鉄製の寝台が置かれ、その前に飴色《あめいろ》に光った彫刻のあるテーブル、彫刻のある椅子がきちんと並んでいようという古めかしさであった。

紳士はその椅子の一つに腰をおろすと、緑色のソフトを脱いでテーブルの上に投げだした。すると、モジャモジャに縮れた赤茶けた頭髪が露出した。鬚のない面長な顔の右頰に、不自然な大きな皺がある。手術の痕か、古い怪我の痕にちがいない。

「トランクはここに置いてよろしうございますか」

「ウン、それでいいよ」

例の二つの大トランクとスーツケースとがベッドの裾の壁につけて並べてあった。

「君、ここには僕のほかに日本人は泊まっているかい」

「いいえ、一人も。日本の方はめったにお泊まりなさいません。今は、チェッコスロバキアの方と中国の方が二人と、イギリス人ご夫婦、それだけでございます」

「ホウ、いろんな国の人がいるんだね。このお隣は？」

「どなたもいらっしゃいません」

柳田は立って行って、隣室との間の壁をコツコツと叩いて見た。ひどく頑丈な壁だ。煉瓦を積んで、その表面を漆喰《しっくい》で塗りかため、壁紙を貼ったものらしい。

「たとい隣に客がいても、話し声なんか聞こえそうもないね」

「ハア、それが劉ホテルの自慢だって主人も申して居ります。この頃の建築とはまるでちがいますから」

「なるほどね。僕の仕事にはおあつらえ向きだ」

柳田は唇の隅で異様に微笑した。

「お車はどういたしましょう。ホテルにはガレージがございませんが」

「いや、それは心配しなくてもいいんだ。今電話をかけて取りに来させるよ。僕のじゃないんだ。うちの近所の営業用の車を借り出して来たのさ。この頃操縦を習いはじめてね。運転手のいる車にのる気がしないんだよ。ハハハハハ」

緑色の紳士はそう云ってほがらかに笑って見せたが、なんとなく取ってつけた申し訳のように感じられた。

「では、ここへドアの鍵を置いてまいります。それからご用はその卓上電話でお命じ下さいまし」

「ウン、よしよし。ア、それからね、今電話をかけるからね、しばらくすると運転手が自動車を受け取りに来るはずだ。僕にことわらなくてもいいから渡してやってくれたまえ。そのほかに今夜は用事はない。僕はこれから調べものだ。明日の朝までだれも来ないようにしてくれたまえ。いいかい、わかったね」

ボーイが承知した旨《むね》を答えて廊下に出ると、ドアの内側から、カチカチと鍵をかける音が聞こえた。それから、おそらく大トランクが開かれたことであろう。書類とやらが取り出されたことであろう。そしてどんな仕事が始められたのか、閉め切ったドアのなかの出来事、鍵孔さえも用心深くふさがれていたので、だれ知るよしもなかった。

翌朝八時には、柳田の部屋から電話で朝食と数種の新聞を持って来るようにという指図があった。食事は普通の朝食にパンだけは二人分、それから別に牛乳をという注文だ。よほどおなかがすいていたと見える。

ボーイがそれを運んで行くと、柳田はドアを開けてくれた。

「テーブルの上へ置いて行ってくれたまえ。すんだら知らせるから」

ボーイは云われるままに、テーブルに食事を並べながら、目早く室内を見まわしたが、別に変わった様子もなかった。窓のそばの書きもの机の上には、統計表《とうけいひょう》のような冊子が何冊も積み重ねてあって、その前に大学ノートが開かれ、小型の算盤《そろばん》と万年ペンが置いてあった。トランクは元の場所にあった。その一つの帯革《おびかわ》が解かれているのをみると、統計表などはそこから取り出されたのかもしれない。

食事がすんでしばらくすると、卓上電話でボーイが呼ばれた。見ると紳士は例の緑色の服を脱いで黒っぽい背広と着かえていた。

「これから出かけなければならない。今電話をかけておいたからね。間もなく昨夜の運転手が車を持って来るはずだ。来たら知らせてくれたまえ。おかげで大変仕事の捗《はか》が行ってね、一つの方のトランクだけ片づけてしまった。それを会社へ持って行くのだよ」

彼は弁解がましく問わず語りをした。

やがてその自動車が到着した。今日は年代もののクライスラーではなくて、ごくありふれた新型のフォードであった。

柳田はボーイたちに命じて、二箇のトランクのうち一箇だけを、車の客席へ運び入れさせ、自分は運転席について出発した。自動車を運んで来た運転手は、おいてけぼりを食って、電車道の方角へテクテクと歩いて行った。

「いっしょに乗せてってやればいいのに」

ボーイたちが、その後ろ姿を見送って、気の毒そうにささやき合った。

「ひどく手数のかかることをするもんだね。タクシーを呼べば早くて楽なのにねえ」

各国の人種のわが儘《まま》や、気まぐれや、奇癖《きへき》には慣れきっていたホテルの使用人たちも、これほどまわりくどい乗り物の使用法には初対面であった。

それから一時間ほどたって、柳田が同じ車を操縦して帰って来た時には客席は空っぽであった。会社とやらへ置いて来たのであろう。例の大トランクは影を消してしまっていた。

柳田と自称する紳士のこの一時間の外出には、後日世人の論議の中心となったところの、或る重大な意味を含んでいた。彼はその時にかぎって、なぜ緑色の服を黒っぽい背広に着かえたのか？　なぜ昨夜のクライスラーではなく、ありふれたフォードの車を命じたのか？　なぜ運転手を同乗させなかったか？　なぜそんなに急いで一方のトランクだけを持ち出したか？　そして、彼のいわゆる会社とやらはいったいどこにあったのか？

彼が帰って来た時には、三人のボーイがホールのソファーにかけて、今朝の新聞をのぞき合っていたが、柳田の姿を見ると、びっくりしたように立ちあがって挨拶した。

「代々木の殺人事件かね」

柳田はニヤニヤ笑いながら声をかけた。

「ハア……」

年少のボーイたちは大人と世間話をするすべを知らないでモジモジしていた。

「恐ろしいことだね。犯人は死骸をどっかへ持ち出して、隠してしまったというじゃないか。君たちはいったいどこへ隠したと想像するね」

「さア……」

ボーイたちは、はにかんでいた。

「土を掘って埋めるか。その手は古いね。川の中へ捨てるか。それもいけない。君たちは死後何十時間かたつと、人間が風船みたいにふくれ上がって非常に軽くなることを知っているかい。体内に腐敗《ふはい》ガスが充満するのだ。だから死骸を川へほうりこむ手はないんだよ。少しぐらい重りをつけておいたって、なんなく浮きあがってしまうんだからね」

紳士はひどく多弁であった。この殺人事件によほど興味を感じているものとみえる。

「おそらく死骸は、なかなか発見されまいと思うね。犯人は智恵者だ。智恵でもって隠せば、ずいぶんおもしろい隠し場所もあろうというものだからね。ハハハハ」

彼はあっけに取られたボーイたちを残して、階段を駈け上がって行った。階段の頂上に達するまで笑い声がやまなかった。ちょうど彼とすれちがいに泊まり客の英国婦人が降りて来たが、この不作法な笑い声に、目をみはって驚いていた。

「あの人、なんだか変だね」

元のソファーに腰かけると、ボーイたちはひそひそとささやき合った。

「ウン、変だよ。ゆうべも部屋でボソボソ、ボソボソ、長いあいだ独《ひと》り言《ごと》をいっているんだよ」

「君、聞いたのかい」

「ウン、ゆうべ二時頃に六番の洪《こう》さんが帰って来ただろう。その用事をすませて、降りて来ようとすると、どこかで話し声がするんだ。変だと思って探して見ると、あの部屋なんだよ」

「立ち聞きしたのかい」

「そういうわけじゃないけど、ちょっとドアの外まで行って見たんだ。すると、あの人、ひとりで何かしゃべっているんだよ。まるでそばに相手がいるような話しっぷりなんだ」

「どんなことを？」

「どんなことって、意味はよく聞きとれなかったけど、クドクドと子供でも叱っているような調子だったよ」

「あの人小説家じゃないのかい。自分の書いた小説を、声を出して読んでいたんじゃないのかい」

「そうじゃないよ。小説家が算盤なんか持ってるもんか。どう見ても会社員だよ」

「だが、妙な癖もあるもんだなあ。君、もしかしたら寝言をいっていたんじゃなかったのかい」

「寝言なもんか。部屋の中をコトコト歩く音が聞こえていたんだぜ」

噂話《うわさばなし》はともかくとして、本人の柳田は二階の部屋へはいっても、まだ笑いが止まらなかった。気味わるいほどいつまでも、クスクスとひとり笑いをしていた。

笑いながらも、彼の目はまず鋭く一つ残っている大トランクに注がれたが、帯革などに異状のないことをたしかめると、ドッカリ椅子にかけて、チョッキのポケットから、一枚の紙ぎれと銀色に光った扁平《へんぺい》な鍵のようなものを取り出した。紙ぎれには細かい文字が印刷してあって、ところどころに何かペンで書き入れがしてあった。柳田は机の抽斗《ひきだし》からホテルの封筒を取り出すと、それに紙ぎれと鍵みたいなものを入れ、丁寧に封をして、こまかく折りたたんで、蟇口《がまぐち》の中へしまいこんだ。

「これでよしと」

ニヤリと笑って立ちあがると、スーツケースを開いて服を着かえはじめた。黒っぽい背広を、何か汚いものででもあるように脱ぎ捨てて、よくよく好きな緑色のネクタイ、緑色の上衣《うわぎ》、緑色のズボン、緑色の靴下、たちまち上から下まで緑一色の紳士に変わってしまった。

踊るトランク

それから二日二晩が別段のこともなく経過した。

怪紳士柳田はあれ以来一度も外出しないで、部屋にとじこもったきりであった。散歩もしなかった。バスも取らなかった。食堂へも降りて来なかった。食事は三度三度自室に取り寄せ、給仕もさせないで、コッソリとすました。非常な健啖家《けんたんか》と見えて、食事のつど二人分のパンと牛乳を命じた。

夜中になると、相変わらず彼の部屋にボソボソと話し声がした。例のボーイは毎晩盗み聞きをしないではいられなかった。しかし、ドアに耳をつけても、ただ柳田の低い声がめんめんとして続くばかりで、一語さえ意味をつかむことはできなかった。そして、その奇妙な噂がいつしかホテルの主人の耳にも入ったけれど、ひとり言のくせがあるからといって、宿泊をことわるほどのこともないので、そのままに捨てておかれた。

外面に現われたところはそれだけであったが、柳田自身にとっては、宿泊以来の三晩というもの、汗みどろの苦闘が続いていた。命がけの闘争であった。そして、三晩目の夜明け方になって、やっと彼の目的が達せられたのだ。ということがあとでわかった。

もうホテルにとじこもっている必要はなかった。トランクを持って出発すればよいのだ。彼はやっとのんびりした。にわかに身体の汚れが意識された。そこで、四日目の朝食をすませると、ボーイを呼んでバスの支度を命じたのだが、それが取り返しのつかぬ油断であった。

影の男、代々木の殺人鬼に失策があったとすれば、現場に多量の血を流したまま逃げ去ったことであった。柳田は今それと同じ致命的な失策をやってしまった。ただバスにはいるだけならば、まだよかった。ところが、階下の浴室へ降りる時、彼は云わなくてもよいことを口走ってしまったのだ。

部屋を出て、ドアに鍵をかけると、ボーイに浴場へ案内される道々、彼はこんなことをいった。

「君、この部屋はもう三日も掃除しないわけだね。我儘《わがまま》を云ってすまんね。だが、今日は立つことになるかもしれない。あとで存分掃除してくれたまえ。ただ僕のいるあいだは、君にかぎらずだれも部屋へはいらないようにしてほしいんだ。これはかたく頼んでおくよ。僕がバスにはいっている間に掃除したりしちゃ困るぜ。いいかい。わかったね」

してはいけないといわれると、よけいして見たくなるという心理を彼はついうっかり忘れていたのかもしれない、なんのことはない、彼の禁止の言葉が、部屋にはいってくれとすすめるような結果になった。

案の定、ボーイは彼を浴室へ案内してから、合鍵《あいかぎ》を用意して、柳田の部屋へ引き返して来た。これという考えがあったわけではない。夜中の話し声が気になっていたところへ、さも秘密らしくはいってはいけないと念を押されたので、ついはいってみないではいられなくなったのだ。

彼はうしろを見まわして音のせぬように鍵を廻すと、ドアを開いてソッと室内に忍びこんだ。

あの人はいったい何を調べているんだろう。ノートを見ればわかるかもしれない。

そこで机の上に置いてある大学ノートを開いて見ると、妙な事には白いページばかりで、いっこう徹夜をして勉強したような形跡はない。ただ一ページ汚れた箇所があったけれど、そこには、驚いたことに絵が描いてあった。いや、絵ともいえない。丸や二重丸や三角や、へまむし入道(注3)や蜈蚣《むかで》のようなものや、どう考えても放心中のいたずら書きだ。あの人はこんなものを書いて夜ふかしをしていたのかしら。

次には、机の上に積み重ねてある統計表みたいなものを、一冊ずつ取り上げて調べて見たが、どうもつまらないものばかりだ。

大型の汽車の時間表だとか、全集本の内容見本だとか、中には芝居のプログラムまでまじっている。こんなものを調査して、どうする気だろう。変だなと考えていると、うしろの方で、コトコトとかすかな音がした。

おやッと思って振り向いたが、別に変わったこともない。この部屋には、ボーイ自身のほかに生きものはいないはずだ。

だが、コトコトという音はやまないで続いている。どこから聞こえて来るのかしら。怖くなって逃げ腰になりながら、なおも部屋中を見まわしていると、ああわかった、かすかに動いているものがある。トランクだ。例の大トランクがビリビリふるえているではないか。

あの中に何か動物でも隠してあるのかしら。犬だろうか。まさか犬をトランク詰めにするはずもないのだが。

ビクビクしながら見ていると、トランクの震動はだんだん大きくなって来た。しまいには首でも振るように左右に揺れはじめた。無生物のトランクが踊りを踊っているのだ。

可哀そうにボーイはまっ青になってしまった。昼日中まさかお化けではあるまいけれど、動くはずのないトランクが、ひとりで動き出したからには、その中には、非常に意外なものがとじこめられているにちがいない。

逃げ出そうかと思った。下へ駈けおりて助けを呼ぼうかと思った。だが、待てよ。もしかしたら、ああ、もしかしたら！　思いもかけない恐ろしい想像が彼の心中に浮かびあがった。

彼はやにわにトランクへ飛びついて行った。

「だれです？　トランクの中にいるのはだれです？　お待ちなさい。今開けて上げますから」

ボーイはもうすっかり大胆になっていた。というよりは、何かしら劇中《げきちゅう》の人になりきっていた。

彼は手早くトランクの帯革を解いた。だが鍵がない。どうしようかしらと、金具をガチガチやっていると、幸か不幸か、鍵はかけてなかったとみえて、パチンと留金が開いた。

蓋を開くのは恐ろしかった。おおかたは想像していても恐ろしかった。だが、いつまでも躊躇《ちゅうちょ》していることはできない。彼は思いきって、ソッと蓋を持ち上げた。こわごわのぞいて見ると、はたして、何か変てこなものが、とぐろを巻いていた。

ふさふさとした髪の毛がある。白い顔がある。その顔が窮屈《きゅうくつ》に折り曲げた足の、肉色のストッキングにくッついている。手ぬぐいで猿ぐつわがはめてある。荒い格子縞の薄羅紗《らしゃ》の洋服の上から、ふっくらした乳房が細引(注4)で縛られている。女だ、若い美しい女だ。

その残酷な様子を見ると、ボーイは何もかも忘れて、女をトランクの中から抱き上げてやった。そして、手早く縄を解き、猿ぐつわをとってやった。

「どうしたんです。あの柳田さんがあなたをこんな中へ入れたのですか？」

女はボーイの膝の上にグッタリとなって、しばらくは口をきく力もなかった。

ロケットの秘密

ちょうどその頃、一方犯罪捜査の網も同じ劉ホテルに向かって狭められつつあった。素人探偵大江白虹の炯眼《けいがん》が、まったく別の方角から犯人の行方をつきとめていたのだ。偶然の発覚と推理の捜査とが、一つの中心点に落ち合った。そして大江白虹と緑衣の鬼の異様な対面となる。われわれは怪トランクの中の婦人について語る前に、少しあと戻りをして、白虹の捜査顛末《てんまつ》を書きしるさなければならぬ。

怪トランクの秘密が発覚する前日の夕方、探偵作家大江白虹は同じ麻布区内の、しかし劉ホテルからは十四、五丁もへだたった住宅街の、とある門構えの邸宅の前に立って大きな表札を見上げていた。

表札には墨色《すみいろ》あざやかに夏目菊次郎《なつめきくじろう》とある。たしかにここと見きわめたのか、大江白虹は門をはいって玄関の呼鈴をおした。

やがて中から格子戸を開けたのは、書生とおぼしき詰襟《つめえり》の青年、何か胡散《うさん》らしく白虹の姿を見上げ見おろしている。

「僕はこういうものですが、ご主人に芳枝さんのことでお目にかかりたいとお伝えください」

名刺を出すと書生は無愛想に、

「では警察の方ですか？」

と聞き返す。

「いや、警察のものではありません。しかし、今度の事件に係わり合いのあるものです」

「少しお待ちください」

書生はぶっきらぼうに云って奥へはいって行ったが、しばらくすると、一そう無愛想な顔つきになって引き返して来た。

「主人はお会いしても何もお話しすることはないそうです。それに昨日から、警察の方にたびたびご面会して、知っていることはすっかりお話ししてありますから、もうどなたにもお会いしたくないとおっしゃっています」

「いや、僕はお話をうかがうためではなくて、僕の方から大切なことをお話しするためにやって来たのです。それから、お見せする品もあります。それをご覧になれば、ことによると犯人の素性がわかるかもしれないと思うのです。どうかもう一度取りついでください……念のために申し添えますが、僕は新聞記者ではありません。まあ芳枝さんの友達と思ってくだされぱいいのです」

言葉をつくしてやっと警戒がゆるみ、今度は応接室へ通された。

やがて現われた主人公夏目氏は、もう五十歳をこしたとおぼしい老紳士であった。浅黒い瘦型《やせがた》の顔に胡麻塩《ごましお》の頭髪を丁寧に分けて、胡麻塩の八字髭がいかめしく反《そ》り返っている。

「特視庁の木下係長から、あなたが芳枝さんの伯父さんでいらっしゃるということをうかがって、実はお見せしたいものがあってやって来たのですが」

白虹は挨拶をすますと、ただちに用件に入った。

「いかにも伯父といえば伯父にあたるのですが、この二、三年来、ほとんど往き来《いき》もしていなかったのです。あれに少し不都合がありましてね。まあ義絶《ぎぜつ》といったような関係になっていたのです。したがって、この頃のあれの生活については、まったく何も知りませんので」

夏目氏は当時の憤《いきどお》りがまだ消え去っていないような口吻《こうふん》であった。木下係長の話によると、この夏目菊次郎という人物は、幾つかの会社の大株主で、名義上の重役も勤めている、いわば配当生活者で、資産は一億万を下るまいということであった。

「それも木下君から聞いております。芳枝さんは笹本さんとの結婚のことで、お怒りを買っているとか……」

「そうですよ。実は芳枝も可哀そうな身の上でしてね。私の実弟の娘なのですが、早く両親に死にわかれ、その上両親の不心得《ふこころえ》から、借財こそあれ一文の遺産もないという始末、孤児《みなしご》同然の境遇になってしまったのです。それを引き取って、娘分として三年以前まで育てて来たのですが、恩を仇《あだ》に、勝手気ままな男とくッついて、家出をしたのです。それ以来、私はもとより、あれにはもう一人伯父があるのですが、その伯父とも義絶になっているのです」

夏目氏は童話作家なんていう職業を認めそうもない人柄である。だが、それにしても、ただそれだけの理由で往き来も許さぬとは、少し厳格に過ぎはしないか。これには別に何か訳があるのではなかろうか。白虹は相手の口ぶりからふとそんなことを感じた。

「こんなことになるのも、いわば自業自得《じごうじとく》ですて。わしのいうことを聞かないで、あんな三文文士と一緒になるものだから……いやごめんください。私は旧時代の人間でしてね……しかし、こういう事件が起こってみれば、やっぱり可哀そうに思います。わしにはたった一人の姪《めい》ですからね。なんとかして救ってやりたいものです。ところで、何か私に見せたいとおっしゃったようですが、それはどういうものでしょうか?」

「僕は笹本さんの家《うち》で、こういう古い写真を拾ったのですが、もしやあなたはこの写真の婦人をご存知ではないでしょうか。芳枝さんと何か深い関係のある方にちがいないと思うのですが」

白虹はいつか笹本家の庭で拾った、例の怪しい「影」が落として行ったらしいロケットの中の豆写真だけを、まず夏目氏に見せたのである。

「小さなものですね。私は目がわるいので……」

夏目氏は、いっこう気乗りのしない体《てい》で、しぶしぶ懐中から銀色の眼鏡サックを取り出し、少しふるえる骨張った指で、パチンと音をさせながら、鼈甲縁《べっこうぶち》の老眼鏡をつまみ上げた。眼鏡を当てると、レンズを通して、両眼がカッと見開いたように大きく見えた。

「ずいぶん古い写真ですね。この女の髪のゆい方は私共の子供の時分はやった型ですよ。……おや、この写真は！　あなた、これは私の母の写真ですよ。芳枝には祖母にあたる人です。しかし、芳枝がどうしてこんなものを持っていたかしら」

ああ、そうだったのか。芳枝さんのおばあさんの写真だったのか。だが、芳枝さんはそれをあの時、なぜ隠しだてしたのだろう。

「いや、芳枝さんが持っていたのではありません。今度の事件の犯人、例の影の男が落として行ったのです」

白虹は窓の外の芝生でロケットを発見した時の模様をくわしく説明した。

「そのロケットというのは、これです」

豆写真の貼りつけてあった金のロケットを手のひらにのせて、夏目氏の顔の前へつきつけながら、

「これもたぶんお見覚えの品だろうと思いますが……」

と、じっと相手の表情を見つめた。

「ア、それは……」

はたして夏目氏の顔に驚きの色が見えた。

「エ、なんとおっしゃいました？」

「いや、いや、こういうものは、わしは知りません。いっこう見覚えがないのです」

少ししわがれた声で強く云い放ったが、狼狽の色を隠すことはできなかった。芳技さんの場合とまったく同じである。芳枝さんも同じことを云い、同じ狼狽の表情をした。この伯父と姪とが、気を合わせたように隠そうとしているロケットの持主はいったい何者であろう。ロケットの持主といえば、例の影の怪物、恐ろしい殺人犯人である。それを被害者側の人たちがなぜ隠そうとしているのか。なんとなく辻褄のあわぬ話だ。

大江白虹はふと背筋の寒くなるようなものを感じた。犯人は非常に手近なところに隠れているのではないかしら。もしかしたら、こうして話している壁一重向こう側に、そいつがじっと聞き耳を立てているということではないのかしら。

ロケットを見てから、夏目氏の態度がまったくちがってしまった。もう何をたずねても、牡蠣《かき》のように口をつぐんで、答えようとはしなかった。そして、さもさも迷惑らしく、帰れよがしのそぶりである。

「もうお話しすることもないし、失礼ですが、わしは少しいそがしいので……」

と棚の時計を見る。

「では、おいとましましょう。しかし、もう一つだけお耳に入れておきたいことがあるのです。ほかではありません。犯人の服装についてです。警察ではただ頭の毛のちぢれた影法師だけにたよっているようですが、僕にはあいつの服装が想像できるように思います。というのは、僕の友人の折口という新聞記者が、犯人はそういう色の芋虫を連想するような、非常に鮮やかな緑色のものだったといっていますし、笹本さんの女中も、犯人に猿ぐつわをはめられる時、チラと見た色がまっ青なものだったと陳述しています。おそらく女中のまっ青というのは緑色のことでしょう。すると、犯人はどうやら、非常に珍しいあざやかな緑色の洋服を着ていたらしく思われるのですが、この点に何かお心当たりはないでしょうか」

白虹は相手の目を見つめながら、一語一語に力を入れて云った。

「わしにそんな心当たりがあるはずはないじゃありませんか。では、これで失礼します」

夏目氏はよろよろと椅子から立ちあがった。口では強くいうものの、顔色を隠すことはできない。緑色の一語を聞いた瞬間、彼の顔はサッと蒼白《そうはく》になった。唇から見る見る血の気が失せて行った。そして、よろよろと立ちあがりはしたものの、今にも倒れそうな様子である。何がかくもこの老紳士の感情を動かしたのであろう。もう疑うことはできない。彼は真犯人を知っているのだ。いや、たった今それを感づいたのだ。

大江白虹は警察官ではない。この上夏目氏を責め問うことはできない。彼は丁寧に挨拶をして夏目家を辞した。

緑屋敷

探偵作家は夏目家の門を出た。だが、そのまま立ち去る気にはなれなかった。犯人はこの大きな邸《やしき》の中に潜伏しているのかもしれない。夏目氏は今その犯人に気づいて、彼をこっそり逃がしてやるようなことがないとはいえぬ。

あきらめかねて、表門から勝手口、勝口手から表門へと、長い塀の前を往ったり来たりしていたが、ふと見ると、横町から自転車が現われて、夏目家の勝手口にとまった。降りたのは酒屋のご用聞きらしい中年の男だ。

白虹はこの様会を見逃さなかった。男が勝手口の戸を開こうとするのを、走り寄って呼びとめた。

「君、ちょっと聞きたいことがあるんだがね。僕は警察関係の者だが、なに、手間はとらせない。ここの家のことを少し話してもらいたいんだ」

ご用聞きは不意をおそわれて、ぼんやりしていたが、やがて気づいたように、

「ああ、代々木の殺人事件ですね。ここの家の姪御さんが誘拐されたっていう」

と、もう噂を聞き知っていた。

「ウン、そうだよ。それについてね、ここの家の家族のことが知りたいんだ。主人公のほかにはどういう人がいるんだね。雇い人は別にしてだよ」

「雇い人を別にすれば、夏目さんはご主人一人ぼっちですよ。奥さんは大分まえになくなられましたし、息子さんが一人あるんですが、ここにはいらっしゃらないのです」

「その息子さんていうのは、幾つぐらい？」

「さア、二十七、八ですかね。キ印でしてね、別居させてあるんですよ」

「キ印って？」

「少し変わってましてね、色気違いなんですよ。色気違いといったって、色情狂《しきじょうきょう》じゃありません。或る色がばかに好きなんです。道具だろうが、着物だろうが、その色でないと承知しないという変な性分《しょうぶん》でしてね、みっともないものだから、とうとう別居させてしまったのですよ」

それを聞くと、素人探偵は嬉しさに胸の躍るのを感じた。

「その色っていうのは緑色じゃないかい」

「ええ、よく当たりましたね。その緑色ですよ。しかも萌《も》え立つようなはでな緑色が好物なんですよ」

「で、その別居させてある所は？」

「さア、そいつはわかりませんね。そんなに遠方じゃないっていうことですが、ご主人のほかには誰も知らないんです。召使いたちにも秘密にしているんですって」

「いや、どうもありがとう。僕のことは、ここの家の人に云わないようにね。じゃご用を聞いて来たまえ」

白虹はご用聞きと別れても、夏目家のまわりを離れず、横町に身を隠して、ソッと表門と勝手口を見張っていた。

しばらくすると案の定、予期した人の姿が、表門をコッソリとすべり出るのが見えた。今会ったばかりの夏目菊次郎氏だ。マントに身を包み、鳥打帽をまぶかにかぶって、人目をはばかるように、門を出ると、急ぎ足に歩き出した。

行く先はおおかた察しがついている。白虹は相手に気取られぬよう、そのあとをつけて行った。秋の日の暮れやすく、街燈の光がもう目立ちはじめていた。尾行《びこう》にはあつらえむきのたそがれ時だ。

人通りの少ない屋敷町を、グルグル廻って行くうちに、道路がだんだん狭くなって、ついには生垣と生垣に挟まれた露地《ろじ》のような所へはいってしまった。その行きあたりに緑色に塗った小さな門が見える。夏目氏はその門の中へ姿を消した。

ここが、ご用聞きのいわゆる色気違いの住居にちがいない。近寄って表札を見ると、夏目寓《ぐう》と、その文字までが緑色である。

この中にあの影と笑いの怪人物が住んでいるのかと思うと、さすが冒険好きの探偵作家も、少々不安を感じないではいられなかった。だが、それにしても、夏目氏はこの殺人犯人を、いったいどう処分するつもりであろう。もしや旅費を与えて高飛びさせるというようなことではあるまいか。なんにしても油断はならない。

生垣に身をひそめてじっと待っていると、意外に早く夏目氏の姿が、再び門内から現われ、うなだれ勝ちに立ち去って行く。すると、この緑の家の主人公は不在なのであろうか。いずれにしても、様子を探って見なければならぬ。白虹は夏目氏のうしろ影を見送っておいて、ソッと門のうちへはいって行った。

建物は小ぢんまりした木造の洋館であったが、それが瓦から、羽目板から、ドアから、窓の戸の枠までも、すっかり緑の一色に塗りつぶされている。なるほど色気違いの住居だ。

緑色の石段を上がって、緑色の呼鈴を押すと、緑色の扉が中からソッと開かれた。顔を出したのは緑色の無地の和服を着たおばあさん。不思議なことに、そのむぞうさにたばねた髪の毛までが濃い緑である。おそらく主人の命令で、白髪を緑色に染めさせられたものであろう。

「こちらは夏目さんのお住居でしょうね。僕は警察関係のものですが、少しおたずねしたいことがありましてね」

と、同じ手を用いると、お婆さんは顔まで緑色になってしまった。

「ご主人は二、三日お留守でございますが」

どもりながらいうのを、おさえて、

「いや、ご主人の不在はわかっている。僕はお前さんに聞きたいことがあるのだ。ここではなんだから、ご主人の居間へ通してください」

高飛車《たかびしゃ》に出たのが効を奏して、お婆さんは、オズオズと主人の書斎へ案内した。家内にはこのばあさんのほかにはだれもいない様子である。

書斎にはいって見ると、緑色狂の好みはいよいよ至れり尽せりである。壁から天井から絨毯から、机椅子、書棚はもちろん、机の上の置物、壁の額、置時計の針までが緑色だ。その中に緑衣緑髪の青ざめたおばあさんが立っている。見ていると、こちらが気違いになりそうな雰囲気である。

「まあ、そこへ掛けたまえ。むずかしいことを尋ねるのじゃない。また、お前さんに迷惑のかかるようなことはしない。安心して知っているだけは隠さず答えてくださいね」

「ハイ、それはもう、わたしは何もやましいことをした覚えはないのでございますからね。なんでもお答えいたしますよ……だからわたしはいやだといったのです。気違いさんのお守《も》りなんてまっぴらだとおことわり申したのです。でも、大旦那が頼むからとおっしゃって、多分のお給金をくださるものですからね。ついなんでして……」

おばあさんなかなか多弁家《たべんか》らしい。こいつはうまいぐあいだ。

「ここの主人は、夏目……なんとか云ったね」

「夏目太郎《たろう》でございますよ」

「ウン、そうそう、太郎だったね。いったいいつから留守にしているんだね」

「一昨日《おととい》からでございます。自動車をお呼びなすって、ご自分で運転していらっしゃいましたが、別にどこへともおっしゃらず、そのまま今日までお帰りがないのでございますよ」

一昨日といえば、ちょうど代々木の殺人事件の当日である。

「ウン、自動車でね。いつも自分で運転するのかね」

「いいえ、一昨日が初めてでございましたよ。僕はこの頃自動車の練習を始めたのだとおっしゃって、わざと運転手をお帰しになったのです」

「出かける前、何か変わった様子は見えなかったかね」

「ハイ、そういえば、なんだか変でございましたっけ。その前に二時間ばかりどこかへお出掛けになって、夜分になってからお帰りなすったかと思うと、自動車屋へ電話をかけて、なんですかクドクドおっしゃってましたっけが、自動車が来ると、運転手を帰して、あわててまたお出かけなさいました。その間に、わたしがこの書斎へ、お茶を持って来ましても、振り向きもなさいませんし、ご飯はとうかがっても、もういいと叱るようにおっしゃったきりで、何も云い残さないで、ソソクサとお出ましになったのでございます。なんだかひどく不機嫌で、あわてふためいていらっしゃいましたのですよ」

「主人は少し頭が変だということだが、乱暴をするようなことはなかったのかい」

「ええ、めったにそういうことはありませんでした。それでなくては、いくらお給金をいただいたって、とても勤まるものじゃございません。ただ緑色が無性におすきでして、ごらんの通り、何から何まで緑色に塗りつぶしてしまうのが病《やまい》なんですね。わたしの白髪頭まで、こんなに妙な色に染めてしまいましてね。あの時はよっぽどお暇をいただこうかと思いましたのですが、大旦那がまあまあといって、多分のお手当をくだすったものですから、我慢してしまいましたようなものの、普通の雇い人に勤まる主人じゃございませんよ」

「じゃ、いうことや、することに別に変わったところはないんだね」

「ええ、それはもう当たりまえでございます。わたしなどにはわかりませんが、事によっては普通の人よりも頭の働きが鋭いくらいだということで、こんなにむずかしいご本をたくさんお読みなさるのでございますからね。でも、やっぱり気違いの悲しさには、どうかすると、ひどく沈みこんでしまって、この部屋にとじこもったきり、わたしなどにも、まるで物をおっしゃらない日がありますし、そうかと思うと、時たまは、妙に気が荒くなって、そとで大喧嘩《おおげんか》をしてお帰りなさることもないではありません。もう四、五年前のことですが、銀座裏で不良少年と大喧嘩をなさいましてね。顔にひどい傷をこさえたことがあるのですよ。その傷は今でもこれからこれにかけて、大きな赤い痕になって残っていますけれど……」

「ホウ、そんな傷痕があるの？　じゃ一《ひ》と目《め》でわかるわけだね。ああ、それで思い出したが、主人の写具はないかしら。あったら一枚ほしいのだが」

「お写真ですか、お写真なら、たしかこの抽斗にアルバムがあったはずですが」

お婆さんは書棚の下の抽斗を一つ一つ開いて、捜していたが、そこには見当たらぬ様子で、

「いつもここに入れてあるのに、おかしい」

とつぶやきながら、部屋じゅうの引き出しという引き出しを調べまわったけれど、どこにもアルバムはなかった。

「どうしたんでしょう。まさか旦那さまが持っていらっしゃったはずはありませんし……」

「ほかの部屋にあるのじゃないかね」

「いいえ、この部屋から出るわけはないのですが……」

お婆さんは、云いながらも、ドアを開けて出て行ったが、しばらくすると手ぶらで帰って来て、

「ほんとうにおかしい。あの大きなアルバムが、あれば見つからないはずはないのですが」

と首をかしげている。嘘をいっているようにも見えぬ。アルバムは紛失したらしく思われる。

白虹もなんとなく部屋を見まわしているうちに、四方の壁にかかっている額がことごとく女の写真を引き伸ばしたものであることを発見した。おや、見覚えのある顔だぞ。近づいて見ると、見覚えのあるはず、その写真は、どれもこれも、笹本芳枝なのだ。正面のもの、横を向いたもの、半身のもの、全身のもの、よくも集めたと驚くほど、この部屋は芳枝さんの写真でうずまっている。しかも不思議なことに、そのたくさんの写真が、皆緑色の印画なのだ。

「お婆さん、この写真の人を知っているだろうね」

「ハイ、それは芳枝さんと申しまして、若旦那のいとこの方でございますよ」

「だが、どうしてその芳枝さんの写真ばかり、こんなに懸けてあるんだろうね。ここ

の主人はよほどこの人が好きとみえるね」

「ハイ、それはもう、お小さい時から許婚《いいなずけ》のようにして、ご本家でいっしょに暮らしていらしったのでございますからね。若旦那さまとしてはもちろん結婚なさるおつもりだったのですけれど、芳枝さんというのは、恩を知らない人でしてね、三年ほど前家出をしてしまったのです。そして、どこかの不良少年みたいな男と世帯《しょたい》を持っているということですが、若旦那さまも、考えて見ればお気の毒な方でございますよ」

なるほど、なるほど、そう聞けば、夏目氏の姪に対する厳格すぎる態度がうなずける。白虹がさいぜん何か理由があるなと感じたのはこれであった。そしてまた、芳枝さんが、ロケットの持主を気づきながら、従兄なればこそ、それとうち明けかねた気持もよくわかるのだ。

たった一個の金色の可愛らしいロケットが、あらゆることを教えてくれた。犯人も確定した。殺人と誘拐の動機もほとんど判明したといってよい。あとにはただ、犯人の所在をつきとめることが残っているばかりだ。しかもそれには仕合わせなことに、自動車の運転手という証人がある。大江白虹は犯罪捜査というものの案外なたやすさに、むしろ失望を感じたほどであった。

主人の身の上を心配して、いろいろと聞きただす緑色のおばあさんを、体《てい》よく云いなだめておいて、彼はすぐさま夏目太郎に自動車を貸したというガレージを訪ねた。

だが、その晩は折悪しく、当の運転手が流しタクシーの仕事に出ていて、いつまで待っても帰らなかった。やっと運転手をとらえて、犯人潜伏の場所をたしかめることができたのは、翌日の午前九時頃であった。むろんそのあいだに、白虹は警視庁を訪ね、木下係長に素人捜査の顚末を報告し、諸般の打ちあわせがすませてあったので、潜伏場所が判明するや否や、時を移さず車を飛ばせて、劉ホテルをおそうこととなった。同勢は木下係長、大江白虹、ほかに私服刑事三名である。

ここで物語の時間が一致した。探偵作家と警視庁の一行が出発したちょうどその頃、劉ホテルでは怪紳士のトランクが発《あば》かれていたのだ。緑衣の殺人鬼は、苦心に苦心を重ねた韜晦《とうかい》もむなしく、今や内外両面に敵を受けて、袋の鼠《ねずみ》同然の窮地におちいったのであった。

今の世の奇蹟

お話は再び劉ホテルの怪紳士の部屋にもどる。

怪トランクは発かれた。だが、その中に隠されていたものが、あまりに意外な美しい女性であったので、ボーイはあっけにとられて、しばらくは為《な》すすべを知らなかった。

「あなたはどなたです。どうしてこんな目にあったのです」

いましめを解き、猿ぐつわをはずしても、物いう気力もなくグッタリとなっている婦人を、ソッとゆすぶりながらオズオズと尋ねるほかはなかった。

婦人はやっと顔を上げた。そして、ふるえる唇からもれた細い声は、

「早く、早く、警察へ……！」

というあわただしい言葉であった。

「あなたは誘拐されたんですね」

ボーイの声もうわずっていた。

「そうです。そればかりではありません。ここに泊まっている男は、人殺しです……あたしの主人を殺したのです……早く警察へ知らせてください」

それを聞くと、ボーイの頭にハッと或る考えが閃《ひら》めいた。

「アッ、それじゃ、もしやあなたは代々木の……」

「そうです、代々木の笹本芳枝というものです。新聞に出たんでしょう。あの人殺しがここに泊まっているのです。早く、早く……！」

「じゃ、あなたはここに待っててください。すぐ主人を呼んで来ますから、大丈夫ですか？」

「ええ、大丈夫……早くしないと……」

ボーイはあわただしく部屋の入口に駈け寄って、ドアを開こうとした。だが、彼が開くまでもなく、ドアは外から開かれた。そして、ヌッと人の顔。しわがれたなんともいえぬ不気味な笑い声。ああそこには、いつの間に帰って来たのか、緑衣の紳士が立ちはだかっていたのである。

「こんなことだろうと思ったよ。どうも君のそぶりが怪しかったので、バスをやめにして、戻って来たのだ。間に合って仕合わせというものだ」

自称柳田一郎の夏目太郎は、口にはやさしく云いながら、目にはギラギラと狂気の色をたたえて、ノッソリ部屋へはいると、うしろ手にドアを締め中から鍵をかけてしまった。

可哀そうなボーイは、猫の前の鼠のように、声を立てる力もなく、相手の前進するにしたがって、ジリジリとあとじさりするばかりであった。

「坊や、怖いかね。ウフフフフ……気の毒だが、しばらくおとなしくしていてもらうよ」

ゆっくりゆっくり云いながら、しかし彼の左腕は非常なすばやさで相手の頸《くび》に巻きついて行った。そして、その蛇のような腕に、ボーイの顔がまっ赤になり、やがて紫色に変わり、ついに血の気が失せるまで力をゆるめなかった。

ボーイの身体がクナクナと床に倒れてしまうと、狂気にかがやく悪魔の両眼が、部屋の隅に身をすくめた芳枝さんに、喰い入るように注がれた。

だが、ちょうどその時、ホテルの門前にブレーキのきしる音がして、自動車のとまる音が聞こえて来た。

芳枝さんに見入っていた悪魔の目が、うろたえたように宙《ちゅう》にそれた。彼は一《ひ》と飛《と》びで表側の窓に近づくと、カーテンをそっと開いて、ホテルの玄関を見おろした。

「ウフフフフフ、とうとうやって来やがった。警察のやつらだ。芳《よっ》ちゃん嬉しいか。救いの一隊が近づいて来たんだぜ。ウフフフフフ」

クルリと振り向くと、再び二人の目と目が釘づけになった。……

それにしても、なんという気違い沙汰《さた》であろう。彼は芳枝さんを見つめたまま笑い出したのだ。頬の傷痕をみにくくゆがめて、例のしわがれ声で、何がおかしいのか、ゲラゲラと笑い出したのだ。

×　　×　　×

階下では、不意をおそわれたホテルの主人が、木下警部の質問に、うろたえながら答えていた。

「赤茶けた髪をモジャモジャにして、右の頬に大きな傷痕のある、緑色の服を着た男だ。間違いないね」

「ハイ、その通りでございます。レジスターには柳田一郎とつけてございますが、……」

「それは、偽名にちがいない。何か大きな荷物を持っていなかったかね」

「ハイ、大きなトランクを二つ」

「よし、何もかも一致している。君、そいつは殺人犯人だ。知っているだろう、代々木の殺人事件の犯人なんだ……いや騒いではいけない。ソッと出入口を見張らせてくれたまえ、それから、だれかその部屋へ案内を頼む」

ホテルの主人は、雇い人たちに指図をしておいて、みずから案内に立った。三人の刑事を階下に残して犯人の逃亡にそなえ、木下警部と大江白虹とが主人のあとにしたがう。

足音を忍ばせるようにして、階段を上がり、廊下を少し行くと、かすかに妙な笑い声が聞こえて来た。

「あれです。あの笑い声です」

白虹が立ちどまって、木下警部にささやいた。

警部もホテルの主人も、初めて聴く悪魔の声のいやらしさに、ゾッと立ちすくまないではいられなかった。なんという不気味な兇笑《きょうしょう》であろう。百歳の老人が喉の奥であざけり笑っているような、或いは地獄の底からもれてでも来るような、まがまがしい笑い声である。

しかも、彼らをおびやかしたものは声ばかりではなかった。またしても影であった。怪紳士の部屋には、廊下に面して、ドアの横手に磨ガラスの窓が開いていた。表側の窓にあたる午前の陽光がその磨ガラスにおぼろな光をなげている。そこに、例のモジャモジャ頭と裾ひろがりの釣鐘マントの怪しい影が、ボンヤリと写っていたではないか。

三人は薄暗い廊下に立ちすくんで、しばらくは顔見合わせるばかりであったが、さすがに木下警部はいつまでも躊躇してはいなかった。彼は忍び足にドアに近づくと、おだやかにノックした。

「ちょっとお開けくださいませんか」

物なれた猫撫《ねこな》で声だ。

その声と同時に、窓の影は消えたけれど、答えはない。

警部は今度は少し烈しくノックしておいて、ドアの把手《とって》に手をかけたが、鍵がかけてあると見えて動かない。窓のガラス戸も押して見たが、これも中から掛金《かけがね》がかかっている。ガラスを破って押し入るほかはない。

警部はホテルの主人を招いて、口早に何事かをささやいた。主人はもう足音にかまわず、飛ぶように階下へ降りて行った。

やがて、三名の刑事が手に手にステッキをひっさげて駈けつけて来た。警部の指図で、たちまち一人の刑事のステッキが、窓ガラスに飛ぶと、激しい物音とともにガラスの破片が飛び散って、窓にポッカリと穴があいた。一人がそこから手を入れて掛金をはずす間ももどかしく、警部を先頭に、一同が窓を越して室内にふみこんだ。

まず目に入るのは、死骸のようにころがっている二人の姿、一人は制服を着たホテルのボーイ、一人は笹本芳枝さん。抱き起こしても、両人とも気を失っていて、急に正気づく様子もない。

だが、犯人はどこにいるのだ。

窓を越して表へ飛び降りたのかもしれない。人々はカーテンを開いて三つの窓を調べて見た。しかし窓にはすべて内側から掛金をかけたまま異状はない。ガラスの割れた箇所も見当たらぬ。

犯人は部屋のどこかに隠れているのだ。

まず木下警部が隣の化粧室へ飛びこんで行った。だがそこにも人の気配はなかった。三畳ほどの窓のない小部屋、どこに隠れる箇所もない。

刑事たちは、ベッドの下、暖炉の中、絨毯までめくって探しまわったが、どこに一箇所怪しい所もなかった。広くもないホテルの部屋、もう探す場所がなくなってしまった。

緑衣の怪物、この不思議な精神病者は、何か常人には想像もつかない魔力をでも備えていたのであろうか。

人々は部屋のまん中に集まって茫然《ぼうぜん》と顔を見合わせるばかりであった。夢を見ているのではないか。狐にでもつままれているのではないか。あまりの不思議さにわれとわが目を信じかねるほどである。

ドアはもちろん、窓という窓の戸は、何度調べても、ちゃんと内側から締まりがしてあった。暖炉の煙突は幅が狭くてどんな小さな子供でも抜け出すことはできない。

絨毯の下の床板には少しの異状も見当たらぬ。天井はすっかり漆喰で塗りかためてあるのだし、壁に秘密戸の仕掛もない。金庫のように密閉された部屋だ。その部屋の中から一人の大男が煙のように消え失せてしまったのだ。今の世の奇蹟というほかはないのである。

やがて、二人の失神者は人々の介抱でやっと蘇生したが、問いただしてみても、気を失ったあとの出来事なので、犯人の行方については何も知らなかった。

それから数日の間、劉ホテルは刑事群の包囲の中にあった。同時に、東京市内は申すに及ばず近県の各警察に犯人の特徴が打電され、水ももらさぬ警戒網《けいかいもう》が敷かれたが、いつまでたってもホテルの内からも外からも、犯人は現われて来なかった。

そのあいだには、緑系統の洋服を着た男が、十何人というもの、各所の警察に引致《いんち》され訊問《じんもん》を受けたけれど、ことごとく人違いであった。

かようにして、事件は一段落を告げたと見えた。あれほど世間を騒がせた殺人事件も、いわゆる迷宮に入ったまま、いつともなく忘れられて行くかに見えた。

誘拐された芳枝さんは無事に取り戻した。行方不明とはいえ犯人の素性は明瞭にわかっている。では、お話はもうおしまいではないのか。多くの読者はそんなふうに考えられるかもしれない。だが実はここまでが物語の発端なのである。探偵作家大江白虹は決してこの物語の主人公ではない。少々風変わりな名探偵の登場までには、まだ数章を重ねなければならぬ。緑衣の怪人はこれまでのところ、そのほんとうの凄味《すごみ》を発揮《はっき》しているとはいえない。お話はこれからである。

では、なぜこのような、少々退屈な発端を必要としたのか、そこにこの物語の秘密がある。読者諸君は読み進むにしたがって、ここまでの数章が、必ずしも無意味な饒《じょう》舌《ぜっ》ではなかったことを悟られるであろう。

望遠鏡

殺人鬼の正体は明らかとなった。彼は芳枝さんには従兄にあたる、資産家夏目家の一人息子夏目太郎という精神異常者であった。この不思議な殺人犯人は衣服から持物から住宅にいたるまで、すべて緑色に統一しないでは気のすまぬ病を持っていた、いわば緑色狂であった。洋服はもちろん、帽子もネクタイも靴下まで、萌えるような不気味な緑色のものを用いていた。

彼はその緑色狂のほかには、日頃は、目立つほど常人と変わったそぶりもなかった。頭のはたらきはむしろ人なみ以上であり、なかなか学者でもあった。今度の殺人と誘拐の手なみを考えても、どうして気違いどころではなかった。童話作者殺しは、その筋でも驚いているほど、緻密《ちみつ》な計画のもとに行われた。犯人の少しの手違いから、劉ホテルのボーイによって怪トランクがあばかれ、芳枝さん誘拐の目的は中途で放棄しなければならなかったけれど、しかし、犯人自身は警官の包囲を受けながら、まるで煙のようにホテルの一室から消え失せてしまった。そして十日、二十日、もう一カ月近くにもなるのだが、其の筋の厳重な捜査網を巧みにのがれて、彼の消息はまったく不明であった。

いや、それればかりではない。笹本静雄の惨殺屍体を彼はいったいどこへ隠してしまったのであろう。劉ホテルへ投宿の翌日、自動車に積んで、彼自身運転して持ち去った大トランクこそ怪しいのだが、そのトランクもどこからも現われて来なかった。河へ投げこんだのかもしれない。貨物にして運送店に託したのかもしれない。或いは停車場の手荷物一時預り所などを利用したのかもしれない。警察はいうまでもなく、それらの疑わしい箇所を手をつくして捜索した。黒っぽい背広を着た三十年輩の紳士、頭髪は赤茶けてモジャモジャに伸びている。右の頰には大きな傷痕がある。そういう男から大トランクを受け取ったものはないかと、刑事たちが尋ねまわったばかりでなく、新聞という新聞がデカデカと書き立てたのだから、心当たりのものがあれば申し出ないはずはない。だが、そういう届け出はまったくなかった。

犯人が外出したのはたった一時間ほどであった。すると屍体トランクは、麻布の劉ホテルから自動車で往復一時間以内の場所に隠されていなければならない。いうまでもなく市内である。犯人にどんな巧みなトリックがあったのか、その手近のトランクが、一カ月たっても現われて来ないのは、実に不思議というほかはなかった。

緑色狂の夏目太郎には、何かしら常人には想像もできない不思議な魔力が備わっていたのかもしれない。濃緑色の芋虫は、えたいの知れない地獄の妖術を会得《えとく》していたのかもしれない。そういう世の常ならぬ想像が、事件の関係者はもちろん、新聞読者たちをひどく気味わるがらせた。

犯人の素性をあばき、芳枝さんを救い出した大功労者、素人探偵大江白虹は、このところ大変な人気者であった。書店では彼の書いた探偵小説が、にわかに売れ行きを増し、白虹のアパートには、新聞記者雑誌記者の訪問者が引きも切らなかった。

探偵作家は、そういう世間的人気が嬉しくないことはなかった。だが、彼にはそれを得意がっている余裕がなかった。折角《せっかく》ふえた原稿の注文も、手をつける気にさえならぬ。彼の心は何かほかのもので一ぱいになっていたのだ。

彼の頭の中には、会わぬ日が重なるにつれて、その色彩を増して行く、濃艶《のうえん》な面影《おもかげ》があった。その面影は一日は一日ごとに美しさを増して、白虹に頬笑みかけるのであった。

或る日のこと、彼はアパートのボーイが配達してくれた郵便物を見て行くうちに、一通の小型の洋封筒《ようふうとう》を発見した。「大江白虹先生」という女文字に、ハッキリ見覚えがあった。あわただしく裏を返すと、「笹本芳枝」とその人の名が美しく書かれてある。探偵作家は中学生のようにポッと顔を赤くして、胸躍らせながら、その封を切った。

久しくお便りもいたしませんでお許しくださいまし。もうあすでちょうど一《ひ》と月《つき》でございます。悲しみにうちひしがれて、何を考える気力もなく、子供のように人まかせの気持で過ごしていますうちに、夢の間に日がたってしまいました。

時間というものは、ありがたいと思います。生々しい記憶が遠ざかるにしたがって、わたくしも少しずつ人心地がついてまいりました。今はもう泣いてばかりはおりません。何かしらこうして美しい自然の中に生きて行くことが嬉しくさえ感じられるようになりました。先生、御安心くださいませ。只今も海岸の散歩から帰ったばかしでございます。淋しい漁師村みたいな所ですけれど、景色はすばらしうございます。景色と申せば、わたくし達が、どうしてここへ移ってまいりましたか、そのことを先生に御報告申しあげなければならないのでした。

夏目の伯父も気の毒でございます。一人きりの子供が恐ろしい殺人犯人としてお尋ねものになってしまったのです。笹本の下手人としての恨みは恨みですけれど、何も伯父の存じたことではございません。わたくしはこの気の毒な伯父さんをなぐさめて上げたいという心持でいっぱいでございます。

伯父も子供の罪を幾分でもつぐないたいと申して、わたくしに大変やさしくしてくれます。まるで人が変わったようでございます。そういう気持の激変から、わたくし達は本当に仲のよい親子のように暮らしております。伯父もわたくしもジロジロと眺められる世間の目に堪えかねて東京を逃げ出す決心をいたしました。幸いこの地にささやかな伯父の別荘がありまので、以前から本宅におりました気心の知れた秘書の方と三人きりで、十日ほど前ここに移ってまいりました。この地で雇いました女中二人と五人暮らしでございます。

東京の夏目の邸は、そのうち折を見て売りはらってしまい、お前と二人でここに永住するつもりだなどと伯父は申しております。ああいうことのありましたあと、刺戟《しげき》の多い都住居には堪えられないのでございましょう。つい昨日までは、お引越しも夢のようで、どなたにもお目もじいたしたくないような、うちひしがれた気持でございましたが、やっと人心地がついたと申しましょうか、先生に御手紙が書きたくなったのでございます。先生、一度こちらへ御遊びにおいでになりませんか。お仕事を持っていらっしゃるのでしたら、ちょうど適当な静かな部屋もございます。わたくしにしましては、勝手がましい申し分ですけれど、そうして先生にお目にかかって、しみじみお礼が申したいのでございます。もしいらしってくださいますれば、伯父もどんなにか喜ぶことでございましょう。

芳枝さんの引き移った土地というのは、伊豆《いず》半島のI温泉地から程遠からぬ海岸のSという村であったが、手紙にはそこへの道順をくわしくしるし、電報を下さればI駅まで迎えのものをやるからと書き添えてあった。

大江白虹は、芳枝さんのペンの跡を、楽しい興奮をもって、丹念に三度読み返したあとで、急がしく旅行案内を調べると、その日の午後の汽車でS村へ出かけることにきめてしまった。

午後四時、I駅に下車すると、改札口の外に一人の青年が待ち受けていて彼に挨拶した。事件の直後夏目家を訪問した時に言葉をかわしたこともある秘書の山崎《やまざき》であった。

I駅からS村まで約二マイル、二人は山崎が雇っておいた自動車に同乗した。

「芳枝さんはまだ町へ出て人中《ひとなか》に顔をさらす気になれないから、わざとお出迎えしないけれど、先生に失礼をよくお詫びしてくれということでした」

山崎が歯切れのよい口調でいった。彼はよく身に合った濃い鼠の背広を着て、新しいソフト帽、よく光った靴をはいていた。身嗜《みだしな》みのよい男だ。いや小ぎれいなのは服装ばかりではない。その顔がまたギリシャ人のように端正《たんせい》である。高い鼻、濃い眉、大きなよく光る眼、赤い唇、ピッタリとなでつけたつやつやしい頭髪、その上広い肩幅のどうどうたる体格、まぶしいほどの美青年だ。

「夏目さんもお気の毒だね。こんな淋しい片田舎へ引きこもってしまうなんて。君も退屈でしょう。これという用事もないだろうから」

「いや、先生、そうでもありませんよ。僕にはこれでちゃんと役目があるんです。僕こう見えても、少し柔道ができるもんですからね。ご主人は僕を芳枝さんの護衛役に連れてこられたんですよ」

いかにも腕に覚えありげな青年である。

「ウン、相手は気違いなんだから、そういうことも考えておかねばなるまいね。しかし、芳枝さんを襲う男はつまり、君のご主人の息子さんなんだから、君もつらい立場だね」

「そうです。変てこな立場です。でもご主人の苦しい立場に比べたらなんでもありゃしませんよ。それに僕にしちゃあ、ああいうお嬢さんみたいな美しい未亡人の守護役は、決していやな仕事ではありませんからね。ハハハハハ」

この美貌の青年は少し低能の気味が感じられた。しかし、美貌で腕っぷしが強くて、その上羞恥《しゅうち》を知らない男は一そう危険である。白虹は彼のひそかなる情熱にとって、恐ろしい大敵が現われたことを感じないではいられなかった。

車はI町の人家を離れると、急に迫って来た山肌と、切り立った海岸との間の、桟《さん》道《どう》のようなあぶない道を通って、やがてS村へはいって行った。

海岸とうしろに迫る山々との間に、それでも少しばかりの畑地があって、みすぼらしい藁屋根《わらやね》の人家がチラホラと点在している。車は海岸の国道から右に折れて、坂道を少しのぼると、山裾の都会めいた邸宅の門前にとまった。それが夏目家の別荘である。

門前にはエンジンの音を聞きつけた夏目氏と芳枝さんとが、人なつかしく出迎えていた。二人は車から降りた白虹の手を取らんばかりにして奥の座敷へみちびき入れた。

夏目氏はほんとうに人が変わったように、気の弱い老人に見えた。殺人犯人の父というひけめを、起居《たちい》にも言葉づかいにも隠すことはできなかった。

芳枝さんは、面《おも》やつれしていたけれど、手紙にもあったように、強いて気持を引き立てているのであろう。案外言葉数が多かった。そういう苦悶《くもん》が、彼女の美しさを一そう複雑にし、みがき上げているように見えた。

その晩は酒なども出て、主客に山崎秘書もまじって、雑談に夜をふかし、白虹はすすめられるままにとうとう泊まりこんでしまった。

翌日の午後、白虹は芳枝さんにさそわれ、二人きりで、うしろの山の見晴らし台へ登った。

雲のないすみ渡った秋日和《あきびより》であった。東京とは温度もちがうし、塵芥《ごみ》のない空から直射する陽光が、ひとしお鋭いように感じられ、二、三丁の山路を登るのに、じっとりと汗ばむほどであった。

見晴らし台は小山の中腹にある二十坪ほどの草原で、藍色《あいいろ》の太平洋の眺望《ちょうぼう》はすばらしかった。屈曲《くっきょく》の多いこのへんの海岸線は、S村のところで小さな入江を作って、白い波打ち際がほとんど正確な半円をえがき、その右側の岬の端に、松などのはえた岩が二つ三つ、陸地のしたたりのようなぐあいにそびえていた。藁屑《わらくず》のような漁船がちらばっている向こう、天際《てんさい》に巨大な弧《こ》をえがいた水平線の近くを、おもちゃみたいな蒸気船がすべっていた。

見晴らし台の海に向かった端にトタン屋根の粗末な四阿《あずまや》ようのものが建っていて、そのまん中に、金具もさびはてた大きな望遠鏡が、三脚ですえつけてあった。

「妙なものがありますね。村で備えておくのですか？」

「いいえ、東京の人が、ここを遊覧地にして、お金儲けをしようとしたのだそうです。でも、その人はすっかり当てがはずれて、失敗して、姿をくらましてしまったのですって。

この見晴らし台も、それからあすこに見える水族館も、多勢の債権者のあいだで、宙に迷っているのだそうですわ」

芳枝さんの指さすところ、目の下の海岸に、なるほど水族館らしい長い建物が見える。

「ヘエ、こんな淋しい村へ水族館を建てたのですか?」

「ええ、I温泉の客を引こうとしたのだそうです。でも、ちっともお客さんが来なかったのですって。今では出入口を釘づけにしてしまって、ほうってありますの。可哀そうに餌をやる人もないものだから、お魚が友喰《ともぐ》いをして、おおかた死んでしまったということです」

二人は草原に腰をおろして、大海原の眺望を楽しみながら、とりとめもなく語り合った。物いうたびに、健康な潮の香がソヨソヨと鼻孔《びこう》をくすぐった。

「でもよかったですね。夏目さんがこういう態度をとってくだすって」

「ええ、伯父もすっかり弱気になってしまいましたわ。可哀そうですわ。たった一人の肉親が、恐ろしい罪人で、今にも捕まりやしないか、捕まりやしないかと、ビクビクしていなければならないなんて、ほんとうに地獄だと思いますわ」

「それにしても、不思議ですね。あの人はどこに隠れているんでしょう。これほど探してもわからないなんて、ちょっと考えられないことですね」

「ええ、あたし、それが怖いのです。ああいう当たりまえの人じゃないのでしょう。ですから、人間以上の何かえたいの知れない力が感じられるのです。恐ろしい執念《しゅうねん》みたいなものが。こうしてお話ししていても、あの人の生霊《いきりょう》がすぐ身近にウヨウヨ動いているような……」

芳枝は云いさして、総毛立つような顔をした。赤ん坊みたいに無邪気な大きい目が、なやましくうるんで見えた。

白虹はいきなり「僕がついています」「僕があなたを守護して上げます」と叫んで、芳枝さんのほっそりした肩を、力まかせに抱きしめたい衝動を感じた。それを押さえつけるのがやっとだった。

「そういうことは考えない方がいいですよ。それを忘れるために、この海岸へ引越して来たんじゃありませんか。いくら執念深い気違いでも、これ以上あなたを苦しめはしないでしょう。人間の不幸というものには限度があると僕は思うのです」

「でも、あたし昨日から何かしら胸騒ぎがして……先生にお手紙を差し上げましたすぐあとで、あたし、いやな、気になることを聞いたのです」

芳枝さんは、このほがらかな日中を、まるで暗闇の夜ででもあるように、白虹の方へ身をすり寄せて、声を低めるのであった。

白虹もそれを聞くと、同じ胸騒ぎのようなものを感じないではいられなかった。不気味さと、芳枝さんの胸元から発する芳香《ほうこう》と、背広を通して触れ合っている女のやわらかい肩の感触と、それらのものがゴッチャになって、不思議な混合酒《こんごうしゅ》のように、彼の心を騒がせたのである。

「気になることって？」

彼は声の調子を変えまいと努力しながら、すぐ目の前に迫っている芳枝さんの青白い顔を見て聞き返した。

「緑色のことですの。うちの女中が、村の子供から聞いたのだといって話しているのを、小耳にはさんだのですけれど、何か恐ろしいことの前兆《ぜんちょう》のようで……。

「あの水族館の建物には、番人の部屋がありますの。むろんこの頃はだれもいないのですが、村の子供が窓の外からのぞいて見ると、その部屋の板壁が毎日少しずつ緑色に変わって行くというのです。

「間接《かんせつ》に聞いたのですから、よくはわかりませんけれど、もしやその空部屋を、夜の隠れがにしている者があって、そいつが毎晩ペンキか何かで壁を塗っているのじゃないでしょうか。その緑色のペンキを塗っている男は、いったい何者でしょう……あたし怖くって」

「おかしいですね。こんな村に素性の知れぬルンペンがはいりこむわけもないでしょうし……子供がでたらめをいったのじゃありませんか」

「それだといいのですけど……」

白虹はふと思いついて、立ち上がると四阿の中の望遠鏡に近づいて行った。

「その番人の部屋というのは、どのへんにあるのですか？」

目の下の水族館を指さしながら、振り返って尋ねると、芳枝さんはけげんらしく、こちらの端に小さい窓の見える部屋だと答えた。

白虹は望遠鏡の蓋を取って、筒先を水族館の方角に向けなおして、目を当てた。そして、焦点を合わせながら、芳枝さんに話しかける。

「ホウ、こいつはすばらしい望遠鏡ですね。水族館のあの窓のある部屋だけが、いっぱいに見えますよ……漆喰の壁にひびが入っていますね。窓のガラスも破れている。ガラスの表面を這っている虫までがハッキリ見えるくらいです……だが部屋の中は暗くてわからない。壁の色は見分けられませんよ。でも、なんだか緑色のようにも感じられますね」

夢中になってのぞいているうしろへ、芳枝さんも立って来て、

「あたしにものぞかせて……」

と、白虹の肩に手を当てた。

「ええ、見てごらんなさい」

彼は云いながら、望遠鏡から目をはなそうとしたが、何を見たのか、突然、異常な熱心さで、再び望遠鏡にしがみついてしまった。

「あら、どうなすったの。何が見えますの？」

「人です。あの部屋の中に黒い人の影が動いているのです……ア、見えなくなった、外へ出て来るのかもしれない……やっぱりそうだ。水族館の戸口は釘づけになんかなってませんよ。中からだれかが開けようとしている。ア、だれか出て来ましたよ」

そこで白虹の声はパッタリとだえてしまった。だが、見るものがなくなったのではない。片目をつむった彼の顔には、ひとしおの真剣さが加わっている。いや、真剣さというよりは、むしろ恐怖の表情といった方が正しいかもしれない。

「その人どんな人ですの。何をしていますの？」

だが、白虹は返事もしない。化石したように望遠鏡にしがみついて動かぬのだ。

「ちょっと、あたしにも見せて」

白虹は肩をゆすぶられて、やっと目をはなした。だが、顔色は別人のように変わっている。

「いや、いけません。のぞくんじゃありません。それよりも、もう帰ろうじゃありませんか。伯父さんが心配なすっているでしょう」

芳枝さんは白虹の態度の激変《げきへん》に、たちまち何事かを悟って、サッと青ざめた。そして、立っているにも堪えないように、ヨロヨロと彼の腕にすがりつくのであった。

「なあに、なんでもないのです。怖がることはありません、さア、帰りましょう」

白虹は芳枝さんの手を取って、倒れそうになる身体を抱かぬばかりにして、見晴らし台を降りはじめた。力を失った肉体は女性ながらも重々しく彼によりかかっていた。その重量と温度の甘い感じが、今見たものの恐怖とまじりあって、またしても彼を異様に興奮させないではおかなかった。

白虹は望遠鏡のレンズを通していったい何を見たのであったか。それはひどく意外といえば意外、まだ予期していたといえばそういえる一人の人物であった。緑衣に包まれた怪しい紳士の姿であった。

水族館の一方の出入口の扉がソッと開いて、レンズの丸い視野の中へ、あざやかな緑色のものが徐々にその全身を現わした。

緑色の上衣、緑色のズボン、緑色のネクタイまでが、太陽の直射を受けて、クッキリと浮き上がって見えた。こんな異様な服装をしたやつがほかにあろうとは思われぬ。あいつだ。あいつにちがいない。

怪しい緑衣の男は、戸口を出て、ヒョイとこちらを振り向いたかと思うと、たちまち建物の裏手へ姿を消してしまった。ただ一瞬間であった。しかし、白虹はその太陽に照らされた青白い顔をハッキリ見たように思った。

案の定、赤茶けた頭髪が草むらみたいにモジャモジャとみだれていた。右の頬には、話に聞いている大きな傷痕が、赤黒い蚯蚓《みみず》のように這っていた。

水族館の人魚

大江白虹は芳枝さんを別荘へ連れ帰ると、すぐその足で単身水族館へ出かけて行った。芳枝さんにはもちろん家人にも、望遠鏡に写った怪しい影については何事も語らなかった。彼はまだそれを信じることができないのだ。殺人鬼のあまりに突然の出現を、そのまま現実の出来事として受け取ることができないのだ。

あの山の上の草むらの中に、奇妙な案山子《かかし》みたいにヒョッコリ立っている赤さびた望遠鏡。あいつはなんとなく魔法でも使いそうな恰好をしているではないか。緑衣の人物はかさなり合ったレンズのあやかしではなかったのか。日頃心にある影がそのまま幻覚となって現われたのではないかしら。

うかつに人騒がせをするよりも、まずたしかめて見なければならない。それには直接現場へ行って、その番人の部屋の壁というのを調べてみるにかぎる。そして部屋の様子を一目《ひとめ》見れば、最近人が寝泊まりをしたかどうかも察しがつくであろう。なおその上に、もし緑衣の人物に出くわすようなことにでもなれば、かえって面倒がはぶけるというものだ。

夏目家の別荘から水族館までは三丁ほど、そのあいだには人家もなく、水族館の周囲は海ぞいの広い砂地になっている。その位置はS村の南のはずれ、淋しい中にも淋しい場所である。

山の上からでは気もつかなかったが、水族館の建物のまわりには、粗末な板塀が続いている。したがって見晴らし台へでも登らぬかぎり、村の人家や道路からは、水族館の窓を見ることはできないようになっている。昼日中怪しい人物が平気で建物に出入りしていたのも、この板塀の目かくしがあればこそであろう。

表口には切符売場のボックスや停車場のような改札の柵がある。だが、その柵は倒れ、ボックスのペンキもはげ落ちて、痛ましい廃墟《はいきょ》の感じだ。

倒れた柵をふみこえて、構内にはいって行くと、ガラッとした広い砂地には人影もなく、聞こえるものは近くの岸に打ちよせる波の音ばかり、大きな建物であるだけに、その淋しさはひとしおである。

サクサクと砂をふんで、望遠鏡で見覚えの出入口に近づき、じっと聞き耳を立てたが、人の気配もない。例の窓の外へ廻ってのぞいて見ると、それは聞いた通り四畳半ほどの板壁、板敷きの小部屋であったが、そこにも人の影はなかった。

人の影はなかったけれど、一と目見てギョッとするようなペンキの色、ああ嘘ではなかった。その部屋の板壁から天井から、まるで子供のいたずらみたいに、萌え立つような緑色のペンキがめっちゃくちゃに塗りつけてあるではないか。玄人《くろうと》の仕事ではない。刷毛の持ち方も知らぬ素人が、ただやたらにペンキをなすったものであろう。

それでは、緑衣の人物も幻覚ではなかったのだ。あいつは現に、どこか建物の隅に隠れて、闖入者の挙動をじっと監視しているのかもしれない。

白虹は一そう用心深く、あたりに気をくばりながら、締まりの破れた大きな板戸をあけて、建物の中へはいって行った。

建物は鉤《かぎ》の手になっていて、その中央を観覧者の通路がつらぬき、両側にズラッとガラス張りの水槽が並んでいる。部屋といっては入口のすぐそばの例のペンキ塗りの番人部屋のほかにはない。

水族館特有の海底めいた薄暗さ。両側の窓のような水槽には、まだ八分目ほど水がたたえられ、その底にさまざまの魚類の喰いあらされた死骸が横たわっている。まれにはそれらの死骸を餌食《えじき》にして、執念深く生き残り、にごった水の中を魔物《まもの》のように泳いでいるやつもある。

白虹は水族館の廃墟というものの、異様な物凄さに身ぶるいして、左右の水槽はなるべく見ないように、急ぎ足に鉤の手の通路を一と曲がりして、一方の端の出入口に達した。別段人の隠れるような場所もなかった。水族館の中にはだれもいないのだ。

そこの大戸も錠前がこわれている様子なので、押しこころみると、まるで赤ん坊の泣くようないやな音を立てて、きしみながら開いた。

そこを出て、あかるい砂地を、建物にそって、あたりに気をくばりながら、構内をグルッと一巡したが、やっぱり人の気配もない。正面の石段に腰をおろして、煙草に火をつけて、ゆっくり待ちかまえてみたが、打ちよせる波のほかには、近づく人の足音もなかった。

念のために、番人部屋へはいって押入れなどを調べてみたが、その隅にペンキの罐《かん》と汚れた刷毛を発見したほかには、なんの異状もなかった。人の寝泊まりした気配さえ感じられぬ。

では、さっきの人影は、やっぱり幻覚だったのかしら。レンズのあやかしにすぎなかったのかしら。

白虹は仕方なく水族館を出て、村道を山の方へ歩き出した。

このまま別荘へ帰ってしまうのも、なんとなく気がかりだ。といって、一人の力で村じゅうを探しまわることはできない。もう一度引き返して、水族館の中で待ち伏せしてやろうかしら。だが、待ち伏せなんかしていたら、相手は警戒して近よらないかもしれぬ。

ああ、そうだ。いいことがある。望遠鏡だ。あれでのぞいたら村じゅうがどんな隅々までもハッキリ見えるにちがいない。歩きまわって探すより、レンズの力を借りるのが手っとり早い。それに、ひょっとしたら、あの望遠鏡をのぞきさえすれば、何か妖術のように、この人気《ひとけ》のない水族館の構内へ、ヒョッコリあいつの姿が現われないともかぎらぬのだ。

水族館からまっ直ぐに行けば、見晴らし台までは五分とかからぬ。別荘へ引き返す足で、ちょっとあすこへ登って見よう。

それというのが、やっぱりあやかしのレンズの不思議な誘惑であったのかもしれぬ。白虹は何かに引かれる人のように見晴らし台へと急ぐのであった。

見晴らし台の上には、消えてなくなりもしないで、赤さびの大望遠鏡が、魔法の国の不思議な案山子のように、チョコンと立っていた。

いつの間にか入日《いりひ》に近い刻限であった。見渡すかぎり大半球をえがいた水平線の上には、巨大な龍の形をした、恐ろしいほどまっ赤な雲が低く流れて、海面は、その龍の傷口から流れ出した血潮かと見まごうばかり、ギラギラと恐ろしい色にかがやいていた。

壮厳な景色に見とれる暇もなく、白虹は望遠鏡に近づいて、その接眼レンズに目を当てた。おや、視野が変わっているぞ。だれか見晴らし台に来て、これをのぞいた者があるんだな。さっき立ち去る時には水族館の方角を指していた筒口が、いつの間にかその右手の山の麓《ふもと》へ向け変えてある。縦横に入りみだれた木立《こだち》の幹《みき》が見える。常緑木《ときわぎ》の葉の層が重なり合っている。羊歯《しだ》の類が土も見えぬほど茂っている。それが全体にもう薄暗くて、丸いレンズの視野の中でその部分だけ見ていると、恐ろしい深山の感じである。

白虹は眼鏡の向きを変えようとして、ふとその手を止めた。樹木の幹のあいだに、チラと動いたものがあったからである。

まさか猿なんかいるはずはないのだがと、好奇心にかられて、そのまま眺めていると、緑の木の葉のあいだから、それよりもずっとあざやかな緑色の物体が、重なる枝を分けて現われた。けものではない。立って歩いている。人間だ。緑色の洋服を着た人間だ。

ああ、なんという好運《こううん》であろう。視界の変わっていた望遠鏡をのぞくと、その目の前にあの怪人物がうごめいていようとは。

だが、おかしいぞ。あいつが小脇にかかえている大きなものは、いったいなんだ。白いものが見える。おや、人の顔じゃないか。みだれた黒髪。女だ。女だ。夢の中の景色のように薄暗くて、ハッキリ見分けられないけれど、緑衣の人物は、一人の洋装の女を小脇にかかえている。あれはだれだろう。

そこまで考えた時、白虹の全身を電撃のようなものが通り過ぎた。

わかりきっているじゃないか。緑衣の鬼が目ざす女は、広い世界にたった一人だ。芳枝さんのほかにはない。

白虹の片眼が、望遠鏡の金具にグイグイと喰いこんで行った。

芳枝さんだ。ほのかな横顔の美しさは、もうあの人にきまっている。洋服の柄も見覚えがある。それに、この片田舎で、洋装の女なんてほかにあるはずがないじゃないか。

だが、芳枝さんはなぜもがかないのだろう。なぜ叫び声を立てて救いを求めないのだろう。ただグッタリとなっている。ああ気を失っているのだ。気を失ったまま、緑衣の狂人にどこともしれずさらわれて行くのだ。

白虹は思わず望遠鏡をはなれて駈け出そうとした。

だが、レンズの中ではつい目の前でも、肉眼では見分けられぬほどの遠方だ。走ったとて追いつけるものではない。彼はまた眼鏡にしがみついた。怪人物はもう視野の外へ移動している。あわてて角度をいろいろに変えて探しまわった。

緑衣の怪人は矢のように走る。彼は望遠鏡の狭い視界を横ぎっては、たちまち消えてしまうのだ。見失わぬように眼鏡の角度を変えて行くのがやっとの思いであった。

曲者の行く手は、案の定水族館であった。彼は人目を避けるために、山裾の木立の中を大迂回《うかい》しているのだ。緑の背広服はたくまぬ保護色であった。

迂回して水族館の南方の山裾に出ると、やっと木立をはなれて、広い草原を横ぎり、裏手から板塀の中へすべりこんだ。

それから、白い砂地を走って、水族館の建物の中へ姿を消したが、眼鏡の方で先廻りをして例の番人部屋の窓のところへ焦点を合わせて待っていると、やがてその中へモヤモヤと人の影が現われた。

仕合わせなことに、さいぜんその部屋を調べた時に開いた窓がそのままになっている。ガラスの反射がなければ、暗い部屋でも見分けられぬことはない。

怪人物は失神した芳枝さんを床の上に横たえて、その前に立って眺めている様子であったが、しばらくすると、またムクムクと動き始めた。何をしているのか、彼の両手が芳枝さんの身体の上をあちこちと動くのが、おぼろげに見えている。

すると、どうしたことであろう。芳枝さんの上半身がまっ白に変色してしまった。ああ、わかった。あいつが上衣を脱がせたのだ。次には下半身が白くなった。それから、今度はその白いものまでがはぎ取られて行く。

見てはいけない。見てはいけない。白虹は心中に叫びながら、恐ろしさに身もだえしながら、しかし望遠鏡から目をはなすことができなかった。

洋服を、下着を、はぎ取られるごとに、芳枝さんの身体は仰向きになりうつぶしになり、やわらかいおもちゃのように、床の上をころがされた。

やがて上半身が、奇怪な彫像のような曲線を見せて、露《あら》わになった。それからまた下半身が。そして、おぼろげなレンズの視野に、ボッティチェリのヴィーナスが、はれがましくも横たわったのであった。

白虹は身体じゅうが汗であった。拳《こぶし》をにぎり、歯ぎしりをして、しかし目は接眼レンズをはなれなかった。

ふと、美女の裸像が妙な動き方をした。ムクムクと上半身が起きあがった。顔が動いて緑衣の怪人を見上げた。ああ、芳枝さんは意識を取り戻したのだ。可哀そうに、なまじ意識を回復して、このはずかしさをどう耐え忍ぶことができるであろう。

と見る間に、緑衣の男はいきなりその白いものに組みついて行った。緑の手と白い手とが、死にもの狂いにもつれ合った。

ああ、叫んでいる。芳枝さんは叫んでいる。窓いっぱいに彼女の全身が立ちはだかり、緑の手が背後から羽交締《はがいじ》めにしている。それを振りほどこうと、もがく腕、もがく脚。そして白い顔は苦悶に引きゆがんで、精いっぱいに開いた口から悲鳴がほとばしっている。白虹はその叫び声が痛いほど聞こえたように感じた。しかし聞こえるはずはない。ここまではむろんのこと、水族館からは一ばん近い夏目家の別荘へすら聞こえはしないであろう。

もう距離を考えている時ではなかった。白虹は望遠鏡を飛びのくと、いきなり走り出した。見晴らし台を一《ひ》と飛《と》びに麓への坂道を気違いのように駈け降りた。

三丁ほどの山道を、木の根につまずいては倒れながら、走りに走って夏目家の別荘にたどり着き、門を飛びこむと、一人の女中が庭を掃《は》いているのにぶつかった。

「芳枝さんは？　芳枝さんはどこにいらっしゃる？」

女中は白虹の青ざめた顔と叫ぶような声に、ギョッと立ちすくんで、おびえたように答えた。

「お嬢さまですか。お部屋にいらっしゃると思いますが」

ここでは、若い未亡人芳枝さんを、お嬢さまと呼んでいるのだ。

白虹はそれを聞き流して、格子戸を開くと玄関の土間に立って頓狂《とんきょう》な声で、

「芳枝さん、芳枝さん」

と連呼した。彼はまだ、望遠鏡の中の光景を半信半疑で、あれがレンズのあやかしであってくれたら、通り魔のような幻覚であってくれたらと、はかない空だのみをしていたのだ。

「大江さんじゃありませんか。芳枝がどうかしたのですか？」

ただならぬ声を聞きつけて、奥から夏目氏が立ち現われた。

「芳枝さんはどこでしょうか？」

白虹は目の色を変えてたずねる。

「部屋にいるはずじゃが……」

主人はあっけにとられて、しかし不安らしく探偵作家の顔を見つめた。

「ほんとうですか。一度見てくださいませんか」

「芳枝、芳枝、ちょっとここへいらっしゃい」

訳はわからぬながら、夏目氏も、相手の意気ごみにつられて大声を立てないではいられなかった。

「芳枝、芳枝……」

だが返事はなかった。この大声が聞こえぬほど広い家ではない。おかしい。確かさいぜんまで部屋にいたはずだが。

夏目氏は急いで奥へ引っ返して行ったが、やがて再び玄関に現われた時には、白虹に劣らぬまっ青な顔であった。

「いません。あれの部屋は空っぽです。たぶん裏口からでも出て行ったのでしょう。だが、あんたはどうしてそれを……」

「やっぱりそうですか。いや、訳はあとでお話しします。あの、山崎君はいないでしょうか？」

白虹はさすがにそれとうちあけかねた。この気の毒な父親に、緑衣の鬼の出現を知らせる気にはなれなかった。

「山崎、山崎！」

夏目氏はハッキリそれと悟ったわけではないけれど、ただならぬ予感に、秘書を呼び立てる声もうわずっていた。

「山崎さん、旦那さまがお呼びですよ」

裏の方で女中の声がした。すると間もなく、裏庭から靴音がして、境の柴折戸をあけると、洋服姿の山崎が格子戸の外に現われた。

「君、どこへ行っていたんだ。そのへんで芳枝を見かけなかったか？」

夏目氏が尋ねると、美貌の山崎青年は、けげんな顔で答えた。

「いいえ……お嬢さんうちじゃないんですか。僕が出かける時には、たしか部屋にいらしったようですが……僕はちょっとそのへんを散歩して来たんです」

「じゃ山崎君、二人で外を探して見よう」

白虹は主人の夏目氏をそこに残して、格子戸を出るといきなり山崎青年の腕をとって、グングンと門の外へ引っ張って行った。

「どうしたんです。何かあったんですか？」

不意をうたれた山崎は不機嫌であった。

「今ね、あの山の上の望遠鏡をのぞいていて、大変なものを見たんだ。とうとうあいつが現われたんだよ。芳枝さんが誘拐されようとしているんだ」

手短に委細《いさい》を語り聞かせると、山崎は芳枝さんの護衛係りの責任を持っていただけに、その驚きはひとしおであった。

「あなたが、それをご覧になってから、よほど時間がたっているのですか？」

「いや、すぐ山を駈け降りて、ここへ来たんだから、そうだね、まだ十分とはたっていまい」

「じゃ、これからでも間に合うかもしれません。すぐに水族館へ行って見ましょう」

白虹もむろんそのつもりであった。警察へ知らせるといっても、村の駐在所《ちゅうざいしょ》までは、十丁以上もあって、電話の便利もないので、それはあと廻しにして、ともかくも現場へ駈けつけるほかはなかった。

二人は大禍時《おおまがどき》の野道を、黙りこくって気違いのように走った。

別荘から水族館の廃墟までは、見晴らし台へ行くよりも短い距離であった。二人はたちまちその塀外に達し、歩度《ほど》をゆるめて門内へはいって行った。

相手に悟られぬよう、問題の番人部屋の窓から見られぬよう、夕闇の中に背をかがめ、足音を盗み、廻り道をして、ソッとその窓の下へ近づくと、息を殺すようにして窓の内側をのぞいてみた。

部屋にはだれもいなかった。だが、レンズの影が決して幻でなかった証拠には、芳枝さんの身体から、はぎ取られた洋服や下着が、むごたらしい感じで部屋のまん中に散らばっていた。

部屋の向こう側、廊下との境のガラス戸が開いているのが見えた。緑衣の怪人は裸体の芳枝さんを抱いて、そこから館内の通路へ出て行ったにちがいない。

ふと気がつくと、そのガラス戸の向こう側の薄闇に、何か物の動く気配が感じられた。白虹と山崎とは、窓の一隅に一方の目を当てて、できるだけ顔を出さないよう、妙な腰つきをして、じっと食い入るように薄闇を睨んでいた。

すると、ガラス戸の向こうにヒョイと人の姿が現われた。ああ、あいつだ。緑色の背広を着て赤茶けたモジャモジャ髪をしたやつだ。だが、芳枝さんの姿が見えぬ。薄暗くてよくわからぬけれど、緑色のやつは身体のかげに気を失った芳枝さんをかかえていたのかもしれない。よく見定めようとしているうちに、相手はガラス戸の向こうを横ぎって水族館の方へ消えて行った。

安否はわからぬけれど、曲者がまだここにいるからには、芳枝さんを取り戻す望みが消えたわけではない。のぞいていた二人は意気ごんだ目と目を見かわして、うなずきあった。

「一方から追っかけては、逃がすかもしれない。ホテルでの先例もあるからね。両方から挟《はさ》みうちにしよう。僕はこちらの入口から飛びこむ。君は向こうへ廻ってくれたまえ」

白虹はとっさに攻撃計画を立てて、山崎に耳うちした。先にもしるした通り、水族館の建物は大きな鉤の形をしていて、出入口はその両端のほかにはないのだから、二人がおのおの入口からはいって行けば、建物の中央でかならず曲者を挟みうちにすることができる。それに建物が直角の鉤の手になっているので、山崎が外部から向こうの端の入口へ達するのには、つまり対角線上を走るわけで、内部の曲者がたとい逃げ出そうとしたところで、後《おく》れをとるはずはないのである。

「サ、早く」

急き立てるまでもなく、山崎青年は力強くうなずいて、無言のまま駈け出して行った。白虹は白虹で、窓の下をはなれると、建物の角を一と曲がり、そこにある出入口の大戸を力まかせに開いて、いきなり薄暗い水族館の中へ飛びこんで行った。

観覧者用の広い通路が鉤の手の突きあたりまでまっすぐにつづいて、外の夕明かりが両側の水槽のよどんだ水を通して、まるで深い海の底のように薄青くただよっている。見ると、つい三、四間《けん》向こうの水槽のガラスの下に黒いものがうずくまっている。うずくまって、追いつめられた野獣のようにじっとこちらをうかがっている様子だ。白虹は何かしらゾッと身ぶるいを感じないではいられなかった。えたいの知れぬ気違いがそこにいる。血に濡れた殺人鬼がそこにうずくまっている。とうとう、あいつと顔を合わせたのだ。

薄暗くて相手の表情はわからぬけれど、例のモジャモジャの頭の下に、気のせいか動物のように光る目が、じっとこちらを見つめているかと思われる。

と、相手の黒い影がスックと立ち上がった。そして、いきなり走り出した。薄暗い通路のまん中を物《もの》の怪《け》のように走り出した。

白虹が跡を追ったのはいうまでもない。両側の水槽のガラスが汽車の窓のようにあとへあとへと飛んで行った。二つの靴音ががらんどうの建物にこだまして物凄くとどろき渡った。

長身の白虹は駈けっこに自信があった。見る見る二人の距離は迫って行った。つい目の先に赤茶けた蓬髪《ほうはつ》が揺れていた。今にも緑色の背広に手が届きそうだ。ああ、もう一と息、と思ったとたん、靴の底が何かにツルッとすべったかと思うと、グラグラと視界が顚倒《てんとう》して彼は地面に叩きつけられていた。石ころにつまずいたのだ。膝と肘をはげしく打って、急には起き上がれなかった。曲者は得たりとばかり、見る見る遠ざかって行き、鉤の手の角を曲がって姿を消してしまった。

だが、大丈夫、向こうの入口からは山崎青年が近づいているのだ。もう曲者とぶッかったかもしれない。

「オーイ、山崎君、あいつはそちらへ逃げたぞオ。つかまえてくれエ」

倒れたまま、呶鳴りつづけると、鉤の手の向こう側から、

「オーイ」

という山崎の声がこたえた。

白虹はやっとのことで起き上がって、よろめきながら曲がり角へ近づいて行った。そして、ひょいと角を曲がる出会いがしら、黒い人影がヌッと現われて、彼の行く手に立ちふさがった。

思わず身構えするのと、先方が恐ろしい勢いで組みついて来るのと同時だった。海底のような薄闇の中で、二つの黒い塊が烈しくもつれ合った。

「待て、待て、君は山崎君じゃないか？」

白虹が今にも組み伏せられそうになりながら、やっとそれに気づいて叫んだ。

「エッ、ああ、あなたは大江先生ですか？」

相手はびっくりしたように力を抜いた。それは疑いもなく美貌の山崎青年であった。

「人違いしちゃ困るじゃないか。あいつは僕よりも先にこの角を曲がったんだ。逃がしてしまったかもしれない」

白虹が叱るようにいうと、山崎はけげんな顔になった。

「そんなことはありません。あなたにぶッつかるまで、僕はだれにも出会いません。いくら薄暗いといって、人一人見逃すはずはありませんよ」

「ばかなことがあるもんか。僕が倒れながら君を呼んだ時に、あいつはちょうどこの角を曲がっていたんだ。そのとき君はどのへんにいたんだい?」

「どのへんて、つい五、六間向こうですよ。先生の声が聞こえたもんだから、僕はそこに立ち止まって、あいつが出て来るのを待ちかまえていたんです。だが、待っていても、角を曲がって来る様子がないものだから、僕の方からここまで歩いて来たのですよ」

白虹は急いで、山崎が待ちかまえていたという場所へ行って、曲がり角の方を眺めて見た。薄暗いとはいえ、すみずみまでも充分見通しがきいている。そこへ現われた人間を見逃すなんて、まったく考えられないことだ。

　すると、どこかそのへんに、抜け道があるのかもしれない。二人は両側の壁を入念に調べてみた。だが、左右とも厚ガラスを塗りこめた一面のコンクリート、鼠一匹這い出る隙間とてもない。しかも、どの水槽も、ガラスも破《わ》れていなければ、水もなくなっていないのだ。地面にも異状はない。天井はトンネルのような漆喰塗りだ。

　二人は薄闇の中に立ちすくんで、おびえた目と目を見かわした。不可能な事が起こったのだ。またしてもあいつは魔法を使ったのだ。気体のように消え失せてしまったのだ。

　二人は念のために、建物を出て、外の広い砂地をあちこちと歩きまわってみた。塀の外へ出て夕明かりの(注5)野面《のづら》を見まわしもした。だが、それらしい人影はどこにも発見できなかった。

「変ですね。先生か僕かどっちかが、錯覚を起こしたんでなければ」

「僕は幻を見たんじゃない。たしかにあいつだった。もう一と息であいつの赤茶けた髪の毛にさわるくらい追いつめていたんだ」

　二人はお互いに相手を探るように、長いあいだ顔を見合わせていた。

「ですが、お嬢さんはどうしたんでしょう。あいつは芳枝さんをかかえていたんじゃないのですか？」

「いや、何も持っていなかった。そうだ、もう一度引き返して調べて見なければならない。芳枝さんはあの建物のどこかに押しこめられているのかもしれない」

二人は再び水族館に取って返し、一方の入口からはいって、あたりに気をくばりながら進んで行った。

「おや、なんだか変な音がしますね」

立ちどまって耳をすますと、何か壁を叩くような音が、絶えては続いていた。

「どこだろう?」

かすかな音をたよりに進んで行くと、道は例の鉤の手の曲がり角を過ぎ、最初白虹が飛びこんで行った番人部屋のある入口に近くなった。

「アッ!」

山崎の頓狂な叫び声に驚いて振り向くと、彼はそこに棒立ちになって、口もきけず一方の水槽を指さしていた。

その水槽を一と目見るや、白虹も同じように「アッ」と叫ばないではいられなかった。そこには悪夢が、無残にもおどろおどろしき悪夢の光景が繰りひろげられていたのであった。

その水槽だけは、巨大な物体のためにあふれるほどの水量であった。もがくもののために水底の砂と土とがわき立ってただでさえ濁った水を叢雲《むらくも》のように染め、そこに植えてあるさまざまの海草が巨人の髪の毛のようにもつれただよっていた。

その中に、白い人魚が踊っているのだ。水中の気違い踊り。さいぜんからの物音は、彼女の手や足が厚いガラスを叩く音であった。

大江白虹は、一度は望遠鏡のレンズの中で、今はまた水族館のガラスの中で、実に異様な状態において、芳枝さんの肉体をまざまざと眺めなければならなかった。それは、彼にとっても彼女にとっても、恥辱のほかのものではなかった。だが、そのはずかしい悪夢の思い出が、その後どんなに長いあいだ、彼をなやましつづけたことであろう。

さいぜんは、そこにうずくまっている緑衣の怪人に気をとられて、つい水槽の中を見もしなかったが、考えて見れば、彼はあの時この不思議な水槽の人魚を眺め入っていたのにちがいない。そこへ入口の扉があいたものだから、とっさに身をかがめて、あんな身構えをしたのにちがいない。それにしてもなんという悪魔の着想であったろう。愛着か憎悪か復讐《ふくしゅう》か、そのいずれにもせよ、彼は恋人を水槽に投げ入れて、白い人魚の苦悶の踊りを、思うさま楽しもうとしていたのである。

「早く、助け出さなければ」

白虹は山崎青年の腕をつかんで建物の外へ駈け出した。

「さア、これだ。これを登るんだ」

水槽の背面の壁に、赤さびた鉄梯子がかかっていた。それを登れば水槽の上部へ出られるにちがいない。そこに魚類を出し入れする口が開いているにちがいない。

二人は先を争うようにして、鉄梯子をよじ登りはじめた。

洞窟の怪人

芳枝さんは無事に助け出すことができた。もし水槽の水がもう少し深かったならば、彼女はむろん溺れていたのだけれど、幸いにも、直立すれば水面に顔を出して、呼吸できる程度の水量だったので、窒息《ちっそく》はまぬかれることができた。だが、彼女には深い水槽をよじ登る力がなく、ただめちゃめちゃにもがいているほかはなかったのである。

別荘に連れ帰ると、彼女は心痛と疲労のために熱を出して寝ついてしまったが、重態というほどではなかった。それにしても、もし大江白虹が偶然にもあの望遠鏡をのぞかなかったならば、彼女の運命はいかになり行ったのであろう。実に危ういことであった。かくして白虹は一度ならず二度までも、芳枝さんの命の親となったわけである。

一方緑衣の犯人夏目太郎の行方はついにつきとめることができなかった。おそらくは附近の山中に身を隠したのであろうが、それをたしかめるすべはなかった。だが、さしあたっての不思議は、水族館での彼の魔術めいた消失であった。かつての劉ホテルの場合と云い、今度の事件と云い、彼は狂人にのみ許された神通力《じんつうりき》をでも備えていたのであろうか。まったく不可能としか考えられないことが、やすやすと行われたのである。これは決してなみなみの犯罪事件ではない。なみなみの犯人ではない。人々はそこに、何かしらえたいの知れぬ悪魔の息吹《いぶき》というようなものを感じないではいられなかった。

殺人鬼の父夏目氏の苦悶は見るも無残であった。いかに極悪人とはいえ、わが子を断頭台《だんとうだい》に送りたい親はない。うわべはともあれ、彼の親心は、わが子の逮捕が一日でも一時間でもおくれることを願っていたにちがいない。それにもかかわらず、彼はその情愛を振り切って、殺人犯人の捜索を警察へ願い出ることを、だれよりも先に主張しなければならない立場であった。

大江白虹は、その無残な苦悶を眺めては、このような事件にかかり合った彼の運命を呪わないではいられなかった。といって、夏目氏自身警察へ知らせてくれといっているのを、止めだてする理由はなかった。犯罪は結局罰せられなければならないのだ。彼は山崎青年の案内で、その夜、村の駐在所を訪ねたのである。

その翌日から、S村はおそらく開闢《かいびゃく》以来の騒ぎであった。I町の警察署から、県の警察部から、地方裁判所から、私服制服の警察官や役人を乗せた自動車が、白い村道に砂ぼこりを立てて、ひっきりなしに村をおそった。やがて、附近の山狩りを行うことになって、本署から数十名の警官が物々しくトラックで運ばれて来た。そのあとを追って新聞社の自動車が押しよせる。村の青年団員が狩り集められる。S村にたった一軒の旅館は、廊下にまで蒲団《ふとん》を敷く騒ぎであった。

しかし、三日にわたる大がかりな山狩りも、なんの得るところもなかった。或る村人は見晴らし台につづくG山の森林の中で、緑色の洋服を着た男に出会ったといった。或る樵夫《きこり》はT山で仕事をしていると、犯人らしい男が熊笹《くまざさ》の中を、けだもののように恐ろしい早さで走って行ったと報告した。そんなふうに、緑衣の影がそのへんの山中にチラチラしないのではなかった。だが、噂が噂を生むばかりで、本物の犯人はいつまでたってもつかまらなかった。

山は深かったけれど、山越しをする道がないのではなかった。犯人はおそらく山の向こうのどこかの町へ逃げ去ったのであろうという説が有力になった。だが、それらの町々には、とっくに警察の手配が行き渡っているはずだ。それがなんの反響もないところをみると、犯人はまだ山から山へさまよい歩いているのかもしれなかった。

四日目には、大がかりな捜索隊もほとんど引き上げて、あとには数名の私服刑事が、村の要所要所に張りこんでいるばかりとなった。

そのあいだ、夏目家の別荘では、この世の地獄が続いていた。夏目氏は一と間《ひま》に閉じこもったまま、食事にも顔出しをしなかった。大江白虹はこの騒ぎを見捨てて帰るわけにもいかず、滞在を続けていたが、芳枝さんは枕も上がらぬ病人だし、山崎青年までが憂鬱《ゆううつ》に黙りこんでいるので、時たま捜索の模様を聞きに出かけるほかは、ぼんやりと部屋に坐っているほかはなかった。だれも高い声を立てるものはなく、女中たちも足音さえはばかっているので、家じゅうが墓場のように静まり返っていた。芳枝さんのためにI町から雇った看護婦が、台所で氷嚢《ひょうのう》の氷を割る音だけが、異様に耳についた。

さて捜索第四日目の午後のことである。大江白虹が昼食後の運動のために、別荘の門前に出て、このさい芳枝さんから遠く離れる気にはなれないので、つい門の近くをブラブラと歩きまわっていた時、中年の漁師体《てい》の男が、何か用ありげに、夏目家の門に近づいて来た。

渋色《しぶいろ》に日焼けした顔が狐《きつね》みたいにとがって、目に落ちつきがなく、なんとなく胡散くさい男だ。白虹は油断がならぬ気がして、急いで門の方へ引き返した。男はキョロキョロとあたりを見まわし、門の表札を見上げ、またキョロキョロとあたりを見まわしている。

「君、何か用事があるのですか？」

白虹が近づいて声をかけると、男はギョッと振り向いて何かモジモジしながら、

「ヘイ、こちらの旦那様にちょっとお目にかかりたいのです」

と、漁師らしいしわがれ声で答えた。

「夏目さんにですか。君はどなたです？」

「丸井定吉《まるいさだきち》ってもんですが、こちらの旦那にははじめてなんです。実は少しこみいった話があるんで」

「ご存知かもしれないが、ここの家には、今少し取りこみがあるんだ。なんだったら、僕にその用件を話してくれませんか。ご主人に取り次いであげるから」

漁師は困ったように、またしてもあたりをキョロキョロ見まわしながら、

「それが、そうはいかねえのです。どうしてもじきじき旦那にお渡ししなければなら

ないものがあるんで」

そんな押し問答が繰り返されたが、漁師の丸井定吉はなかなか頑強で、一歩もゆずろうとはしなかった。何か深い事情がありそうに思われる。一応夏目氏に知らせるほかはないので、白虹は漁師を門内に待たせておいて、主人の居間へ行って、そのよしを告げた。

夏目氏はそれを聞くと、不安そうに顔色を変えたが、ともかく一度会ってみようと、女中に命じて男を玄関脇の小部屋へ案内させた。

白虹はどうやら気がかりなので、山崎青年にもことの次第を告げて、隣室から襖《ふすま》ごしに、それとなく警戒していたが、話は案外早くすんで、漁師はそそくさと帰って行った。

だが、男を見送って白虹たちの部屋へ戻って来た夏目氏の様子は、決して唯事《ただごと》とは思われなかった。顔色は恐ろしいほど青ざめて、しかつめらしい老人の顔が今にも泣き出しそうにゆがんでいた。

「あいつ、いったい何者です。何かご心配なことでも?」

山崎が尋ねると、夏目氏はベッタリそこに坐って、落ちつかぬ目で、青年秘書と大江白虹とを見くらべていたが、やがて、決心したように、重々しく口を切った。

「これはぜひ大江さんのお耳にも入れておかなければならない。わしは実は迷っているのです。どうしていいか、ひどく迷っているのです」

夏目氏の意味ありげな前置きに、二人は居ずまいを直して次の言葉を待った。その言葉はなかなか発しられなかった。ひどく云いにくそうであった。だが、ついに夏目氏の唇からもれた一言《ひとこと》は、聞き手の顔色を変えるほど驚くべき事柄であった。

「あいつの――太郎の居所がわかったのです。今の漁師は、今朝早く太郎に会って来たというのです」

白虹も山崎も、いうべき言葉を知らぬように、押しだまっていた。すぐさま合槌《あいづち》をうつには、あまりに複雑な気持であった。

「場所はどこなんです？」

やっとしてから、白虹が夏目氏の顔を見ぬようにして尋ねた。

「南の岬の外側の海岸だそうです。ここから半里ほどのところだといっていました。そのへんは切岸になっていて、岩の裾が波に洗われてほら穴が幾つもできているそうですが、そのほら穴の一つにあいつが隠れていて、その前を通りかかった今の漁師の小舟を呼びとめたというのです」

聞き手は黙ったまま深くうなずいて見せた。

「あいつは、二昼夜そのほら穴にひそんでいたといって、腹をすかして、みじめな様子をしていたそうです」

話し手は赤く充血した目を、パチパチとしばたたいた。

「何か食うものはないかというので、漁師が用意の弁当を分けてやると、餓鬼《がき》のようにむさぼり食ったということです。

「それから、頼みがあるといって、紙ぎれに鉛筆で手紙を書いて、これを夏目の主人にじきじき渡してくれ、その人は私の実の父親だから、この手紙を持って行けばお前に充分お礼をするように書いておいた。五千円渡すように書いておいたといったそうです。

「漁師は悪いこととは思ったが、あれの様子があまり気の毒に思われたので、警察へは内密で、そっとここへやって来たというのです」

夏目氏は懐中から、皺くちゃになった一枚の紙片を取り出して、白虹に手渡した。

そこには、鉛筆の走り書きで次のような言葉がしるされてあった。


お父様、僕の最後のお願いを聞いてください。ここへ来て僕に一と目会ってください。僕の方からそちらへ行くことはとうていできません。追いつめられたけだものです。世界中が僕を悪魔のようににくんでいるのです。僕をあわれんでください。そしてこの最後のお願いを聞きとどけてくださ
い。たった一と目お目にかかって、じきじきお話ししたいことがあるのです。僕にとっては命にも換えがたいほど重大なことです。
お父様、ただ一人でおいでください。船頭は仕方ありませんが、そのほかに同行者があったら、僕は決してお会いしません。大江という探偵小説家が別荘にいるようですが、彼にも僕のことは秘密にしてくださるよう、固く御願いします。
場所は使いの漁師がよく知っております。それからこの漁師が手紙をお届けして、警察へ密告しないとちかいましたら、恐縮ですが五千円礼金を与えてください。

「わしはその五千円をあの男にやったのです」
白虹が読み終わるのを見て、夏目氏は申し訳ないというようにうなだれて云った。

白虹は急に何かの判断をくだすことができなかった。それほど全体のことがらが異様であり重大であった。彼は長いあいだだまりこくって考えこんでいたが、やがて、顔を上げて夏目氏にたずねた。

「この手紙の手蹟《しゅせき》はお見覚えのものでしょうね？」

「石の上ででも書いたと見えて、ひどく乱暴な字ですから、平常《へいぜい》の手とはちがいますが、むろんあれが書いたものです。まさか、あの漁師が礼金詐欺をたくらんだわけではありますまい」

「いや、僕はそういう意味でいったのではないのですが……で、その洞窟の位置はよくたしかめておかれたでしょうね？」

「それはくわしく聞きました。岬を曲がって三番目の洞窟だということです」

「あなたは、そこへお出でになるつもりですか？」

「わしはそれを迷っているのです。大江さんのご意見が聞きたいと思っているのです」

夏目氏はまるで法廷の被告のように、うなだれたまま、低い声でいった。

「これほど頼んで来ているのですから、ともかくいらっしゃる方がいいでしょうね。しかし、お会いになったうえ、どんな事情が起ころうとも、犯人を逃がすお手伝いはなさらないこと、本人を説き伏せて自首させるようにつとめてくださることを、大変申しにくいですが、僕からお願いしておきたいのです」

「それはむろんですよ。それは、固くお約束しますよ。では、あなたは見ぬふりをしていてくださるんですね。ありがとう、ありがとう」

夏目氏は一そう深くうなだれて顔に手を当てていた。

「それじゃ、こうしたらどうでしょうか?」

山崎青年が一と膝乗り出して提案した。

「漁師を雇ったりしては、何かと面倒が起こりそうですから、僕がご主人を護衛かたがた船頭の役を勤めては。僕はご存知のように櫓《ろ》は達者ですから」

「ああ、それはうまいぐあいですね。夏目さん、そうなすってはいかがですか?」

「山崎君、それじゃ一つご苦労を頼むことにしよう」

話がきまって、支度にとりかかることになったが、白虹はふと気づいたように、こんなことをいった。

「だが、おかしいですね。あの漁師がこの手紙を受け取ったのは、朝早くだと云いましたね」

「そうですよ。まだ夜の白々《しらじら》明けだったといってました」

「その時なぜすぐ来なかったのでしょうね。半里ほどの海上なれば、いくら小舟でも一時間とはかからないでしょうが」

「いや、それはわしも不審に思って、尋ねてみましたよ。すると、あの男がいうのには、ここへ午後に来るようにと本人からの指図だったそうです。午前に行ってはいけないと固く云いつけられたのだそうです」

「妙ですね。漁師が嘘を云っているのでないとすると、なんだか辻褄の合わぬ話じゃありませんか。こういう場合は、一刻も早くというのが人情でしょうからね」

白虹は何かしら、ほのかな不安を感じないではいられなかった。気にするほどのことではないかもしれぬ。だが、「午前に行ってはいけない」という言葉の裏には、何か意味があるのではないかしら。なぜだろう。なぜだろう。彼はわれながら執拗《しつよう》に感じるほど、その意味を考えて見たが、どうしても謎を解くことができなかった。

夏目氏と山崎秘書とが出発したのは、それから二時間ほど後であった。問題の洞窟は漁船などもめったに通らぬ場所ではあったが、用心深く、日の暮れに先方に着くように計らわれた。舟は附近の漁師から、気ばらしに釣りに出かけるのだという口実で借り入れ、見せかけの釣り竿《ざお》といっしょに、餓《う》えている犯人に与えるための、さまざまの食料品が積みこまれた。

白虹は二人を見送ることを差し控えて、病床の芳枝さんを守護していた。犯人は遠い海岸の洞窟にいるのだとわかっていながらも、なぜか不安に堪えなかった。ともすれば、そうして油断をさせておいて、その隙に芳枝さんを盗み出す魂胆《こんたん》ではないかと、裏の裏を疑ってみないではいられなかった。

芳枝さんは何も知らないで、熱っぽい顔でウツラウツラと眠っていた。ソッと枕元の看護婦に尋ねると、熱は三十八度五分ということであった。白虹は看護婦と並んでそこに坐り、黙りこくって芳枝さんの寝顔を眺めていた。

芳枝さんも可哀そうであった。だが、犯人の現在の境遇は、当然のむくいとはいえ、想像するだに身の毛もよだつ地獄であった。彼は今三千世界に身の置きどころもなく、狩りたてられ狩りたてられて、野獣のように山中を逃げまどい、ついには人も通わぬ絶壁の洞窟に身をひそめ、うちよせる波の音にもおびえながら、暗闇の中にただ一人、孤独と飢餓とに責めさいなまされているのである。

かたむいた日ざしが部屋の障子《しょうじ》をいっぱいに照らして、芳枝さんの病室には明るすぎるほどの光があふれていたが、その明るい座敷に坐りながら、ひとたび洞窟に潜んでいる孤独の狂獣《きょうじゅう》のことを考えると、目の前が暗黒になって、冷たい冷たい地獄の風が、心の中を吹きまくるようにも感じられるのであった。

人を待つ身に、時間は遅々《ちち》として進まなかったが、窓の障子の日ざしが、一分ずつ、一寸ずつかげって行って、やがて部屋の中がほの暗くなり、電燈が点ぜられ、看護婦とかわり合って夕食をすませた頃、やっと玄関の格子のあく音がして、待ちかねた人が帰って来た。

急いで病室を出て、茶の間へ行って見ると、そこには山崎青年が、青ざめた顔で、たった一人で突っ立っていた。

「夏目さんは？」

不審に思って尋ねると、山崎は怒ったような声で、

「困ったことになったのです。どうも困ったことになったのです」

と、訳のわからぬことをつぶやいている。

「どうしたんだ。何か変わった事が起こったんじゃないかい」

「ええ、変なことになってしまったんです。先生、僕といっしょにすぐ来てくださいませんか」

いよいよわからぬことをいう。

「どこへ？」

「洞穴へです。僕は、実に申し訳ないことですが、ご主人を見失ってしまったんです。

ご主人とあの緑色のやつと、二人ともどっかへ消えうせてしまったんです」

「なんだって？　くわしく訳を話してくれたまえ。いったいどうしたっていうんだ」

「こうなんです」

山崎は乾いた唇をなめて、気ぜわしく説明した。

「洞穴はすぐ見つかりました。あのへんでは一ばん大きい奥深いやつです。舟が近づくと、奥からあの緑色の男が飛び出して来ました。そして、いきなり『お父さん』と叫んだのです。ご主人は舟の中に立ちあがって、何もいわないでじっとあの男を見つめて、涙をこぼしていらっしゃいました。

「舟を洞穴の岸につけると、あの男が、お父さんだけを上陸させて、お前はなるべく遠くへ舟を持って行って、しばらく待っていてくれというのです。少し話が長引くかもしれないからというのです。

「ご主人もそうしろとおっしゃるものですから、僕はやむを得ず、二、三十間はなれた岸へ舟を着けて、待っていました。洞穴の中の話し声はまったく聞こえないほどの距離です。

「ところが、しばらくそうしていると、突然叫び声が聞こえて来たのです。なんともえたいのしれない、動物の鳴き声みたいなものでした。たった二た声でしたが、僕は当分忘れられそうもありません。いやあな、いやあな叫び声でした。

「どうもそれが、洞穴の中から響いて来たように思えるので、僕はもうじっとしていられなくなりました。急いで舟を漕ぎもどして、洞穴へと引き返しました。のぞいてみると、穴の中はまっ暗で、人のいるような気配もありません。その時分には、もう日は暮れかけていたのです。

「僕は大きな声でご主人を呼んで見ました。ところが何度呶鳴っても返事がないじゃありませんか。僕は変な気持になってしまいました。実をいうと、少し気味がわるくなったのです。

「でも、そうしているわけにもいきませんから、舟を上がって、洞穴の中へはいって行きました。実に手抜かりでした。懐中電燈を持って行けばよかったのですよ。ポケットを探るとマッチがあるにはあったけれど、二、三本しか残っていないのです。

「そのマッチを一本ずつ擦《す》って、穴の奥を照らして見ました。そして、何度も何度も呶鳴ってみました。しかし、人間らしい姿も見えなければ、一と言の返事もないのです。そして、マッチがつきてしまったのです。

「実に狐につままれたような話ですが、洞穴は奥の方まで空っぽなんですよ。つまり、ご主人もあの男も、消えうせたようにいなくなってしまったのです。

「僕はその暗闇の中で、このあいだの水族館のことを思い出して、ゾッとしました。あの男は、普通の人間にはわからない魔法のようなものを会得しているんじゃないでしょうか。理窟では考えられないことです。しかも、今度は、ご主人まで道連れにして、姿をかき消してしまったのです」

聞くにしたがって、大江白虹も、背筋が寒くなるのを禁じ得なかった。生身の人間が、一人ならず二人まで、煙のように消えてしまうなどということが、はたしてあり得るだろうか。信じられない。信じられない。

「じゃ、これから二人で行って見よう。懐中電燈と、念のために何か武器を用意して出かけよう。僕は君の話を聞いただけでは信じられない。この目でたしかめて見なくては」

「ええ、ぜひそうしてください。僕も自分の正気を疑いたくなるほどです」

そして、二人は、この奇妙な探検旅行への身支度を始めるのであった。

血痕

戸外はもう暮れ切っていた。まっ暗な海岸に打ち寄せる小波《さざなみ》が白く泡立っているほかは、風もなく死にたえたような闇夜であった。

白虹と山崎青年は知り合いの漁師に小舟を借りて、ただ二人、闇の海面へ乗り出して行った。

山崎青年は大汗になって櫓をあやつった。二人ともほとんど物をいわなかった。かぎりなき焦躁の二十分。やがて黒い魔物のように横たわっている岬を一《ひ》と廻《まわ》りすると外海であった。そこの断崖に例の洞窟が不気味な口を開いているのだ。

「このへんです。電燈で照らして見てください」

漕ぎながら、山崎が声をかけると、大江白虹は用意の懐中電燈を点火して、目の前に迫っている断崖を照らした。

「ああ、これです。これが一ばん大きいほら穴です。穴の上に白い岩が出ているのが目印です」

それは二間《けん》四方ほどの、まっ黒な岩穴であった。退潮時《ひきしおどき》と見えて、水面は洞窟よりもずっと下にある。舟を着けて二人は岩をよじ登るようにして上陸した。

洞窟の入口に立って奥の方を電燈で照らして見たが、人の気配もない。

「夏目さーん」

白虹は二度三度大声に呶鳴った。だが、答えるものは異様にもの凄い洞窟の反響ばかり。懐中電燈の円い光の中には、黒い岩肌のほかに何ものも現われて来ない。

「奥は深いようだね」

「ええ、深いんです。僕はさっきマッチがなくなってしまって、奥まで見届けることができませんでした」

二人は電燈を振りかざしながら、一歩一歩洞窟の奥へと進んで行った。二、三間行くと、両側の岩が迫って、にわかに道が狭くなっている。

「ここが行き止まりかしら」

「いや、そうじゃありません。そこに岩の裂け目があります。あの中へ続いているんです」

それはV字をさかさまにしたような黒い穴であった。背をかがめて、人間一人やっと通れるほどの広さだ。

「夏目さーん」

その穴の入口で、また叫んで見た。すると、ハタハタと妙な音がして、暗闇の中から何か飛び出して来たものがある。黒い影が電燈の光の中を恐ろしい速度で通り過ぎた。

「ワッ、畜生め……」

山崎青年が頓狂な声を立てた。

白虹もギョッとして思わず立ちすくんだ。

「アハハハ、なあんだ。今のは蝙蝠《こうもり》ですよ。蝙蝠が光に驚いて飛び出して来たんですよ」

白虹は蝙蝠なんて、中学校の動物標本でしか見たことがなかった。なんでもないとわかっていても、気味のよい生きものではない。

「足下《あしもと》を照らしてください。ぬれていてすべりそうです」

山崎は先に立って岩の裂け目へはいるために、身をかがめたかと思うと、ハッとしたように動かなくなってしまった。

「どうしたんだ。また蝙蝠かい？」

「いいえ、そんなものならいいんですが、ここをごらんなさい。ひょっとしたら、何か恐ろしいことがあったのかもしれませんよ」

指さす地面へ、電燈を近づけて、よく見ると、岩の窪みに、ネットリとした赤い液体がたまっていた。

山崎青年は、手早くハンカチを取り出して、赤い液にひたし、しきりと匂いを嗅いでいたが、

「血です。血の匂いです。これはただごとではありません。早く奥の方を調べて見ましょう」

二人は背をかがめて岩の裂け目へはいって行った。

「ああ、ここにも赤いものがこぼれている。ほら、そちらにも……」

血潮は点々として、穴の奥へと続いているのだ。

白虹は、光を振りかざす度ごとに、今にも無残な屍体が現われるのではないかと、懐中電燈を持つ手がふるえて来るのを、どうすることもできなかった。

洞窟は進むにしたがってますます狭く、その上烈しい勾配《こうばい》になって、上へ上へと登っていた。しまいには、ほとんど垂直の岩肌を、僅かな手がかり足がかりをたよりに、よじ登らなければならなかった。

「変だねえ、このほら穴は行き止まりのない迷路になっているのじゃないかしら」

「でも枝道がないから安心です。大丈夫元の出口へ帰れますよ」

彼らは二匹の土龍《もぐら》のように黙々として執拗に、窮屈な穴の中を這い上がって行った。

夏目氏親子もやっぱりこんなふうにして、ゼイゼイと息を切らし、脂汗《あぶらあせ》を流してこの穴を登ったのにちがいない。どちらかが傷ついて、どちらかが血にまみれた短刀を振りかざしながら。

土龍の道は無限の空へ続くかとばかり、はてしもなく感じられたが、しかしついに終わりが来た。頬を冷たい風が吹き過ぎ、頭上に、闇ながらこの世の薄明かりが見え始めた。

「アッ、ここが出口です。こんな所に出口があったのです」

山崎青年が叫んだ通り、洞窟の末は、古井戸のように、空に向かって開いていたのである。そこは断崖《だんがい》の頂上、人も通わぬ森林の中であった。

この森林はS村の裏山へ続いているのにちがいない。その裏山へ逃げこんだ夏目太郎が、どうして突然海岸の洞窟に現われたのかと不審に堪えなかったが、その足取りが判明した。彼はこういう自然の抜け穴を発見して、まんまと包囲隊の目をくらますことができたのだ。

白虹と山崎とは、全身脂汗になって、やっと抜け穴から冷たい夜気の中へ這い上がった。そして、穴の周囲の地面を、懐中電燈で照らしながら、足跡を物色《ぶっしょく》したが、そのへんは一面の落葉で、なんの痕跡をも認めることはできなかった。

「夏目さーん」

叫び声は黒い風に乗って森林の奥へ消えて行った。むろん答えるものはない。ただ遙かの海面から、寄せては返す夜の波が、おどろおどろと響いて来るばかりだ。振り照らす懐中電燈の光の中に、木立の幹が、奇怪な生きもののように、現われては消えて行く。梢《こずえ》におこる物音は、おびえた夜鳥の羽ばたきであろうか。それとも、このへんには山猿などがすんでいるのかもしれない。

「やられたのはご主人でしょうか。それとも……」

山崎青年が、暗闇の中で、さも不気味らしくつぶやいた。

「いずれにしても、この広い森の中を、僕たち二人で探すわけにはいかない。夜の明けるのを待って、警察の力を借りることにしよう」

結局、二人はなんの得るところもなく、引き返すほかはなかった。

「君、大急ぎで帰ろう。なんだか芳枝さんが心配だ。このうえあの人に万一のことがあっては大変だからね」

白虹は再び土龍になって、縦穴を下りながら、山崎青年をせき立てるのであった。

緑衣の骸骨《がいこつ》

夜の冒険にヘトヘトになった二人が、別荘に帰って見ると、案じたほどのこともなく、芳枝さんは病床にスヤスヤと眠っていた。

それを見届けておいて、山崎青年は村の駐在所へ駈けつけ、変事の仔細を報告した。

そして、翌朝は、またしても大がかりな山狩りであった。今度こそは、洞窟の抜け道もわかっているのだから、めったに逃がすものではないと、意気ごみすさまじく、岩を起こし、草の根を分けての大捜索であったが、日暮れになっても、犯人の姿はもちろん、菊次郎氏の行方さえつきとめることはできなかった。

二日、三日、四日、なんの収穫もない山狩りが続いて、警官隊の意気ごみも、いつしかおとろえ、またしても、せっかくの捜査がうやむやに終わろうとしていたその五日目、目ざす山中からではなくて、意外な海の中から、なんとも形容のできない恐ろしいものが発見されたのであった。

その早朝、S村の漁師が二人、舟を出すために海岸へ出て見ると、波打ち際の砂の上に、大きな青黒い物体が打ち上げられているのに気づいた。海草の塊にしては大き過ぎる。といって、この朝っぱらから、そんなところに人間が寝ころんでいるはずはない。

漁師たちは不審に思って、何気なくその物体に近づいて行ったが、近づくにしたがって、それがどうやら溺死体《できしたい》らしいことがわかって来た。

水に濡れてドス黒くなっているけれど、着ているのは珍しい緑色の背広服だ。

「おや、この服は緑色だぞ」

一人がそれと気づいて、不気味らしく立ちどまった。

「ウン、こりゃ、ひょっとしたらあいつかもしれねえぞ。ほら、このあいだからの山狩りの人殺しよ。あいつは萌えるような緑色の洋服を着ていたっていうじゃないか」

「そうさね。狩り立てられて、逃げ場がなくなって、海の中へ飛びこんだのかもしれないね」

二人はそんなことを云いながら、こわごわ溺死体のそばに寄って、その人物の顔をのぞいてみた。

「うつぶせになってて、よく見えねえ。お前ころがして見な」

「薄っ気味がわるいや。それよりも早く駐在所へ知らせようよ」

「まあ待ちな。もし死に切っていなかったら、手おくれになるからな」

年配の漁師は、さすがに物なれた様子で、足の先で屍体の肩のへんをグッと押すと、緑衣の人物はクナクナと向きを変えた。漁師たちの視線が、鋭くその顔面に注がれた。

だが、ああ、そこにはいったい何があったのであろう。

「ワアッ！」

若い漁師はいきなり逃げ出しながら、頓狂な叫び声を上げた。

「俺《おら》あ、いやだよ。こんなもの。見たくねえよ」

それも無理ではない。屍骸には顔がなかったのだ。いや首が切られていたのではない。首はちゃんと胴についてはいるのだが、顔の肉がほとんど無くなっていた。つまり骸骨が洋服を着てころがっていたのだ。

海中にただよっている間に、魚類の餌食となって、こんな無残な姿に変わったものであろう。洞穴のような鼻、唇のない口、むき出しになった長い歯なみ、瞼《まぶた》のとれた巨大な眼窩《がんか》の中には、まだ眼球が残っていて、白い目をむいてうらめしげに空を睨んでいる。頭部の皮膚は脱落して、髪の毛もほとんど残っていない。

人気《ひとけ》のない早朝の海岸、東の空は日の出に染まって、海上一面血を流したような真紅《しんく》の波、その波頭が、緑衣の髑髏の肩のへんを無心にヒタヒタと洗っている。

年配の漁師は、この凄愴《せいそう》な景色に打たれたものか、思わず両手を合わせると、南無《なむ》阿弥陀仏《あみだぶつ》、南無阿弥陀仏と、声を出して、六字の名号《みょうごう》を唱えつづけた。

それから三十分ほど後には、海岸の屍体のまわりは黒山の人だかりであった。

本署から駈けつけた警察署長、司法主任、警察医、屍体鑑別のために呼び出された夏目家の人々、それを遠巻きにしてささやきかわす村民のむれ。

夏目家からは、もう健康を回復した芳枝さん、山崎秘書、探偵作家大江白虹、それから、夏目菊次郎氏行方不明の急報を受けて遠い田舎から駈けつけて来た実兄の菊太郎老人の四人が、現場に立ち会っていた。

緑の背広を脱がせてみると、屍体の胸部や腹部はほとんど原形を保っていたが、数日の漂流《ひょうりゅう》に皮膚がブヨブヨに白茶けてしまって、屍体鑑別はまったく不可能であった。その白茶けた胸のへんに、鋭利な刃物で斬られたらしい傷口が、パックリとめくれ上がっていた。先夜の洞窟の中のおびただしい血潮は、この傷口からほとばしったものにちがいない。

「服装から判断すれば、これは夏目太郎のように思われますが、あなた方のご意見はどうでしょうか?」

司法主任が、夏目家の人々を見まわして尋ねた。

「そうかもしれません。しかし、もし菊次郎さんが、わが子を成敗《せいばい》されたのだとすると、そのまま姿をくらますというのはおかしいですね。あの人なればかならず自首して出るはずだと思いますが」

白虹が一同を代表して意見を述べた。

「すると君は……」

「そうです。この屍体は偽物《にせもの》ではないかと思うのです。つまり犯人が被害者に自分の洋服を着せて、あわよくば世間の目をあざむこうとしたのかもしれません。そして、警察の捜査を逃がれるつもりだったかもしれません」

「わしもそう感じます」

白髪白髯《はくはつはくぜん》の菊太郎老人が、老眼をかがやかして口出しをした。

「弟にかぎって、いくら悪人だからといって、伜《せがれ》を手にかけるような男ではありません。また、もし殺人罪を犯したとしたら、卑怯《ひきょう》に逃げ隠れするような男ではありません」

菊太郎老人は紀伊《きい》半島の南端Kという田舎町に隠棲《いんせい》して粘菌《ねんきん》類の研究に没頭している民間の老学者であった。彼の生涯に発見した菌類の新種は一つや二つではなく、その名は世界の学界にも聞こえているほどの篤学者《とくがくしゃ》であった。老人はそういう学究《がっきゅう》にありがちの一徹な頑固者らしく、実弟菊次郎を弁護してやまなかった。

「すると、あなたのお考えでは、この屍体は菊次郎さんであって、下手人は夏目太郎だということになりますね。夏目太郎はご承知の通りまあ狂人も同様な人物ですけれど、それにしても、なんの必要があって実の父親を殺害しなければならなかったのでしょうか。お父さんの方には、父の責任として大罪人を成敗するというちゃんとした理由があります。しかし息子の方にはなんの理由もないのです。わざわざ洞窟まで呼びよせてまで、父を殺す理由が少しもないのです」

司法主任の云うところも筋が通っていた。

「それはわしにはわかりません。この事件には実に不思議なところがあります。わしは太郎という人物をよくも知らないのですが、まったくの精神病者と仮定しても、あれの行動にはなんとなく理解しがたいところがある。ときどき追手の目の前で煙のように消え失せるということですが、第一そんなばかなことがあろう道理がない。わしは科学者として、そういう神変《しんぺん》不可思議《ふかしぎ》を信ずることはできません。警察の方に、何か非常な錯誤《さくご》があるのじゃありませんか。この事件にはよほど深い智恵が必要だと思います。名探偵が出て来なくては解けぬ謎です」

老人は、科学者の直覚で、何か事件の裏にひそむ微妙なものを感じている様子であった。

だが、みずから名探偵とうぬぼれている大江白虹には、この言葉は聞きずてにできなかった。

「お言葉ですが、そういうズバ抜けた名探偵というものは僕たち小説の上では勝手に作り上げていますけれど、実際にはないものですよ。まあ、われわれの頭で判断して

らなあ」

「いや、それがないとはいわれぬのじゃ。ああ、こういう時に乗杉龍平《のりすぎりゅうへい》がいてくれたら行くほかはありますまい」


老人は何か謎のようなことを云いさして口をつぐんだ。

乗杉龍平とはいったい何者であろう。それが老人のいわゆる名探偵なのかしら。白虹が問いただそうと口を開きかけた時、突然まわりの群衆の中にざわめきが起こった。

見ると一人の背広服の男が、人垣をかき分けて警察署長のそばへ近より、軽く挨拶をすると、何事かさも重大らしく署長の耳元にささやいた。

それを聞いた署長の顔には、烈しい驚きの表情が浮かんだ。

「大江さん、今本署から知らされて来たのですが、笹本静雄の屍体が、東京で発見されたのだそうです」

「どこで発見されたのです?」

緑衣の髑髏を前にして、またしても別の屍体発見の報告に接しようとは、なんという偶然であろう。人々は息を呑んで署長の顔を見つめるばかりであった。

読者諸君は記憶されるであろう。この物語の冒頭、緑衣の鬼は童話作家笹本静雄を惨殺して、その屍体を大トランクに詰めこみ、麻布の劉ホテルからどこかへ運び去ったことを。

彼はそのトランクを乗せた自動車を、みずから運転してホテルを立ち去り、一時間ほどして再び同じ自動車で引き返して来た時には、車中には大トランクの影はなかった。つまり、屍体はホテルから往復一時間の場所へ隠されたのである。

だが、それから約一カ月半、其の筋のあらゆる捜索にもかかわらず怪トランクのありかはまったく不明であった。その困難な探し物が、時も時、当の加害者とおぼしき緑衣の屍体と、ほとんど日を同じうして発見されようとは、なんと皮肉な偶然であろう。なんと不気味な暗合《あんごう》であろう。

「どこで発見されたのです？」

白虹の性急な問いに、警察署長はまだ驚きのさめやらぬ面持で答えた。

「それが、実に意外な場所です。丸《まる》ノ内《うち》の大同《だいどう》銀行で発見されたというのです。警視庁とはつい目と鼻の大同銀行に隠してあったのですよ」

金庫室の怪

丸ノ内の大同銀行は、金融資本家の根城《ねじろ》といわれる、民間最大の銀行である。ルネサンス風の壮厳な大石造建築の内部には、本社のほかに姉妹会社の大同信託の広い事務所があり、地下には日本一をほこる大金庫室が設けられている。

S村の海岸に緑衣の屍体が打ち上げられたちょうど前日の夕方近く、大同銀行の営業時間が終わって間もなくのことであった。

金庫室主任が二人の守衛といっしょに、閉店の見まわりをするために、地下金庫室の巨大な円形鉄扉《えんけいてっぴ》の中へはいって行った。通路に鉄格子の区画があって、銀行業務用の金庫室、信託業務用の金庫室と区分され、円形大鉄扉に近い部分が、一般保護あずかりの貸し金庫室になっている。狭い通路をはさんで両側に、ちょうど銭湯《せんとう》の脱衣箱のように小さいのは机の抽斗ぐらいのから、大きいのは三尺四方もある、大小さまざまの四角な鉄扉が、さもいかめしく、ズラリと並んでいる。

金庫室主任は、その貸し金庫を一つ一つ、入念に見まわしながら歩いて行ったが、扉の表面に一〇八と番号のある大形金庫の前まで来ると、ふといぶかしげに立ちどまった。

「オイ、変だね。一〇八号には薬品でも保管してあるのかい。扉の隙間から何か流れ出しているじゃないか」

いかにも、その三尺四方もある大扉の下隅《かぐう》の隙間から、半透明のネットリとした液体がにじみ出している。

「そんなはずはないのですがね。昨日まではなんともなかったのですから」

主任は指先で液体をソッと拭きとって、鼻の前に近づけてみた。

「オイ、君、それを嗅いでごらん。なんともいえないいやな匂いだぜ。薬品やなんかじゃない。もっと動物的なものだ。なんだかひどく薄気味のわるい匂いだ」

守衛たちも、てんでに液体を指につけて嗅いでいたが、その一人がまっ青になって、恐ろしいことを云い出した。

「これは死人の匂いですぜ。間違いありません。あたしは子供の時にこれと同じ匂いを嗅いだことがある。山の中で遊んでいて、ヒョイと見つけた行き倒れの屍骸でした。死んでから一《ひ》と月《つき》もたったやつです。あのいやな匂いは生涯忘れることはありません。それと同じ匂いですよ。こん中にはきっと死人がはいっているのですよ」

屍体の匂いといわれると、ほかの二人にも、なんとなくそれらしく感じられた。保護金庫に屍骸がはいっているはずはないけれど、こんなに液体がもれているからには、いずれにせよ、一度中をあらためて見なければならない。

そこで、金庫室主任は、他の重《おも》だった社員にもその旨《むね》を伝え、数人立ち会いの上、用意の合鍵で一〇八号金庫を開いてみることにした。

いやにきしむ鉄扉を、ソッと開くと、人々はあまりの悪臭に、思わず逃げ腰にならないではいられなかった。もう疑うところはない。たしかに腐爛《ふらん》した屍体の匂いである。

金庫の中には、並はずれて大きなトランクが一個、物々しく置いてあった。だが、だれもそれに手を触れる勇気はない。

「一〇八号の預け主はだれだったかしら。帳簿を調べて、その預け主に電話をかけてくれたまえ」

主任が命ずると、一人の社員が階段を駈け上がって行ったが、しばらくすると、妙な顔をして引き返して来た。

「預け主は岩瀬幸吉《いわせこうきち》さんですよ」

「ホウ、あの麻布の大地主の岩瀬かい」

「そうです。ところが、その岩瀬さんに電話をかけて見ると、主人が電話口に出て、保護金庫なんか借りた覚えはないというんです」

「変だね。預け入れはいつだったい」

「先月の初めです。一年間の契約になっています。そのこともくわしくいったのですが、トランクを銀行の地下室などへ持って行った覚えはまったくないという返事です」

「じゃ仕方がない、警察に立ち会ってもらって、トランクを開いて見ることにしよう。君もう一度警視庁へ電話をかけて、このことをくわしく報告してくれたまえ」

大同銀行内にはたちまちただならぬざわめきが起こった。守衛の制止も聞かばこそ、騒動を好む社員の群れが、地下室の階段へと殺到した。

警視庁でも、トランク詰めの屍体とあっては、聞き捨てにならなかった。すぐさま緑衣の殺人犯の事件が連想された。そこで、木下捜査係長みずから係員を引き連れて、大同銀行に出向くことになった。

木下氏は、金庫室にはいると、まず主任から前後の事情を聞き取ったあとで、指紋係りにトランクの錠前その他の指紋を検出撮影させた上、いよいよそれを開かせることにした。

係長は十中八九、その中の屍体が代々木殺人事件の被害者、童話作家の笹本静雄であることを信じていた。彼は当時の笹本の服装もはっきり記憶している。もし屍体が例の黒いナイト・ガウンを着ていたら、このトランクの真の預け主は疑いもなく緑衣の殺人鬼なのだ。

三名の守衛が、腕まくりをして、トランクを床におろすと、金槌《かなづち》で錠前を叩きこわし、顔をそむけるようにして、その蓋を開いた。

立ち会いの人々は、化石のように身を固くして、青ざめて、声を立てるものもなかった。あまりにも無残な光景を見たからである。

トランクの中には案の定、黒いナイト・ガウンに包まれた、腐爛して半ば髑髏と化した、見るも恐ろしい屍体が横たわっていた。

「やっぱりそうだ。これは例の代々木の殺人事件の被害者だよ」

木下係長は、一と目見て、トランクの蓋を閉じさせると、かたわらの係官を顧《かえり》みてうなずき合ったが、やがて、金庫室主任をつかまえて、腹立たしげに詰問《きつもん》した。

「あなた方はどうして気がつかなかったのですか。新聞であれほど騒いでいたじゃありませんか。たとい犯人が岩瀬氏という大同銀行の預金者の名をかたって来たにもせよ、預け入れの日附はちょうど殺人事件の翌日だし、それにこの大型トランクに気づかぬとは、うかつじゃありませんか」

主任は返す言葉もなく、社員の一人を顧みて声をかけた。

「この預け入れに立ち会ったのは君だったね。一つ説明してくれたまえ」

すると、指名された若い社員が、一歩前に出て、弁解を始めた。

「僕はかならずしも、気がつかなかったわけではありません。新聞記事はよく読んでいたのです。犯人は柳田一郎と偽名していること、赤茶けてモジャモジャの頭髪と、右の頰の大きな傷痕と、緑色の背広服が犯人の目印であることなどは、よく知っていたのです。ところがこのトランクを持って来た男は、黒い服を着ていましたし、髪の毛はきれいにまん中から分けて、ポマードでテカテカ光らせてましたし、頰に傷痕なんかなくて、よく手入れの届いた小さい口髭をはやしていたのです。犯人の人相書とは似てもつかない立派な紳士でした。それに、大型トランクの預け入れは月に二、三度は例のあることですし、預け主が銀行の得意先の岩瀬幸吉さんだったものですから、つい疑っても見なかったわけです」

聞いて見れば、無理もないところがあった。

それにしても、緑衣の殺人鬼は、なんと巧みに計画したものであろう。人相がまったくちがっているところを見ると、彼には相棒《あいぼう》があったのかもしれない。銀行へはその相棒をよこしたのかもしれない。

「銀行の金庫を屍体の隠し場所にえらぶなんて、実に傍若無人《ぼうじゃくぶじん》の振舞いですね。考えてみれば、こんなたしかな隠し場所はありませんよ。契約期間の一年間は預け主本人立ち会いの上でなければ、われわれにだって開けない規定ですからね。あんな液体がにじみ出すようなことがなかったら、一年のあいだ、この屍体は人目にかからなかったわけですよ」

金庫主任は、さいぜんの詰問の返礼のように、皮肉をこめて犯人の着想をほめ上げた。

木下係長も、苦笑するほかはなかった。気違いはやっぱり気違いらしいズバ抜けた手段を考えつくものだ。智恵のある気違いほど恐ろしいものはないと、つくづく歎《たん》じないではいられなかった。

秘中の秘

一方海岸の溺死体は、協議の上、ただちに県立病院に運んで解剖に附することになったが、その結果を簡単にしるすと、すでに読者諸君もおおかたご想像のごとく、内臓や骨格による年齢推定によって、この屍体は夏目太郎に相当する若者ではなくて、五十歳前後の年配者のものであることが判明した。

これによって、大江白虹などの想像説が裏書きされた。殺されたのは緑衣の鬼夏目太郎ではなくて、その父菊次郎であった。屍体の顔面がめちゃめちゃに傷つけられている点、当の菊次郎がまったく行方不明になっている点など考え合わせると、ほかに解釈の下しようもないのである。

夏目太郎は、人もあろうに実の父親を殺害し、その屍体に緑の洋服を着せて、さも彼自身が変死をとげたかのごとく見せかけようとしたのであった。

この異常な所業《しょぎょう》によっても想像されるように、夏目太郎は一種の精神病者であった。まったくの狂人というのではなく、或る場合は常人よりも鋭い智恵を示すことがあったけれど、精神異常のあらそえない証拠は、彼の色彩への不思議な偏執《へんしゅう》に見ることができた。まだ罪を犯さない前の彼の住居は、何から何まで緑一色に塗りつぶされていた。住宅ばかりではない。着衣や持物はもちろん、雇い人の老婆の白髪頭までが、不気味な緑色に染め上げられていた。彼がその実父夏目菊次郎を殺害した心理も、この精神異常によって解釈するほかはなかった。いくら反目し合っている親子にもせよ、常人にこんな無残な所業ができるものではない。

さて、事件は一《ひ》とまず落着《らくちゃく》した。笹木静雄の屍体も発見された。菊次郎の惨死も今や確定的となった。殺人鬼緑衣の鬼も捜査網の撤廃《てっぱい》されるまでは、おそらく姿を現わすような無謀はしないであろう。

父は変死をとげ、子は殺人鬼となって行方をくらましているのだから、夏目家には相続者とてもない始末であったが、すべてのことは菊次郎の実兄菊太郎老人が残るところもなく取りさばいた。菊次郎の葬儀も立派にいとなまれた。東京の本邸はS村の別荘とともに売却された。そして菊次郎の数千万の遺産はすべて動産にかえられ、一とまず実兄菊太郎老人が保管することになった。唯一の相続人夏目太郎は、捕縛されれば当然死刑はまぬかれない重罪人である。結局、この財産は菊太郎老人の所有に帰するわけであった。

彼女ゆえにこそこの数々の大罪が犯された当の芳枝さんは、先には愛する夫を奪われ、今はまた彼女の親切な保護者であった菊次郎の不幸に遭い、この世に一人ぼっちで取り残されたのである。さしずめ菊太郎老人が、弟にかわって彼女の保護者になるほかはないのであった。

菊次郎の遺産処分の手続きもすっかりかたづくと、老粘菌学者は、芳枝さんをともなって紀州のK町へ帰って行った。この老人は学問が女房だといって、生涯独身で押し通している変わり者であった。したがって家族もなく、四十を越した夫婦者の召使いと、三人きりの暮らしなので、芳枝さんの身を守るのには少し心細いところがあった。それには、新しく人を雇うよりはというので、菊次郎の秘書であった山崎青年をともなうことに取りきめられた。山崎青年の方でも失職の憂き目を見ないですむのだから、願ったりかなったりであった。いや失職ばかりではなかった。彼の心の底にはもっと大それた野望が隠されてもいたのである。

K町の菊太郎老人のラボラトリイは、古城のようにドッシリとした赤煉瓦の建物であった。K町のはずれに、昔三万石の殿様が城郭《じょうかく》を構えていたという高台があって、そのこんもりとした青葉の中に、蔦《つた》を這わせた古風な赤煉瓦の洋館が、絵のように隠《いん》顕《けん》していた。

「まあ、すてきだこと。まるで西洋の中世紀の、騎士の物語にでもありそうなお邸ですわね」

城山への坂道を登りながら、芳枝さんが感嘆の叫び声を立てたのも無理ではなかった。

「ほんとうですね。僕はいつか舶来《はくらい》の石版画で、ちょうどこんな景色を見たことがありますよ。お嬢さんはここ初めてですか?」

山崎青年のつややかな顔が青葉の影に染まって、唇が紅のように美しかった。

「いいえ、まだ小さかった時分、二、三度父につれられて来たことがありますの。この坂道なんかも、夢のように覚えていますわ。子供心にもここがほんとうに気に入っていたんだけど、それから伯父さんと父とが不仲になってしまったものですから」

五、六歩先を行く菊太郎老人の背中を見ながら、芳枝さんは小声になるのであった。先にもちょっとしるした通り、芳枝さんの父という人は山気《やまき》の多い放埒家《ほうらつか》で、分配された祖父の遺産もまたたくまに蕩尽《とうじん》し、背負いきれぬ借財を残して早世したような人であったから、自然兄たちにもうとんぜられ、出入りもかなわぬ有様であった。父母の死後孤児となった芳枝さんは、菊次郎に引き取られ、養育されたのだが、菊太郎、菊次郎兄弟も、まったく気質がちがっていたために、そうたびたび往き来していたわけでもなく、芳枝さんは、この城山へは十余年ぶりであったのだ。

いよいよそこへ着いてみると、この赤煉瓦の邸宅は、どうしてなかなか大したものであった。石段のある玄関をはいると、天井の高い薄暗いホール、手すりに彫刻のある装飾階段、楢《なら》の彫刻ドア、楢で高い腰張りをしたドッシリとした書斎、ルネサンス風の家具調度、高い本棚にギッシリつまった貴重らしい古本、石炭を燃やすことのできる本物の暖炉、彫刻のある洋材マントルピース……この大きな邸宅に、老人と召使い夫婦の、たった三人暮らしとは、もったいない話だし、それにこの簡素な老学究には立派すぎる住宅でもあった。

或る日、菊太郎老人は、問わず語りに、それについて芳枝さんに話して聞かせたことがある。

「わしは、こんな簡易生活をしているけれど、なくなった菊次郎伯父さんと同じくらいのお金持なのだよ。お前も聞いているだろうが、わしたちのお父さん、つまりお前のおじいさんだね、そのおじいさんは幕末《ばくまつ》の江戸《えど》で指折りの呉服問屋だった。わしはそこの跡取《あとと》りに生まれたのだが、商売が嫌いで、遺産を一人占めにしてもどうにもしようがなかったものだから、わしが発起《ほっき》して財産を三人の兄弟に同額に分配することにしたのだ。ところが、お前のお父さんの菊三郎《きくさぶろう》は心がけが悪く、その分け前を使い果たした上にひどい借財まで残して死んで行ったが、中の弟の菊次郎は、兄弟のうちでは一番の商売人で、真面目な事業に関係して、まあまあ財産をふやした方だ。わしはというと、金をふやす道も知らないかわりに、へらす道も知らない。学問の費用なんてしれたものだから、預金の利息だけも費《つか》いきれない始末でね。自然とまあ元金が殖えて行って、事業をした菊次郎の財産と、なんにもしなかったわしの財産と、不思議なもので、今ではほぼ同じぐらいあるのだよ。そこへ今度は菊次郎の災難で、あいつの遺産までわしの手元で保管しなければならない仕儀《しぎ》になった。わしのような世間知らずには、あまり嬉しくない重荷だて」

そういうわけで、この城山の邸宅は決して身分不相応のものではなかった。不相応といえば、たった二人の召使いや、なんの享楽も求めない無慾《むよく》な独身老人の生活そのものが、むしろその資産に対して不相応であった。

風景は美しいし、経済的には豊かであるし、主人はこまごましたことには気を使わない学究だし、召使いの夫婦者も土地生まれの木訥《ぼくとつ》ものであったし、(注6)掛人《かかりうど》には理想の家であった。ただ緑衣の鬼夏目太郎が、いつ襲って来るかもしれないという恐怖さえなければ、もう申し分はないのだが、仕合わせなことに、その半狂人の殺人鬼は、その後杳《よう》として消息をたち、その筋の手にも捕えられないかわりには芳枝さんの身辺にうかがい寄る様子も見えなかった。そして、半年ほどのあいだというもの、芳枝さんは城山の青葉の中に、ほんとうに楽しい日々を送ったのであった。

楽しさは、ただ浮世はなれた絵の中の朝夕ばかりではなかった。この自然の風景は美しい男女にとって、恋の背景ともなったのである。今東京で探偵小説の原稿に追われている大江白虹がもしこのことを聞き知ったら、どんなにか歎くことであろうが、処女のように初々しい寡婦《かふ》の芳枝さんと、その保護者として雇われた、アポロのように美しい山崎青年とが、この離れ島同然の山の上で、この美しい景色の中で、いつしか恋愛遊戯にふけりはじめたのは、決して無理のないことであった。

手入れは少しも届いていなかったけれど、赤煉瓦の邸宅を取り囲む城山の上の台地は、自然の大庭園であった。空を蔽う大樹の下には、緑の雑草が茂って、山百合が人を酔わせる芳香を放ち、秋ともなれば、南国の果実が緑樹をオレンジ色にいろどる。そこの捨て石、かしこの切り株が、二人の甘いささやきの舞台であった。見渡せば、はるかの松林をこして、紫にかすむ海、また一方には郷愁《きょうしゅう》に充ちた田舎町の屋根の向こうに、波をえがいてそびえる藍色《あいいろ》の山脈。そして、小鳥が歌うのである。夜は月光の美しさ、その月光の下、夜露に光る、草むらには秋の蟲が鳴きつれるのである。

菊太郎老人は、いかに学究とはいえ、朝夕をともにしている二人のあいだを、気づかないわけにはいかなかった。気づいてはいたけれど、気にとめなかった。この自然科学者は、それを当然の成行《なりゆ》きと思い、むしろ二人の仲が結ばれて行くのを歓迎する気配さえ感じられた。

それにはこういうこともあった。山崎青年は少年時代から植物学に特別の興味を持っていたということで、城山に生えている大樹から雑草にいたるまで、一々その名称を指摘して菊太郎老人を驚かせたほどであるが、ここへ来てからは主人の専攻する粘菌類にも関心を示し、しばらくのあいだに、老学者の話し相手にもなり、助手も勤めることができるほどになっていた。たとい芳枝さんに護衛の必要がなくなったとしても、菊太郎老人は、もうこの青年を手放す気にはなれなかった。そういう学問上のことばかりでなく、性格も気に入った。顔の美しいのまでが老人を喜ばせた。もしかすると、この孤独の科学者は、二人が結ばれて行くのを待ち望んでいるのかもしれない。そして、血のつづいている姪の芳枝さんと、その婿《むこ》の山崎青年とを、彼の相続者に定めたい腹なのかもしれない。

さて、夏も過ぎ、秋もふけて、彼らが城山に来て半年ほどたった或る晩のこと、芳枝さんと山崎青年とがうちつれて、何か意気ごんだ厳粛《げんしゅく》な面持をして、老学者の書斎をおとずれたのであった。

「先生、少しお話ししたいのですが、今お差し支えないでしょうか」

山崎青年の常とちがった、少しふるえているかと思われる声に、老人は読みふけっていた書物から、けげんらしく目を上げた。そして、白髪白髯に包まれたダーウィンの肖像画を連想させる顔でニッコリ笑いながら、

「別に差し支えもないが……何かこみいった話でもあるのかね」

と、もう敏感にそれを感じて、待ち受けていたように居住いを直すのであった。

「ええ、実は少しむずかしいお願いがあるのです」

山崎青年は軍人のように直立不動の姿勢になって、言葉まで軍人口調に改まってい

る。よほど云い出しにくいことに相違ない。芳枝さんはというと、山崎の広い肩のかげに身をすくめて、まるで判決の言い渡しを待っている美しい罪人のようだ。

「云ってごらん」

老人は二人に椅子をすすめながら、二人の表情を、まるで、これから云おうとすることが、大きな文字で書いてでもあるような二人の顔を、ジロジロと眺めるのであった。

「今頃こういうことを申し上げては、頭からお叱りを受けるかもしれません。まだ時期でないことは僕たちもよく知っているのです。それとももう一つは、僕としては身分をわきまえないお願いかとも思うのですけれど……」

山崎青年は、美しい顔も青ざめて、一《ひ》と言《こと》一と言に、汗のにじむ思いをしているようにに見えた。

「時期ではないのです。笹本さんの一周忌《いっしゅうき》にもならないのですから……でも、僕たちのあいだに結ばれた気持を、時期でないからといって、先生に隠しているのに堪えきれなくなったのです……むろん私たちはやましい気持は少しもありません。ただ心の問題なのです。その心の秘密をご恩になっている先生に隠しているのがやましいのです」

「わかった。わかった」

老人は目で相手の苦痛な陳述を制し止めて、物わかりのよい微笑を浮かべながらたずねた。

「しかし、それは押しつめて行けば、結局二人の結婚の問題になるのじゃないかね」

「それはそうです。僕たちはもう、あとへは引けない気持になっています。でも、結婚なんていう具体的のことは、適当な時節が来るのを待ちたいのです。今私たちが苦しく思いますのは、そういう具体的なことではなくて、心の問題なのです。私たちの心持を、先生に内証《ないしょ》にしておくのが堪えられなくなったのです」

最初青ざめていた青年の顔に、いつの間にか血がのぼって、美しく上気していた。

「芳枝、お前もむろん同じ考えなのだろうね」

老人の凝視《ぎょうし》に遭って、芳枝さんは処女のように顔を赤らめ、さしうつむいて、可憐にうなずいて見せるのであった。

――読者諸君、諸君は、こんな恋愛の話なんか、緑衣の鬼の物語になんの関係があるのだろうと退屈がっていらっしゃるかもしれませんね。しかし、このへんの出来事は物語全体について、なかなか重大な意味を持っているのです。よく心に留めておいていただきたいのです。後になって、なるほどそういうわけだったのかと、或る深い意味に思いあたる時があるのですから。

ですが、作者はその恋愛談の場面も、ほんの序《じょ》の口《くち》で中止しなければならないことになるのです。なぜかというと、ちょうどこんな会話が取りかわされていた時、まるで申しあわせでもしたように、書斎の外に恐ろしい物の怪が忍びよっていたからです。読者の退屈ざましにはほんとうに持って来いなのですが、しかし、可哀そうな芳枝さんは、今度こそ、取り返しのつかぬ恐ろしい目に遭わなければならなかったのです——。

菊太郎老人は芳枝さんがはずかしそうにうなずくのを見ると、しばらく考えていたが、やがて、わざと不愛想な口調になって、しかし二人にとっては嬉しい返事を与えたのであった。

「お前たちの気持はよくわかった。むろん笹本さんの一周忌もすまぬうちに、結婚の話などをきめるわけにはいかんが、お前たちがそういうことになったのを、わしは別に叱りはせん。わしはごらんの通り、そういう情愛のことには縁の遠い男だが、君たちの気持が推察できぬほどではない。まあ、ゆっくり考えておこうじゃないか。お前たちも早まったことをしないで、お互いにもっとよく考えるがよい。生涯のことだからね」

「先生、ありがとう。僕はお叱りを受けるのではないかと内心ビクビクしていたのです。それに……」

多感の青年は、涙ぐんでいるように見えた。声も感激にふるえていた。芳枝さんは何もいわなかったけれど、うなだれている頬に、感謝の血がみなぎって見えた。

だが、考えて見ると恐ろしいことであった。芳枝さんは悪魔の邪恋《じゃれん》に魅入《みい》られている身の上ではないか。前の夫笹本静雄は、芳枝さんとの恋ゆえに、あの無残の死をとげたのではないか。もし今夜の話が、どうかして緑衣の鬼の耳に伝わったならば……考えるだけでも恐ろしいことであった。

ところが、その恐ろしいことが、たちまち現実となって現われたのだ。悪魔はこの書斎の話を、ちゃんと聞いていたのだ。

山崎青年の感謝の言葉が終わるか終わらぬに、突然、実に突然、室内がまっ暗闇になってしまった。

「停電だよ。この山の上は風が吹くと、よく電線が切れるのでね」

闇の中から、老科学者の落ちついた声が聞こえた。

だが、三人のうち、芳枝さんだけは知っていた。突然の消燈の次の瞬間に、どんなことが起こるかを、かつての恐ろしい経験によって、知っているはずだった。彼女はそうしないではいられぬように、部屋の一方の窓を見た。するとああ、案の定、そのガラス窓は明るかったのだ。室内の電燈だけが消えて、庭の常夜燈は故障もなくついていたのだ。そして、見よ、その磨ガラスの表面に、朦朧と浮き上がった黒い影。モジャモジャにみだれた頭ではないか。釣鐘マントのように裾ひろがりの人物ではないか。

「伯父さん……あいつ、あいつよ」

芳枝さんのすすり泣くような激情の声。

その余韻《よいん》を追うかのように、悪魔の声が響いて来た。あの忘れることのできない、八十歳の老人のしわがれ笑いが或いは高く或いは低く、あざけるがごとく、呪《のろ》うがごとく、書斎いっぱいにひろがっていった。

三人の中で、山崎青年はさすがに勇敢であった。彼は芳枝さん守護の任務を忘れないで、すばやく闇の中を、その窓へと駈け出して行った。

「だれだッ！」

割れるような一喝《いっかつ》とともに、サッと勢いこめてガラス窓が開かれた。

だが、またしても緑衣の鬼の魔物のような早業《はやわざ》だ。窓の外には、遠くの常夜燈がボンヤリと立木の蔭を照らしているばかり、人の気配さえもないのであった。

「待てッ！」

見えぬ相手に呶鳴りながら、青年はいきなり窓を越えて庭へ飛び降りて行った。

老科学者もじっとしているわけにはいかなかった。彼は下男の佐助《さすけ》の部屋に通じている卓上の呼鈴をあわただしく押しておいて、窓に駈け寄り、闇の中から山崎青年に声援した。

「山崎君、用心したまえ、無鉄砲なことをしちゃいかん。今佐助を呼んだから、あかりが来るまで待ちたまえ」

すると、庭の木立の向こうから青年のいぶかり声が答えた。

「不思議です。どこにもいません。そんなに早く逃げられるはずはないのだが……」

だがちょうどその時、庭にばかり気を取られていた菊太郎老人の耳に、反対のうしろの書斎の中央から、妙な物音が聞こえて来た。

老人はその不気味な物音を、のちのちまでも忘れることができなかった。それは二つの重いやわらかい物体が、ぶッつかり合うような響きであった。しかも、その物体は生きものにちがいなかった。二た色の激しい呼吸が聞き分けられた。一つは太くたくましく、一つは細く物悲しく、

「お、おじさアん……」

たった一と言、帛《きぬ》を裂《さ》くような、細い鋭い悲鳴がほとばしった。そして、何かに口を

おさえられでもしたように、バッタリとぎれてしまった。

「芳枝、どうしたんだ」

老人がふり向いて、窓をはなれて、闇の中を手さぐりで声したあたりへ進みよった。さいぜんの物のぶッかり合う音も、呼吸のはずみも、もう聞こえなかった。ひっそりと静まり返って、書斎には老人自身のほか、人のいる気配も感じられなかった。

「芳枝、芳枝、どこにいるんだ」

その声に答えたものは、芳枝さんではなくて、ドアからの一と条《すじ》の光であった。ドアがサッと開いて、まぶしい燈光が部屋の中へ流れこんだ。

「おお、佐助か……早くはいって、そのへんを見てくれ。芳枝がどうかしたのだ」

佐助は様子はわからぬながら、何か椿事が起こったことを察して、いわれるままに書斎に入り、手にした裸蠟燭《はだかろうそく》を振り照らした。

「オイ、芳枝、どこにいるんだ」

いくら見まわしても、その人の姿はなかった。別に人の隠れるような場所もない。隅から隅まで蠟燭で見まわっても、芳枝さんは影も形もなかった。

「変だな。たった今声を聞いたんだが、どこへも行く暇はないのだが」

老科学者にも、この不可思議を解く智恵はなかった。

「お前、ひょっと廊下で芳枝と行きちがやしなかったか？」

廊下へ出て行く暇があったとは思われぬけれど、ともかく尋ねて見ないではいられなかった。

「いいえ、行きちがいません。廊下にはだれもおりはいたしません」

佐助はキッパリと云いきった。

すると窓からかしら……老人はまた窓のところへ走って行って、外の山崎青年に呼びかけた。

「オイ、山崎君。変なことが起こったんだ。芳枝が見えなくなったんだ。今だれかこの窓から出やしなかったかね」

山崎青年はもう捜索をあきらめて、書斎の方へ引き返して来るところだった。

「いいえ、さっきから窓の方を向いて歩いていたんですが、別に異状はありませんでしたよ……芳枝さんがいないんですって？」

彼はもう気が気ではないらしく、飛ぶように窓を越えて室内にはいって来た。

「そうなんだ。実に不思議だ。たった今声を聞いたのに……見たまえ、どこにもいやしない」

「ドアから出て行かれたのではありませんか？」

「それが不可能なんだよ。ちょうどその時分、この佐助が蠟燭を持って、廊下をこちらへ歩いていたのだからね。もしドアを開けて出て行ったとすれば、佐助に出会わぬはずはないのだ」

「窓からでもなく、ドアからでもないとすると、じゃ、いったいどこから出たのです。この書斎には抜け穴でもあるんですか？」

山崎青年が怒りっぽく呶鳴った。

「ばかな、そんなものがあるもんか」

「芳枝さアん、芳枝さアん！」

山崎青年はもうどうして見ようもなく、むなしく恋人の名を呼ぶほかはなかった。

「山崎君、わしは芳枝の救いを求めるような叫び声を聞いたんだがね。妙なことにその叫び声がパッタリとだえた。だれかが口へ手を当てでもしたようにとぎれてしまったのだ」

老人の白髯が、蠟燭の赤茶けた逆光線を受けて、異様な影を浮かべ、目ばかりが、さも不気味らしくかがやいて見えた。

「それじゃ、この部屋へあいつがはいって来たとおっしゃるのですか。ソ、そんなことまったく考えられないじゃありませんか」

山崎青年は叫ばないではいられなかった。彼自身怪物を追って窓から飛び出したのだ。それと入れちがいに、怪物が書斎へ飛びこむなんて、不可能なことだ。

「まあ、聞きたまえ」

手で制して、話しつづける。その幽霊のようにヒョイと前へつき出された手が、向こうの壁に、恐ろしく大きな影を投げた。手先ばかりではない。老人と青年と召使いの佐助の影は、途方もない大入道となって、三方の壁から天井へと這い上がり、蠟燭の焔《ほのお》とともに、メラメラと揺れていた。

「まあ聞きたまえ、わしは芳枝の叫び声を聞いたばかりじゃない。あいつの息づかいの音をハッキリ耳にしたのだ。二つの身体がぶッつかり合う音がした。それから二た色の呼吸の音が聞こえた……どうしてはいったのかはまったく説明できんが、その時、あいつはこの部屋にいたのだ。そして、芳枝をさらって行ったのだ」

しかし、それは窓からではなかった。また廊下からでもなかった。すると、やっぱり書斎に主人の知らぬ抜け穴があるとでも考えるほかはないではないか。

「君、蠟燭をあるだけ持って来たまえ。それから気の毒だが、町の警察分署まで一と走りしてくれないか」

山崎が佐助に云いつけると、菊太郎老人も、そうするようにと言葉を添えた。

やがて十数本の蠟燭が運ばれ、書斎の中はほとんど電燈と同じ明るさで照らし出された。山崎青年は、その光の中をせわしく歩きまわって、書棚の書籍を取りのけてみたり、絨毯をめくってみたり、腰張り板を叩きまわったり、暖炉の中へ頭を突っこんでみたり、どこかに秘密の出入口はないかと探すのだが、それらしい箇所はまったく発見できなかった。天井も、床板も、壁の腰張り板も、昔風にひどく頑丈な造りで、怪しむべき点は少しもなかった。暖炉の煙突は狭くて、とうてい人間の出入りを許さなかった。書棚にも大デスクにも長椅子にも別状はなかった。

「不思議ですね」

「ウン、実に不思議だ」

老人と青年とは、茫然と立ちすくんで、顔見合わせるばかりであった。

間もなく町の警察署から係官がやって来て、更に大がかりに、綿密に、書斎の捜索を繰り返したが、結果は山崎青年の場合と同じであった。

焦慮のうちに夜があけて、太陽の光の下で、三度目の調索が行われた。邸内から城山の台地はもちろん、その周囲の広い範囲にわたって大捜索陣が張られた。しかし、緑衣の鬼も芳枝さんも、その足跡も、その遺留品も、その気配すらも感じられなかった。

人間一人、いや正しく云えば人間二人、密閉されたも同然の室内から、人魂《ひとだま》かなんぞの気体のように、まったく消え失せてしまったのであった。

われわれは緑衣の鬼の事件では、一再《いっさい》ならず人間消失の怪事に出会っている。一度は劉ホテルの客室で、二度目はS村水族館の通路で、そして、三度目がこの城山の怪事件である。同じことが繰り返される間にも、一度は一度と、その内容が複雑化し、不思議に不思議が加わっている。殊に今度の場合は、今まではいつも消え失せる人物が一人であったのが、二人にふえ、闇の中とはいえ、老科学者の目の前で、大胆にも格闘の物音さえも立てながら、しかも、なんという手ぎわであろう、アッという一瞬の間に、大きな人間が二人まで、煙のように消え失せてしまったのである。

不可能が行われた。夢か怪談としか考えようもないくらいだ。精神異常者夏目太郎には、何か正常人には想像も及ばない、地獄の魔力が備わっていたのであろうか。だが、ここは童話の国ではない。われわれは怪談を信ずることはできない。いかに不可能に見えようとも、そこにはなんらか可能の手段が残されていたのにちがいないのだ。悪魔の智恵は、人々の盲点《もうてん》につけ入って、手品以上の手品を使ったのにちがいないのだ。

それにしても、可哀そうな芳枝さんは、今頃どのような憂目《うきめ》を見ていることであろうか。恋人の山崎青年は半狂乱の体《てい》であった。恋人ならずとも、老科学者夏目氏もあわてまどわないではいられなかった。

「ああ、乗杉龍平がいてくれたらなあ。この悪魔を征服するやつは、あれのほかにはないのだ。あの男を探し出すことができたらなあ」

老科学者はまたしても、乗杉龍平という異様な人物の名を、まるで救いの神ででもあるように、しきりとつぶやくのであった。

蔵の中

「ヨシエサラワレタ、スグオイデコウ、ソノセツオハナシシタ、ノリスギリユウヘイヲハッケンスルタメ、アラユルシユダンヲツクサレタシ、イサイハイビ」

探偵作家大江白虹は、和歌山県K町の夏目菊太郎氏からの電報を読んで、朝寝坊のベッドを飛び起きたのであった。

あれからもう半年もたっているけれど、彼は芳枝さんの面影を一日として忘れたことはなかった。その当座はしきりと手紙を書いた。もし芳枝さんが誘ってくれたら、どんな仕事もうっちゃって、紀州の果てへ出かけて行くつもりであった。だが、芳枝さんからは彼の手紙の五通に対して一通ほどの、しかも至極《しごく》簡単な礼儀ばかりの返事しか来なかった。

そして、二人の文通はいつしかとだえてしまっていた。すげない返事に、こちらばかり手紙を書くわけにもいかなかった。K町へ押しかけて行きたいのは山々であったが、彼にはそれを実行する勇気もなかった。

なぜ芳枝さんからの文通がとぎれ勝ちであったのか。それは彼女が恋をしていたからである。山崎青年への烈しい情熱の虜《とりこ》となっていたからである。白虹はまだしもそれを知らないのが幸福であった。

その忘れる暇もない芳枝さんの変事の知らせに、白虹は心みだれないわけにはいかなかった。すぐに出かけよう。だが、面倒な注文があるぞ。乗杉龍平をつれて行かなければならない。

乗杉龍平という怪人物については、半年前、夏目菊太郎老人に別れる時、すでにその行方捜索を頼まれていて、実をいうと、その後彼の隠れ家《かくれが》の見当もほぼついていたのであった。

それを発見して、白虹に伝えてくれたのは、別人ならぬ折口幸吉であった。読者諸君はこの物語の冒頭、代々木の笹本静雄の家であの惨劇を発見し、緑衣の鬼のために殴打昏倒せしめられた若き帝国日日新聞記者を記憶されるであろう。大江白虹は乗杉龍平捜索のことを、そういう仕事にうってつけのこの社会部敏腕記者に依頼しておいたのだが、つい半月ほど前、その隠れ家がわかったから、いつでも都合のよい折りにいっしょに訪問しようじゃないかという吉報を得ていたのであった。

白虹は卓上電話を取って帝国日日新聞社を呼び出し、折口を尋ねると、折りよく在社していて、元気な声が聞こえて来た。

「突然だがね、今紀州から電報を受け取ったんだ。笹本芳枝さんが、また例のやつに誘拐されたというのだよ。昨夜の出来事らしい。ウン、それについてね。ほら、乗杉龍平ね、あの人の所がわかったということだったが、すぐに会えないだろうか」

「ああ、奴とうとう現われたんだね。また例の魔法だろう。いったい警察は何をしているんだ。あきれるね。ああ、乗杉龍平かい。わかったよ。実はね、二、三日前、僕会って来たよ。聞きしにまさる奇人《きじん》でね。しかし恐ろしい男だ。なるほど名探偵だったにちがいないと思った。芳枝さんの事件には大変興味を持っていたよ。僕からくわしく経過を話しておいた。君のこともむろん話したさ。夏目菊太郎氏のことはよく知っていた。一度会いたいなんていっていた」

「そいつは好都合だったね。じゃ君、手がすいていたら案内してくれないか。僕は乗杉氏を紀州の現場へ同道したいと思うんだ」

「そうかい。そいつはおもしろくなって来たね。よし、今から君のところへ行こう。それまでに外出の用意をしておきたまえ。実は乗杉氏に二、三日内《うち》に君をつれて行くといっておいたから、今頃は先方でも待っているかもしれない」

電話を切って、身支度をすませたところへ、玄関にエンジンの音がして、折口幸吉が女中にしゃべっている大声が聞こえて来た。

「僕は車の中に待っているから、早く来るようにって云ってください」

新聞記者常習の不作法である。女中の取りつぎを待つまでもなく、白虹は帽子とステッキをつかんで門外の自動車へと駆け出して行った。

「池袋の近くのN町だ」

白虹が乗車すると、折口記者が運転手に命じた。新聞社お抱えのクライスラーが、ゆるやかにすべり出した。

車が走っているあいだに、乗杉龍平という怪人物について、簡単な知識を得ておこう。

半年以前、夏目菊太郎氏が白虹に語ったところによると、乗杉は夏目氏と同じような市井《しせい》の一学究であった。学位もなく、学閥《がくばつ》も持たず、ハッキリした専攻の科目があるわけでもなく、いわば雑学者《ざつがくしゃ》であったが、体系を持たぬかわりに、特殊の部面に深くはいっていて、例えば薬物学、殊に毒物学とか、心理学、殊に犯罪心理学とか、世界犯罪史などでは、普通の意味の学者には及びもつかぬ造詣《ぞうけい》を持っていた。

今から五年ほど以前、彼はどうした気まぐれか、警視庁捜査課に、平刑事《ひらけいじ》として就職したことがあって、在職わずか半年ほどの間に、その頃迷宮入りを伝えられていた難事件を片っぱしから解決して、当局者をアッといわせたことがあった。

それらの花々しい手柄は、世間には一刑事乗杉龍平の功績としては伝わらず、時の捜査課長某氏が思わぬ儲《もう》けものをしたのであったが、当局者はもちろん、裏面に通じている少数の人たちには、乗杉の偉大さがわかり過ぎるほどわかっていた。その名探偵がわずか半年の勤務で、辞表を郵送したまま行方不明になってしまった時には、彼の才能を惜しむのあまり、警視総監直接の指図で、行方捜索が行われ、とうとう隠れ家を発見されて、かつて前例のない高給で、警視庁嘱託にと懇望《こんもう》されたほどであったが、彼は頑として応じなかった。極端な我儘者である。

夏目菊太郎氏は、或る事情から、この乗杉の名探偵ぶりを知悉《ちしつ》していた。全国警察の名刑事と民間探偵とをたばにしてかかっても、一乗杉の明智《めいち》と敏捷《びんしょう》と果断《かだん》には遠く及ばないことをよく知っていた。学者としても、薬物学の特殊の問題について論争したことがあり、ある時は乗杉が城山の夏目邸を訪問さえしているほどで、三年ほど以前には、非常に親しく文通し合う間柄であった。それが、いつのほどにか居所が変わり、文通がとだえ、学術雑誌の編輯部《へんしゅうぶ》に問い合わせても、現住所がわからぬという始末になり、奇人乗杉は完全に世間から姿をくらましてしまったのであった。

「よし、ここだ。その広っぱのところで停めてくれ」

車はいつしかN町の淋しい屋敷町にさしかかっていた。生垣をめぐらした邸宅と邸宅とにはさまれて、三百坪ほどの雑草の生い茂った空地がある。その空地のまん中に、まるで焼け残りでもしたようにポツンと建っている古い土蔵《どぞう》が見えた。

「あすこだよ。あの土蔵が乗杉氏の住まいなんだよ」

車を降りた大江白虹と折口記者とは、道もない雑草の中を、土蔵へと近づいて行った。

「ひどくくすぶった土蔵だね。火事でもあったのかい」

「ウン、そうらしいんだ。住宅の方はすっかり焼けて、土蔵だけが残ったんだね。それを乗杉氏は土地ぐるみ借りているんだよ。広い草原のまん中にポツンと建っている土蔵が気に入ったらしいんだ。一人っきりの簡易生活だからね、土蔵一つあれば充分にはちがいないよ」

「なるほど変わり者だね。先生そこで自炊しているのかい」

「自炊っていったって、煮炊きをするわけじゃない。冷肉とパンとサラダの葉っぱと、葡萄酒《ぶどうしゅ》だけですませているんだそうだ」

「そして、いったい何をしているんだい。あんな土蔵の中で」

「本を読んだり、化学の実験をしたりさ。そうでない時は、あの檻《おり》のような薄暗い土蔵の中で白日夢《はくじつむ》でも見ているんだろうよ。なんにしてもひどい変わり者さ」

膝を没する雑草に、ズボンの裾をよごしながら、やっと土蔵の前にたどりついて、入口の厚いドアを開き、案内を乞うたが、薄暗くしめっぽい土蔵の中は、ガランとして人気《ひとけ》もなく、いくら呼んでも答える者もない。

「留守らしいね。しかし、構わないだろう。上がって待ってようじゃないか。遠くへ出かけるはずはないんだから」

折口は新聞記者の図々しさを発揮して、ノコノコと上がって行く。白虹も仕方なくそのあとにしたがった。

二階のある広い土蔵であった。窓は鉄格子のはまった小さいのが、二カ所についているばかり、映画館へでもはいったような暗さだ。

見まわすと、薄暗がりの中から、ボンヤリと洋書の金文字が浮き出して来る。大きな書棚だ。一方の壁には、仕事台のようなものが造ってあって、その上にチカチカ光るガラス器がいっぱい並んでいる。試験管、レトルト、ビーカー、大小さまざまのガラス瓶《びん》、顕微鏡《けんびきょう》までそろっている。

「掛けようじゃないか」

木製のこわれかかった椅子が二脚、めいめいにそれを引きよせて腰をおろした。

気が落ちつくにつれて、穴蔵のような静けさが身にしみる。

「土蔵って、いやな気持だね。耳鳴りがするぜ」

「ウン、耳鳴りが聞こえるほど静かなんだ……陰気だね。これは人間の住む場所じゃないね。宝物かなんかしまっとく所だよ」

しばらく待っても主人の帰る様子はなかった。

「おそいね」

「ウン、だが」白虹はふと聞き耳を立てるようにして「オイ君、ちょっと静かにしたまえ。何か聞こえやしない？　この土蔵には、僕たちのほかに、だれかいるんじゃないかしら。どうも、さいぜんから、そんな気がして仕方がないんだ」

「おどかしちゃいけない。だれもいやしないじゃないか」

「聞きたまえ、ほら……音がするだろう。耳鳴りじゃないよ」

「そういえば、変だね。二階かしら」

「二階かもしれない。登ってみようか」

二人はまさかあんなものを見ようとは想像もしていなかったので、多少薄気味はわるいながらも、二階の物音をたしかめてみる気になった。

足元も定かならぬ狭い階段を、オズオズと上がって行くと、二階は一方の窓が閉めてあるらしく、一そう薄暗かったが、物の形の見分けられぬほどではない。

階段を上りきって、ソッと見まわすと、一方の開いている鉄格子の窓を背景にして、人間の頭部のシルエットがあった。頭髪が異様にモジャモジャとみだれているのが、ギョッと二人の記憶をよみがえらせた。

もう足がすくんでしまって、身動きする力もなかった。アレだ。あいつがここにいたのだ。どうして感づいたのか先廻りをして、ここに待ち伏せしていたのだ。そして、今にもバアッとお化けの顔をのぞかせようと、時機を狙っていたのだ。

その黒い影は、二人の気配に気づいたのか、突然ヒョイと振り向くと、ソロソロとこちらへ歩み寄って来る様子だった。

赤茶けたモジャモジャ頭、頬の物凄い傷痕、緑色の背広、見まいとしても、その一つ一つが、眼底に焼きつくようにはいって来た。

それればかりではない。その者は低い低い笑い声を立てはじめた。耳の底に残っていて、忘れようとて忘れることのできない、あの笑い声。八十歳の老人の、低いがゆえに恐ろしいあのきしむような笑い声……。

だが、どうしたのであろう。いつもはだんだんかすかになって消えて行く笑い声が、それとは反対に、徐々に声高くなって、いつしか若者の快活な笑いと変わっていた。

「ハハハハハ、びっくりすることはありませんよ。いくらあいつだってそんなに機敏《きびん》じゃありません。僕ですよ。お訪ねくだすった乗杉ですよ」

「なあんだ、先生でしたか。しかし、どうしてそんな変てこなふうをしていらっしゃるのです。まさか僕たちをおどかすためじゃありますまいね」

折口記者がすっかり元気づいた声でたずねた。

「いや失敬失敬、どれほど僕の変装がうまくいっているか、ちょっとためしてみたのですよ。まあ今の様子では及第《きゅうだい》だったらしいね」

頭髪から頰の傷痕まで緑衣の鬼とソックリの乗杉氏は、ノソノソと階段を降りはじめた。二人ともそれにうながされて階下へ引き返しながら、折口は大江白虹を紹介した。

「大江さんのお名前はよく知っています。小説も読んだことがあるし、今度の事件のお働きは、折口君の話ですっかり聞いております」

話しながら、三人は化学実験台の前のボロ椅子にそれぞれ腰をおろした。

白虹が電報の内容を告げて、和歌山県のK町へ出向いてほしいという夏目氏の依頼のおもむきを伝えると、乗杉氏は案外にも即座に承諾を与えたのである。

「ほかならぬ夏目老人の依頼とあっては、行かぬわけにはいきません。それに、この夏目太郎という半気違いの殺人事件には、ひどく僕の気持をそそるものがあるのです。新聞も注意して読んでいましたし、折口君から必要なことは大体聞かせてもらいました。ごらんなさい、これが新聞の切り抜き、これが折口君の話を筆記したノートですよ」

乗杉氏は机の抽斗から一《ひ》と束《たば》の新聞切り抜きの綴《つづ》りと一冊の手帳を取り出して、そのページをパラパラと繰って見せた。

白虹は薄闇の中でパクパク動く乗杉氏の口元を眺めながら、悪夢でも見ているような変な気持に襲われないではいられなかった。赤茶けたモジャモジャの髪、恐ろしい頬の傷痕、見れば見るほど悪魔の形相である。これがほんとうに乗杉という人物なのかしら、もしかしたら、こいつはやっぱり緑衣の殺人鬼で、われわれの裏をかいてこんなお芝居をやっているのではないかしら。

すると、その疑惑に答えるかのように、乗杉氏が言葉をつづけた。

「僕には妙な癖がありましてね。昔、犯罪事件に関係した頃、これという犯人の目星をつけますとね。まずそいつとソックリの風体《ふうてい》をしてみる、顔なんかもできるだけその男らしいメークアップをするのです。おわかりですか。僕自身が犯人の心持になって見るんです。それには身体からして相手とソックリに変わって見なくてはいけない。するとね、妙なものですね、犯罪者が僕に乗り移ったようになって、おのずとそいつの心持までわかって来るのですよ」

「ああ、そうおっしゃれば、僕はそれと同じ捜査哲学を何かで読んだようにおもいます。エドガア・ポーでしたかしら」

白虹が乗杉氏の心理主義に興味を感じて言葉をはさむ。

「ええ、ポーの『盗まれた手紙』という小説にあるのです。僕のはあの小説のおはじき小僧のやり方を、もっと具体化《ぐたいか》してみたまでですよ。殊に今度のように、モジャモジャの髪の毛、頬の傷痕、緑色の洋服と、有りあまる特徴を持った犯人には、なかなか効果があると思うのです。今ちょうどそれをやっていたところなんですよ。そしていろいろと会得するところがありました」

乗杉氏は云い終わって、悪魔の顔をヌッと前につき出し、頬の大きな傷痕を引きつらせてニヤリと笑うのであった。彼はこの事件によほど乗気《のりき》らしく、噂に聞いた気むずかしさなど少しも見えず、なかなか愛想がよいのである。

「今までの二度の誘拐には、幸いその都度《つど》うまいぐあいに芳枝さんを救い出すことができましたが、それはまあ僕の幸運みたいなもので、夏目太郎のほんとうの心持も、あいつのえたいの知れぬ妖術の秘密についても、少しもわかってはいないのです。その秘密がわからなくては、犯人を捕えることもできないと思うのですが」

「そうです。あなたの探偵法の欠点がそこにありました。まずその大秘密の奥底を突かなくてはならないのです。現われているものばかり見ていてはいけない。現われていないものを見なくてはいけない。例えばですね、この鬘《かつら》だ。この傷痕の作りものだ」

乗杉氏は云いながら、モジャモジャの赤毛の鬘をスッポリと引き抜き、頰の傷痕と見えていた精巧《せいこう》なゴムの一片をむしり取って、両手でツルッと顔をなでると、高座《こうざ》の百面相のように、その容貌がまったく一変してしまった。

西洋悪魔みたいに角型《かくがた》に禿《は》げ上がった大きな額《ひたい》、黒々とした五分刈りの頭髪、細いけれどもよく光る目、平べったい鼻、小鼻のわきの深い皺、厚いけれども引きしまった唇、思索《しさく》にきたえられた四十男の味のある顔が現われた。

「犯罪というものは、いつもこういう鬘や作り傷で変装しているものです。それらをはぎ取ったほんとうの顔を見なくてはいけない」

「しかし、先生、夏目太郎は生まれつきああいう髪の毛を持っているのですよ。また頬の傷痕だって、今から四、五年前に不良少年と喧嘩をしてつけた傷だということが、だれにもわかっているのですよ」

折口記者が乗杉氏の言葉を単純に取って、真向《まっこう》から反駁《はんばく》した。

「いや、いや、僕は何もそういうことをいっているのじゃない。犯罪事件全体の変装ということを考えているのだ。また、君が今云われた犯人の特徴にしても、その特徴が動かしがたい本物であるからこそ、かえってわれわれはそこに深い注意を払わなくてはならないと思うのですよ」

「先ほど先生は、そういう変装をされて、何か悟るところがあったとおっしゃいましたが、それはどういう意味でしょうか。この事件の現われていない秘密というようなものを、お気づきになったのではありませんか」

白虹はこの奇人の不思議な威力に、つい先生と呼ばないではいられなかった。

「そうです。僕はあなたのように事件の渦中《かちゅう》にはいっていないだけに、少し目が見えるのかもしれません。もし僕の想像が当たっているとすると、この事件は、表面に現われているような生やさしいものではありませんよ。僕は二十年来犯罪の研究を続けているのですから、犯罪というものがなんであるかを大体知っているつもりですが、その僕がこの緑衣の鬼の事件には、何かこう身のすくむような怖さを感じるのです。ほんとうをいうと恐ろしいのです。ひょっとすると、これは日本にも西洋にも、犯罪史上に類例《るいれい》のないような事件ではないかと思うのですよ」

冷々《ひえびえ》とする土蔵の中の、夕闇のような薄暗さが、乗杉氏の重々しい口調を一そう重々しく不気味に感じさせた。

「僕なんかは、表面に現われているだけでも、ほとんど犯罪史上に例がないように感じているのですが、その奥にもっと恐ろしい秘密が、隠されているとおっしゃるのですか？」

「そうですよ。しかし、これは僕の机上の推論《すいろん》に過ぎないので、僕自身その真相をたしかめて見るまでは、断定もできないし、あなた方に僕の考えをお話しすることも避けたいのです。ですが、大江さん、あなたはこういう疑いを持たれたことはありませんか。犯人夏目太郎ははたして世間でいわれているような一狂人に過ぎないかどうかということです」

「それはたびたび疑いました。しかし、彼の所業は狂人と考えないでは説明のできない節《ふし》があるのです。例えば、笹本静雄を殺害した気持は常識でも判断できないことはありません。しかし、その屍体を銀行の金庫の中へ隠すなんて仕草は常識以上です。またあいつはほんとうの父親を殺しているではありませんか。別にこれという理由はないのです。夏目菊次郎氏はなかなか正義感の強い人でしたから、たぶんあの海岸の洞窟の中で、息子の罪を責め自首をすすめたにちがいありません。味方と思った父親さえも敵であることを知って激情のあまりあの残虐な所業をしたのでしょうが、それにしても実の父を手にかけるなんて、常人には考えも及ばないことです。まあそれはいいとしても、そのお父さんの死骸に自分の緑色の洋服を着せて海中に投げ入れ、夏目太郎自身が死んだ体《てい》に見せかけようとするなんて、実にばかばかしい子供だましじゃありませんか。こういう点にあいつの精神錯乱が曝露していると思うのです」

「ああ、あなたはまだ物の表面しか見ていないのです。そういう狂人の所業としか考えられない事実に、この事件の一ばん恐ろしい秘密が、隠されているのだとは思いませんか。それにはもう一つの裏があるのだとは考えませんか。この犯人はたびたび密室の中で煙のように消えうせていますね。そして、あれだけ大がかりの捜査網をくぐり抜けて、もう半年以上も世間の目をくらましていますね。これが狂人などにできる芸当でしょうか。お父さんの屍体に緑衣を着せて海に流す子供だましと、この韜晦《とうかい》の心憎いまでの巧みさと、なんという奇妙な対照でしょう。なんという変てこな矛盾でしょう。探偵術の一つの骨《こつ》は、このような不思議な矛盾にその推論の焦点を向けることです。いつもそういうところにこそ、秘密の鍵が隠れているのです。ねえ大江さん、そうは思いませんか？」

大江白虹も折口幸吉も、乗杉氏のこの暗示をただちに理解することはできなかった。しかし、後日になって、これらの言葉がそのまま事件の真髄《しんずい》を語っていたことを知ったときの、彼らの驚きと畏敬《いけい》とはどれほどであっただろう。

「僕には、何よりも一ばん不思議に堪えないのは、あの逃げ道のない部屋の中で、手の届きそうな間近にいて、突然かき消すように姿をくらます、あいつの魔法ですが、先生はこれについて何かお考えがおありでしょうか？」

白虹は相手の自信たっぷりな応対に少し自負心を傷つけられて、くやしまぎれに、いくらなんでも机上の推理だけでは、これには答えられまいと、最後の切札を持ち出したつもりであった。ところが、奥底の知れぬ乗杉氏は少しも困惑の色を示さなかった。

「むろんその点を無視してこの犯罪を考えることはできません。いや、それどころか、僕の推理の出発点は、ほかでもないあの犯人の魔法そのものにあったのです。いかに狂人の病的な魂《たましい》だといって、物理学の法則を破って行動することはできません。犯人にはどうして、あのまったく不可能なことが可能であったか。そこにこの事件のもう一つの大きな鍵があるのだといってもいいのです。しかし、僕はその秘密を今あなた方にお話しするわけにはいきません。僕の結論というのは、ほとんど想像もできないほど恐ろしいものだからです。その結論は、大江さん、あなたをどんなにびっくりさせるかわからないからです。僕自身確証をにぎるまでは、いたずらに人の心を騒がせることはしたくないのです」

この思わせぶりな言葉が何を意味するのか、知るよしもなかったけれど、彼はそれを云いながら、じっと白虹の目の中を見つめて、ニヤニヤと微笑するのであった。

白虹は、何かしら心の中を見すかされたような感じがして、思わずギョッとしたが、それが何事であるかは、しばらく後までわからなかった。わからぬながらに、乗杉という人物を薄気味わるく思わないではいられなかった。

「できるだけ早く出発したいと思います。僕の推察が当たっているとすると、危険は目の前に迫っているのです。一刻も猶予《ゆうよ》はできません。もしお差し支えがなかったら、明朝飛行機で立とうではありませんか。そして、大阪まで行ってそこからK町の近くまで汽車があるはずです。明日の夕方には先方に着けるでしょう」

こちらから申し出るべき旅程のことまで、乗杉氏に先手をうたれて、白虹はいよいよ面《めん》くらわないではいられなかった。

地下道の怪異

乗杉龍平と大江白虹とが目的地に着いたのは、予定通りその翌日の夕方であった。あらかじめ電報が打ってあったので、夏目菊太郎氏は山崎青年をともない、わざわざ鉄道の終点T町まで出迎えに来ていた。そして、四人の主客を乗せた自動車が、三里の田舎道をK町へと走り出した。

老科学者は、乗杉氏の出馬をひどく喜んで、

「あんたが来てくだすったので、わしはもうすっかり安心しています。芳枝がもし生きているものとすれば、あんたがきっと救い出して下さる。わしはそれを信じております」

と、繰り返し謝辞《しゃじ》を述べるのであった。

それから三里の道を走る間、今度の誘拐事件の詳細が説明せられたが、語るのは夏目老人ばかり、山崎青年はどうしたのか、ほとんど口をきかず、そっぽを向いたまま、非常に不機嫌の様子である。

「あいつの魔法というものを、わしも聞いてはおりましたが、これほどとは思わなかった。実に恐ろしいやつです。そういうわけで芳枝はどことも知れず連れ去られたのですが、不思議なことに町の外へ逃げ出した形跡が少しもない。これは警察の方で充分手配をしてくださったので、万に一つも間違いはないのですが、鉄道の終点のT町はもちろん、附近の港、村という村、どこにも姿を現わしておらぬのです。あいつは一人ではない。芳枝というお荷物を連れている。まさか殺しはしますまい。殺せばその死骸が見つかるはずです。というわけで、どんなに姿を変えて見たところで、この片田舎で人の注意をひかぬわけにはいかぬ。それが今まで、まる二日の間、どこにも姿を現わさぬというのですから、実に不思議といわねばなりません」

「町に潜伏している様子もないのですね」

「東京とはちがいますからね。潜伏しようにもする場所がありませんわい。宿屋といえばたった二軒きりですし、その宿屋はもちろん民家も虱《しらみ》つぶしに調べられたのですが、なんの手がかりもありません。これはわしの気のせいでしょうが、どうもあいつは、わしの家のごく近くをさまよっているような気がして仕方がないのです。なんとなくあいつの気配が感じられるのです。夜など一人寝て居りますと、窓の外からあいつがソッとのぞいているような感じがするのです」

そして、自動車が城山の麓に着いた時には、もう夕闇が立ちこめて、森は一面の墨《すみ》色《いろ》、その中をつらぬく坂道だけが、薄白く目立っていた。

四人は車を降りて、曲がりくねった坂道を、黙々として登って行く。不機嫌な山崎青年は、一《ひ》足《あし》先にと云って、中途から三人をあとに残して、急ぎ足に立ち去った。その後ろ姿が森蔭に曲がって行くのを眺めながら、大江白虹が待ちかねていたように尋ねた。

「山崎君はどうかしたのですか。ひどく黙りこんでいるじゃありませんか」

すると夏目老人は苦笑いをして、

「いや、あの男の一本気にも困りものですて。こんなところでお話しするのもなんだが、実はあの山崎が芳枝を妻にという申《もう》し出《い》でをしておりますのじゃ」

「それじゃ、むろん芳枝さんもご同意なのでしょうね」

白虹の声が思わずはずんだ。

「そうです。芳枝の方でもそれを望んでおりますのじゃ。もっともあれらとても、笹本さんの一周忌もすまぬうちに結婚をしようとはいわぬのです。ただ二人の間にそういう情愛が結ばれたから、わしの承諾を得ておきたいと申しでましたのじゃ。例の影が現われたというのは、ちょうどその話をしている最中だったのです」

「そして、ご老人はその申し出をご承知なすったのですか？」

もし昼間であったら、白虹の顔色が草のように青ざめているのを、老人は見逃がさなかったであろう。

「いや、ハッキリ承諾を与えたわけでもありません。しかし、わしとしては別に不賛成ではないのです。山崎君はなかなかよくできた男で、芳枝とは似合いのものとも考えますのでね。そういうわけで、山崎が沈んでいるのは無理のない話ですが、それならば、芳枝を救うためにわざわざ出向いてくだすったあなた方に、もっと感謝の意を表すべきですが、それができないというのには訳があるのです。一と口にいえば山崎は自分一人の手で芳枝を救い出したいのですよ。そして、それを手柄に、さっきの結婚問題の承諾を得ようという腹なのです。いや、わしにそれを約束してくれと申し出たくらいです。そして、事件以来山崎はほとんど一睡もしないで、まるで探偵犬みたいに、この界隈《かいわい》をうろつき廻っているのですよ。あれにとっては、あなた方はいわば競争者なのです。自然不愛想にもなろうというものです」

山崎青年の不機嫌の理由はわかったけれど、白虹はそれどころではなかった。芳枝さんの危難を救う意気ごみが半減した、いや皆無《かいむ》になったといってもいい。今度は彼が不機嫌に黙りこむ番であった。三人はまた黙々として坂道を登った。

だが、やがて行く手に夏目邸の窓の明かりが見えはじめた頃、突然黒い人影が鉄砲玉のように近づいて来た。

「いました、いました。ほら、あの森のところに緑色のやつがいたのです。早く、早く、追っかけてください」

息せき切った声は山崎青年である。緑色のやつというのは犯人夏目太郎のことに相違ない。ではやっぱり老人の予感が当たって、緑衣の鬼はこの邸宅附近に潜伏していたのであろうか。

それと聞くと、まっ先に駈け出したのはさすがに乗杉龍平であった。彼は手にさげていたスーツ・ケースを地面にほうり出したまま、山崎青年と駈けッこでもするように走り出した。山崎の意気な裾長《すそなが》の外套《がいとう》と乗杉の古風な縞羅紗《しまらしゃ》のオーバーがヒラヒラと風になびく。白虹も心の痛手《いたで》はともかくとして、この場合続いて走らないではいられなかった。そして、一ばんあとから夏目老人が心もとない足どりでつづいた。

「ア、あれです。ほら、あの大きな木の下を逃げて行くでしょう」

山崎青年の指さすところを見ると、いかにも全身緑色の人物が、薄闇の森の下蔭を走って行く。頭もどうやら赤茶けた乱髪らしい。遠さも遠し、夕闇の中のことだから、それ以上細かい点は見分けられぬけれど、あんな緑色の洋服を着た男がほかにあろうとは考えられぬ。

「それッ」

というので、一同の足なみが一そう早められ、またたくうちに怪しい人影の見えた地点に達したが、相手は逃走の名人だ。その頃には森の奥深く姿を消して、もう探し出す手だてもなかった。

時を移さず山崎青年が町の警察へこのよしを報告する。やがて五人の警官が、城山を駈け上がって、問題の森の四方から、懐中電燈を振り照らし、草を分けて捜索を続けたが、一時間、二時間、ついにむなしく引き上げるほかはなかった。人々は犯人の不思議な消失には慣れっこになっていた。また例の手を用いたのであろうという考えが無駄骨折りを警戒させた。


一同夏目老人心づくしの晩餐《ばんさん》をすませると、乗杉氏と大江白虹とは、犯罪現場の書斎にはいって、それぞれ心行くまで取り調べたが、これという収穫もなく、その夜は落ちつかぬ気持のまま、あてがわれた二階の一と間に、ベッドを並べて寝《しん》についた。

大江白虹は、乗杉氏の高いびきを聞きながら、ほとんどまんじりともしないで物思いにふけっていた。夕方夏目老人に聞かされた山崎青年の求婚のことが、殊に芳枝さん自身それを望んでいたという事実が、彼を失意の底におとしいれた。

「いっそこのまま東京へ帰ってしまおうかしら」

何度そんなふうに考えたことであろう。だが、よく考えてみれば芳枝さんを恨むことは少しもなかった。彼女は白虹のひそかな気持などまったく知らなかったのかもしれない。よし知っていたにもせよ、山崎青年ほどの美貌は、どのような女性にとっても、打ち勝ちがたい誘惑にちがいない。ただ芳枝さんを責めるのは得手勝手《えてがって》というものだ。殊に今は、そういう問題はともかくとして、彼女の危急《ききゅう》を救うことが急務である。

「先方の気持はどうであろうとも、俺はやっぱりあの人を救い出すために働きたい。そうしないではいられぬのだ」

結局この結論に達した頃には、もう窓にほの白い朝の光がただよっていた。いつの間に眠ったのか、揺り起こされて目を覚ますと、枕元に乗杉氏が、もうちゃんと服装をととのえて立っていた。

「七時ですよ。早く顔を洗っていらっしゃい。朝飯前に、もう一度書斎を調べて見ようじゃありませんか」

白虹はきまりわるく跳ね起きて、大急ぎで洗顔をすませ洋服を着て、乗杉氏のあとにしたがって階下の書斎へはいって行った。

ドアをあけてヒョイとのぞくと、意外にも書斎には先客があった。山崎青年だ。彼は一方の壁の書棚の前に立って何かの本を読んでいる様子であったが、ドアの音にギョッとしたように振り返って、二人の姿を認めると、なぜかドギマギと手にしていた本を棚に返し、そしらぬ顔でこちらへ近づいて来た。

「お早うございます。昨晩はよくおやすみになれましたか？」

昨日に引き替え、妙に愛想がよい。

「君も早いですね。朝っぱらから読書ですか？」

乗杉氏が皮肉らしく尋ねる。

「いえ、そういうわけではありません。ただ、この棚の本がみだれていたものですから、直していましたのです」

ぬけぬけとした嘘をついている。あんなに熱心に本のページに見入っていたくせに。だが、なぜそんな嘘をつかなければならないのであろう。主人の書斎の本を読んでいたのが、ひどくはずかしいことでもあるように。

「それはどちらでもいいが、君は今度の事件について、何か考えをお持ちですか。僕たちはまだ来たばかりで、いっこう見当もつかないのだが、もし君に意見があれば聞かせてほしいものですね」

山崎は、その言葉に、さもけげんらしく乗杉氏の顔を眺めた。

「私に意見があるとおっしゃるのですか。どういたしまして、私は先生方とちがって、こういうことにはまったくの素人ですから……」

言葉は鄭重《ていちょう》ながら、まざまざと眉宇《びう》に現われた敵意。だがその顔の美しさはどうだ。長い睫毛に蔽われたつややかな瞳、紅をつけたようなまっ赤な恰好のよい唇、白虹は恋敵《こいがたき》ながら、その美貌に見とれないではいられなかった。

「では私は失礼します。どうかごゆっくりお調べくださいませ」

山崎は一歩も引かぬしかつめらしさで、切口上《きりこうじょう》とともにドアの外へ消えて行った。

「フフフフ、先生よっぽど僕らに敵意を持っているね。だが、なかなか美青年じゃありませんか」

乗杉氏がおかしそうにいうのを、白虹はただ目でうなずくほかに、答える言葉を知らなかった。

それから一時間ほど、二人で手分けをして、書斎の壁という壁、床という床、一寸角《いっすんかく》もあまさない綿密な調査を行ったが、やっぱりなんの得るところもなく終わった。

朝食をすませてから、白虹はしばらく夏目老人と雑談をかわしていたが、それを切り上げて部屋へ帰って見ると、乗杉氏の姿が見えぬので、また階下に降りて、何気なくさきほどの書斎をのぞいてみた。すると、これはなんということだ。そこの書棚の前に乗杉氏が立っていて、両手に一冊のうすい和綴《わと》じの本を開き、さっきの山崎青年にもおとらぬ熱心さで、そのページを凝視していたではないか。いや、そればかりではない、彼は白虹の姿に気づくと、やっぱり山崎と同じように、ギョッとして、いきなりその本を書棚に返し、何喰わぬ顔でこちらへ近よって来たではないか。

「何か珍しい本でも見つけましたか？」

白虹が尋ねると、乗杉氏はこれまた山崎青年とそっくりにドギマギして、

「いや、なに、別になんでもありませんよ。虫の喰った和本《わほん》があったものだから、ちょっと出して見ただけですよ。大江さん、そんなことよりもこれからわれわれで、昨夜の森の中を調べて見ようじゃありませんか。君の食事のすむのを実は待ちかねていたのですよ」

と、白虹の手を取って書斎の外へつれ出すのであった。

あんなにドギマギしたのは、いったいどんな本を読んでいたのかと、少なからず心残りであったが、取られた手を振り放すほどのことでもなく、そのまま家の外へ出てしまった。

そして、城山一帯の森林の踏査《とうさ》にほとんど午前中がついやされた。昨夜の警官もも

う出張していて、いっしょになって森の中を歩きまわり、洞穴でもありはしないかと、草を分け石をおこし、樹上に隠れているかも知れぬというので、大木にはよじ登り、小さい木は一々枝をゆすって見るという入念至極《にゅうねんしごく》の調査であったが、やっぱり別段の収穫もなく終わった。

森の中心に巨大な楠《くすのき》の老樹《ろうじゅ》がそびえていた。根元の直径一間に近く、地上五尺ほどのところで三つの股に分かれて、八方にひろがる枝の広さは優に百人の日蔭を作ることができる。土地の巡査の説明によると、これは千年以上の古木で、昔から神木とあがめられ、夏目氏の代になっても、やっぱり幹のまわりに七五三縄《しめなわ》を張り、柵を設けて人の近寄るのを禁じているというのであった。

乗杉氏はこの老樹にひどく興味をそそられたらしく、柵の中へはいって幹をなでまわし、はてはその三つ股の上によじ登って、いつまでも降りて来ようとはしなかった。この乗杉氏の老樹への関心が何を意味していたか、大江白虹は知るよしもなかったけれど、間もなくそれと思いあたる時が来たのである。

午後は人々思い思いの行動を取ることになって、白虹は老人の話し相手を勤めて、事件の手がかりを少しでも探り出そうとこころみたが、これということもなく、それから城山を降りてK町をあてどもなく歩きまわり、聞きこみの空頼《そらだの》みに、いたずらに日を暮らして、重い足を引きずりながら夏目家に帰ったのであった。

夕食に顔を合わせた時、乗杉氏に捜査の模様を聞いて見ると、

「今夜か、おそくも明日の朝は、何か収穫があるかも知れません。少しもくろんでいることがあるのです」

という、相変わらず思わせぶりな、しかし、充分自信ありげな答えであった。

食後、例によってしばらく老人と雑談をかわし、二階の部屋に帰って見ると、またしても、どこへ行ったのか乗杉氏の姿が見えぬ。いくら待っても帰って来る様子がないので、白虹はつい外へ出て見る気になった。

外は白々とした月夜であった。森の常緑木が月光に染め分けられて、夢の国のように美しい。月にさそわれたのであろう。彼はフラフラと森の中へはいって見たくなった。それには、夜になれば、昨夜のように、またあいつが姿を現わすかもしれないと云う下心もあったのだ。

月に魅入《みい》られたと云おうか、魔がさしたと云おうか、そんな謀反気《むほんぎ》を起こしたばっかりに、彼は間もなく、おそらく生涯に一度の、骨も凍る恐怖と戦慄を味わわねばならなかったのだが。

森の中も、冬のこととて枯れ木が多く、月光がさんさんと降りそそいでいた。その

白い薄明かりを道しるべに、四方に目をくばりながら歩いて行くと、ふと行く手にチロチロと動くもののあるのに気づいた。

ハッと立ちすくんで、目をこらして見入っていると、その者は木立を縫って、蔭から光へ、光から蔭へと、現われては消えている。その光の下へ出た時に、まず目を射たのは全身緑衣の衣裳であった。また次の光の下へ出た時に、つくづく見れば、ああ、赤茶けたモジャモジャの髪の毛、顔はわからぬけれど、もうあいつにきまっている。

逃げ出そうか、追っかけようか。それとも大声に人を呼ぼうか。

大江白虹は、しかし、卑怯者ではなかった。とっさに決心したのは、ソッとあいつを尾行してやろうということであった。

月の光があるだけに、尾行はなかなか困難であった。蔭から蔭へ、立木の幹から幹へと身をひるがえして、一歩一歩相手に近づきながら、注意深く追跡する。近づくにしたがって、いよいよ相手の正体が明らかになった。緑衣の鬼に相違ない。

行くほどに、やがて殺人鬼の行く手に、見覚えのある楠の巨木が現われた。彼はどうやらその神木を目ざして進んでいるのだ。さては、あの老樹には、何か曰《いわ》くがあるんだな。今日昼間乗杉氏が、同じ神木にあれほど興味を示したのも、故《ゆえ》のないことではなかった。

緑衣の怪物は、老樹のまわりの柵を乗りこした。そして乗杉氏の真似をでもするように、見る見るその幹をよじ登り、三つ股の上に達した。そこで前こごみになって、何かしばらく手間取っていたが、やがて、また立ち直ると、アッと思う間に、彼の身体はズルズルと、神木の幹に吸いこまれでもしたように、見えなくなってしまった。幹の向こう側へ飛び降りたのではないかしら。いや、どうもそうではないらしい。では、あいつの得意の魔術を使ったのかしら。

白虹は悪夢でも見ているような、一種異様の心持で、しかしまだあきらめきれず、オズオズと神木のそばへ近づいて行った。そして、遠巻きにグルッと柵のまわりを一巡したが、曲者の姿はどこにも見えぬ。やっぱり三つ股のまん中へ吸いこまれたとしか考えられなかった。

しばらくの間、猫が獲物をねらうように、目をこらし耳をすまして、じっと身をすくめていたが、いつまで待ってもなんの変化も起こらぬので、ジリジリと、柵に進み寄り、それをまたぎ越え、老樹の幹にすがりつくと、少しも音を立てないように注意しながら、よじ登りはじめた。

冷汗のにじみ出る長い時間をついやして、やっと三つ股の上に登りつき、ヒョイと見ると、ああ、あった、あった。その股の中心に大きな洞穴がポッカリと口をあいていたではないか。その穴のそばに、穴と同じ大きさの苔むした木の皮が置かれているのを見ると、ふだんはそれが洞穴の蓋となっていて、ちょっと見たのでは見分けがつかぬように巧みに偽装《ぎそう》してあるのにちがいない。

ソッと中をのぞいて見ると、どうやら空洞《うつろ》の内側に、足をかける段々のようなものが刻んであるらしい。

白虹は、秘密の発見に夢中になって、前後の考えもなく、ついその段に足をかけた。一段二段三段と、闇の中へ降りるにつれて妙に勇気が出て来る。烈しい好奇心と冒険心が彼の身体を下へ下へと誘いこむ。

幹の内側を降りつくすと、そこからは土の中だ。今度は石でたたんだおぼつかない階段が、行く先知れず続いている。

油断して相手に気取られては大変だ。うっかり足をすべらせぬよう、息づかいにも注意をして、墨で塗りつぶした暗闇の底へ底へと降りて行く。

何十段ともしれぬ石段がやっとつきると、ようやく立って歩けるほどの窮屈な通路が始まっている。前の方をすかして見ても、むろん何も見えはしない。闇の中を闇がうごめく心持だ。両側の壁にさわって見ると、なかなかしっかりした石崖になっている。だれがこんな抜け穴を作ったのか知らぬけれど、よほど費用をかけたものにちがいない。

地底何十尺の暗闇の、おしつけるような息苦しさに、思わず高くなる息づかいを、やっとおさえて、ソロソロと手さぐりながら進んで行くと、やがて二、三十間《けん》も歩いた頃、突然両側の壁がひろがって、いくら手を伸ばしても、同時にはさわれぬほどになった。たぶん部屋のような場所なのであろう。

耳をすますと、どうやら、つい二、三間向こうに生きものの気配がする。これはいけない、あまり近づき過ぎたようだと、立ちどまって様子をうかがっていると、突然、実に突然、

「アッ！」

という叫び声と、それに重なるように、

「待てッ！」

という怒号《どごう》が、闇の中に爆発した。これは不思議、たしかに二た色の声であった。洞穴の中の生きものは一人ではなくて二人であった。

そんなことを考える間もあらせず、目の前に稲妻《いなづま》のようなものがパッとひらめいた。あまりの明るさに眩暈《めまい》を感じて思わず目をつむったが、またオズオズ瞼を開いて見ると、稲妻ではない。それは二つの懐中電燈から発する光であることがわかった。

闇の中に二つの丸い光線が入れちがって、それぞれに一人ずつの人の姿を浮き上がらせている。だが、ああ、これはなんということだ。白虹は向き合っている双方の上半身を一と目見るや、あまりの恐ろしさに、彼自身、いよいよ気が狂ったのではないかと、ゾッと震え上がらないではいられなかった。

そこには、闇の中の鏡のように、まったく同じ人物が、しかもあのモジャモジャの髪の毛、あの頬の傷痕、それに揃いも揃った萌える緑色の背広服、緑衣の鬼が二人になって、お互いに恐ろしい目を光らせて睨み合っていたではないか。

幸い距離があるので、相手に見とがめられる心配はなかったけれど、そういう我が身の安全よりは、目の前の地獄の景色の恐ろしさが、彼の心臓を一匹の生きもののように跳《おど》り狂わせた。

しかも、恐怖はそれだけではすまなかった。ふと気がつくと、まったく違った一つの息づかいが、今度は背中の方から聞こえて来るではないか。振り向いても、むろん姿は見えぬけれど、たしかに生きものの気配である。注意するにしたがって、ゴソゴソと着物のすれるらしい物音さえ聞こえて来る。

ああ、だれ知らぬ闇の穴蔵の中で、前には二人になった緑衣の鬼の妖怪、うしろには何者ともえたいのしれぬ怪物、腹背《ふくはい》に敵を受けて、白虹は立ちすくんだまま、身動きもできなかった。腋《わき》の下から冷たい汗がツルツルと肌を伝ってすべり落ちるのが感じられた。

「待てッ！」

突如として、穴蔵に反響する叫び声。それからバタバタと人の走る足音。

一方の緑衣の鬼が懐中電燈を消して逃げ出した。もう一方がそれを追って走る。鏡に写っていたのではない。分身の術でもない。二人のまったく同じ姿をした怪物は、どうやら敵味方らしいのである。

激しく揺れながら走る懐中電燈の光を、ボンヤリと眺めていた時、白虹の頭に一つの考えがわき上がって来た。

逃げるのはほんとうの殺人鬼夏目太郎で、追っかけている方は、ひょっとしたら乗杉龍平ではないのかしら。

すると、彼の脳裡《のうり》に、東京の乗杉氏の土蔵を訪ねた時の不思議な光景がマザマザと思い出された。あの素人探偵はどうやら犯人自身の姿に変装することが好きらしい。あの時から変装具はちゃんと揃っていたのだ。それをトランクに入れてここまで持って来ていたのかもしれない。さいぜんから緑衣の鬼とばかり思いこんで、追跡して来たのは、変装した乗杉探偵だったのかもしれない。

ほとんど一瞬間にそんなことを考えた。そして、次の瞬間には、彼は彼方の闇の中に、ドシンと人の倒れたらしい地響きと「うぬ」といううめき声とを聞いた。

今は、追手の方が手にしていた懐中電燈さえ消えて、墨汁《ぼくじゅう》の中へ漬《つ》かったような真の闇であった。

「しまった。電燈を取られたか」

うめきながら起き上がるらしい声の調子は、たしかに乗杉龍平である。

すると、今度はうしろから、ぶッつけるように走って来た大声があった。

「懐中電燈ならここにあります」

そして、パッと目を射る光が、隅にたたずんでいた白虹の顔をまぶしくなでて、彼方の闇に飛び、今起き上がったばかりの怪物の姿を照らした。

その大声にも聞き覚えがあった。どうやら芳枝さんへの求婚者の、あの山崎青年らしいのである。

小きざみの靴音が近づいて、白虹の前を通り過ぎる時、山崎青年の声があわただしくいった。

「大江先生でしょう。僕山崎です。乗杉さんをお助けしましょう」

「ああ、やっぱり山崎君だったか」

そこで、白虹も彼と肩を並べて走り出した。

揺れる電光の中には、怪物に変装した乗杉が、二人を待っていた。

「君たちはいったいだれです」

電燈の蔭で顔が見分けられないのだ。

「大江と山崎です。夏目太郎はどこへ逃げました」

「ああ、君たちか。じゃいっしょに追っかけてください。向こうへ逃げたんだ。たぶん芳枝さんは、この中に囚《とら》われていると思う……オット、足元に注意したまえ。綱が引いてあるんだ。僕は今そいつにやられたんだ」

三人はその綱を越えて、無言のまま走り出した。乗杉は山崎青年の懐中電燈を受け取って、先頭に立って走って行く。

走ると云っても、やっと立って歩けるほどの狭い穴だし、それに両側の石がけがところどころこわれて道をせばめていたり、足の下の石畳にひどい凸凹《でこぼこ》があったりして、そんなに早く走れるものではない。気ばかりあせっても、陸上の平地を歩くほどの早さでしか走れはしない。

緑衣の鬼の方ではあらかじめここを隠れ家ときめて仕事を始めたのであろうから、充分地下道に慣れている。手探りでも追手よりは早く走れるにちがいない。これでは勝負にならないのだ。やがて半丁も走ったとおぼしき頃、行く手に当たって、帛《きぬ》を裂くような女の声が、闇の洞窟に物凄く反響した。

「助けて……あたし芳枝です……早く助けて……助けてください」

その声に、今まで足元ばかり照らしていた乗杉の懐中電燈が前方に注がれた。

その丸い光の中に、妙になまめかしい、しかし一生懸命な女性の姿態《したい》が、まるで奇怪な幻燈のように写し出された。それは芳枝さんにちがいなかった。

ちょうどそこが洞窟の曲がり角になっていたが、芳枝さんはその石垣の角に左手を突っ張って、死にもの狂いに踏みこたえている。髪はみだれ、着物はさけ、身体を石だたみの上に投げ出して、何者かに引きずられようとするのを、一生懸命に抵抗している。

彼女の右手から肩にかけて、石垣の角の向こうに隠れて見えぬのは、そこにもう一人の人間がいて、力まかせに引っぱっていることを語っていた。もう一人の人間？いわずと知れた緑衣の鬼だ。彼奴《きゃつ》は石垣の蔭に身を隠して、芳枝さんを連れ出そうとあせっているのだ。

三人は一そう足を早めて、現場に突進した。芳枝さんは最後の力をふりしぼって踏みこたえている。危うく引きずりこまれそうになりながら、やっと抵抗をつづけている。

しかし、それは長い時間ではなかった。三人の靴音が現場間近く進んだ頃には、さすがの狂人もあきらめたのか、向こうへ引く力はなくなっていた。芳枝さんは抵抗をやめて、グッタリとなったまま動かなかった。力を出しつくして気を失ったのかもしれない。

倒れている芳枝さんの身体へ、まっ先に突進したのは、恋人の山崎青年であった。

「芳枝さん！」

彼は昂奮《こうふん》のためにしわがれた声で叫びながら、動かぬ芳枝さんのそばにひざまずき、両手で彼女の露わな肩を抱いて坐らせようとこころみたが、芳枝さんの身体はグナグナして手ごたえがなかった。やっぱり失神していたのだ。

それをボンヤリ見ているような乗杉ではなかった。彼は二人を闇に残して、怪物を追跡した。白虹もそのうしろにしたがった。

石垣の角を曲がると、もうまっ直ぐの洞窟であった。走りながら、光の及ぶかぎり懐中電燈を振り照らしたが、なんという怪物のすばやさであろう。一直線の道は、ずっと向こうまで空っぽであった。

しかし、あきらめないで、どこまでも進んで行くと、やがて洞窟の出口に達した。恐らく城山の中腹であろう。石垣が尽きるところは一面の灌木《かんぼく》と雑草に蔽われて、外部から洞窟と気づかれぬようにできていた。

乗杉と白虹とは、その雑草を掻き分けて、穴の外に踏み出し、光の届くかぎりあたりを調べて見たが、それらしい人影も見えぬ。城山の傾斜面《けいしゃめん》は一面の樹木である。もう二人の力には及ばない。朝を待って警察の力を借りるほかはないのだ。

むなしく元の場所に引き返して来ると、恋人同士は暗闇の中で、元の姿勢のままでいた。芳枝さんは山崎青年の膝の上で意識は回復したらしいのだが、まだじっと眼をとじていた。

「つかまらなかったのですか?」

山崎青年が帰って来た二人を責めるように尋ねた。

「残念だったが、取り逃がしてしまった。この地下道は山の中腹へ抜けているんだ。そこから外へ飛び出してしまっては、もう僕らだけではどうにもしようがない」

白虹は乗杉氏のために弁解するようにいった。彼は追跡の激情《げきじょう》がまだ醒《さ》めやらず、目の前の二人に嫉妬を感じる余裕もないのだった。

「フン、地下道に出口のあるのはわかっているじゃありませんか。入口があれば出口があるのは知れたことですよ。それを一方からだけせめたのは少し手抜かりでしたねえ」

青年は二人に突っかかるように乱暴な口をきいた。

いわれてみれば、もっともな非難であった。しかし、これについては白虹に責めはない。手抜かりがあったとすれば乗杉氏の責任だ。この大失策をどう弁解するのかしらと、乗杉氏の異様な顔を注視したが、彼は何もいわないでニヤニヤ笑っているようにみえた。

「しかし、ともかく芳枝さんが助かったのだから」

白虹がとりなすようにいうと、青年はまたしても毒口《どくぐち》を叩き始めた。

「それはなにも乗杉先生のお手柄じゃありませんよ。この地下道を発見したのは僕の方が早いのです。僕にだって芳枝さんを救い出すことはできたのです。乗杉先生、あなたも書斎の絵図をごらんになったのでしょう。そして、あの朱線《しゅせん》の一方の端が楠の神木の下にあたることを悟られたのでしょう。僕だって、そのくらいのことは知っていたのです。ただあなたのように軽々しい行動をしなかっただけです。僕はあなた方が来られた時には、もうちゃんと楠のそばにいたのですよ。そして、お二人が続いて地下道にはいられるのを見ていたのです。実は僕もあれが乗杉先生の変装とは知らないで、犯人にちがいないと思ったものですから、大江先生の応援をするつもりで、続いてここへ降りて来たのです。そして、僕の用意していた懐中電燈がお役に立ったというわけですよ」

大江白虹はこの山崎の謎のような言葉を、すっかり理解することはできなかったが、気分が落ちつくにしたがって、青年のあまりに美しすぎる顔と、その反抗的な態度が、ひどく憎々《にくにく》しいものに思われて来た。彼はさも大切そうに、グッタリした芳枝さんの上半身を抱きかかえている。まあなんという似あいの恋人だろう。闇の中から浮き上がった、その絵のような姿態が、白虹を悲しませた。俺は裏切られるために、紀州くんだりまでノメノメとよくもやって来たものだと、悔まないではいられなかった。

「まあ、そういう話は、あとでゆっくりするとして、君は早く芳枝さんを家へつれて行って、介抱して上げなさい」

乗杉氏が落ちついた声で命令するように云った。彼は青年に揶揄されたことを、少しも気にとめていない様子だった。

「芳枝さん、もう大丈夫です。しっかりしてください。僕におぶされますか」

山崎の声に、美しい人はうっすらと目を開いて、かすかに答えた。

「ええ」

乗杉と白虹とが手を貸して、芳枝さんを山崎の広い背中にのせた。そんな際であったけれど、白虹は冷えきってスベスベしている柔肌《やわはだ》の感触を、胸にこたえて感じないではいられなかった。

重くて冷たくてやわらかいものをかかえた時、彼の両手は恐ろしさにふるえないわけにはいかなかった。

飛行する悪魔

さて、一同が夏目家に立ち帰ると、芳枝さんのために麓の医師を呼ぶやら事の次第を町の警察へ急報するやら、その夜は騒ぎのうちに更けて行ったが、その騒ぎも一段落して、一同寝室に引きとってから、大江白虹は、あてがわれた日本風の寝室に乗杉龍平と蒲団を並べて、睡眠までの一《ひ》ときを語り合った。

「さっきからお尋ねしようと思いながら、つい騒ぎにまぎれて機会がなかったのですが、地下道の中で、山崎君が云った絵図とか朱線とかいうのは、何を意味するのでしょう……もしや、書斎の書棚にあるあの古ぼけた和綴の本のことじゃありませんか?」

白虹がおぼろげに推察しながら尋ねると、乗杉氏はこちらへ寝返りをうって、くわしく説明してくれた。

「そうです。あの写本《しゃほん》ですよ。あれはこの城山の昔の城主が秘蔵していたものらしい。つまり、元ここにあったお城の築城《ちくじょう》の次第を書きしるしたもので、いろいろの図面がはいっているのですが、その中に見開きの大きな全景図があって、それの或る箇所に問題の朱線が引いてあるのですよ。本文と照らしあわせて見ると、何か「厳秘《げんぴ》」というような文字が書いてあって、意味が曖昧だけれど、どうもその朱線に秘密があるらしいと考えたのです。

「城が敵の包囲に遭って、糧道《りょうどう》を絶たれた場合の秘密の食料運搬路、それはまた城主の落ちのびる時の通路にもなるわけだが、そういう目的の抜け穴というものは、間々《まま》ある慣《なら》いなんです。で、僕はこの朱線はその地下道を示すものにちがいないと推量したのです。

「そこで、城山の上を歩きまわって、朱線の起こっている地点に相当する場所、つまり抜け穴の入口を探しまわったところが、どうもあの楠の神木が怪しいのです。ちょうどその位置にあるのです。覚えていますか、今日午前中、皆といっしょに森の中を調べた時、僕があの楠の股になったところへ登ったことを。僕はあの時大体の目星をつけておいたのですよ」

「すると、さっき山崎君が云ったことはほんとうだったわけですね。今朝、僕らが書斎へはいって行くと、山崎君があの和本を見ていて、ビックリして隠した、それをあなたが感づいてあとから調べて見られたのですね」

「そうです。いかにも山崎君が最初の発見者だったのです。あの男はそれを一人じめにしようとした。つまり、僕らを出し抜いて手柄を立て、老人の歓心《かんしん》を買おうとしたのでしょう。例の結婚問題がありますからね」

それは山崎青年の昨日からの態度に一々現われていた。芳枝さん救い出しの手柄を一人じめにして、結婚を有利にみちびこうという下心は、露骨に見えていた。さっきの地下道の中での毒口も、乗杉のためにそれをさまたげられたくやしまぎれにちがいなかった。

「ですが、あなたはどうしてあんな変装なんかして、地下道へはいられたのですか。僕にはその意味がよくわからないのですが」

「ちょっと考えがあったのです。しかし、それは見事に敵のために裏をかかれてしまった。実に恐ろしいやつです。今夜の勝負は、なんと弁解しても僕の負けでしたよ」

乗杉氏は謎のように答えるばかりであった。白虹にはずっと後になるまで、その真意がわからなかった。

「君も見ていたでしょう、僕が地下道で敵の仕掛けた綱につまずいてころんだのを。ころぶ拍子に、懐中電燈を投げ出してしまったのです。僕は、光を失っては大変だと思って、痛さをこらえ手を伸ばして、地面を探りまわったんだが、敵の方が、すばやくて、ちょっとの違いで電燈を拾われてしまった。それが闇の中でも僕によくわかったのです。なぜといって、お互いに懐中電燈を拾おうとして探り合っていた手と手とが、偶然ふれ合ったからです」

乗杉氏はそこで言葉を止めて、しばらくのあいだ黙っていた。それからなぜかさも不気味らしく声を低めてつづけた。

「僕はあいつの手にさわったのだ。それはどうも人間の手と思われないようなものだった。ひどく冷たくてグニャグニャしていて、何かこう蛇にでもさわったようないやあな感じでした。僕は物に怖がることのない男ですが、その僕があの暗闇で恐ろしさにゾーッと鳥肌立つのを感じたのです。あいつは魔性《ましょう》のものですよ。僕はこんな薄気味のわるいやつにぶッつかったのは初めてだ。なんだか妙に気おくれがしたのです。もしあの時その手をつかむことができたら、犯人をつかまえていたかもしれないんだが」

「どうして、僕に前もって打ちあけてくださらなかったのです。そうすれば、僕があの地下道の出口の方に頑張っていて、あいつを逃がしはしなかったでしょうに」

白虹はさいぜんの山崎青年と同じ不満を口にしないではいられなかった。

「僕に一つの目論見《もくろみ》があったからです。それは今もいうように、敵に出しぬかれてまったく失敗に終わったんだけれど……しかし、僕の考えでは、たとい君があの出口の方に見張っていても、おそらく犯人を捕えることはできなかっただろうと思います」

「どうしてですか。僕にその力がないとでも……」

「いや、力の問題じゃない。腕力では、あの狂人はそんなに強くない。ただ魔法使いですからね。僕は明日の朝早くあの地下道の出口を、もう一度調べてみるつもりです。君もいっしょに来てください。ソッとですよ、家のものに気づかれないように。そうすれば、多分僕のいう意味が——なぜあすこに君がいても犯人をつかまえることができなかったかがわかると思うのです」

それからしばらく、それほど重要でない雑談が続いたあとで、どちらが先ともなく寝入ってしまったが、翌朝五時、乗杉氏はもう目をさまして白虹を揺り起こした。

二人は手早く洋服に着更えると、顔も洗わないで、裏口からソッと夏目家を抜け出した。

外はまだ薄明かりであった。頰を切るような朝の空気の中を、冷たい露にぬれながら、城山の裏道の雑草をかき分けて降りて行った。

頂上から三分の二ほど下ったところに、一ときわこんもりと茂った常緑木の林があって、荊棘《いばら》に傷つくのもかまわずその中へ分け入ると、深い雑草に蔽われて、地下道の狭い出口が開いていた。

「これならばわかりっこありませんね。犬だってこんな場所へははいって来やしないでしょう」

「うまく考えたものだ。この密生した林が、知っているものには目印になり、知らないものには目かくしの役目を勤めているんですからね」

そんなことを云いながら、穴の中へもぐりこむと、狭いのは入口だけで、すぐに立って歩けるほどの広さになっていた。乗杉氏は白虹を押しとどめて、そこの地面を熱心に見まわしていたが、やがて何かしきりにうなずきながら、頭を上げると、ちょっととぼけたような口調になってニヤニヤしながらいうのであった。

「ここの地面はずっとやわらかい土になっているでしょう。だからここを出入りしたものの足跡は皆はっきり残っているはずです。ごらんなさい、二たいろの足跡がついている」

穴をはいってすぐの場所だから、朝のうすい光線でも、地面の足跡は充分見分けることができた。いかにもそこには二種の足跡が残っていた。

「二つとも男の靴ですね」

「そうですよ」

乗杉氏の微笑がだんだん大きくなって来る。白虹はそれを見て、ふと思いつくところがあった。

急いで、一方の靴跡を当ててみると、ピッタリ一致した。もう一つの跡も、どうやら乗杉氏の靴と一致するらしい。

「当ててみましょうか」

それを察して、乗杉氏も靴跡へ足を持って行った。

「やっぱりそうだ。それじゃこれは昨夜の僕たち二人の足跡ばかりじゃありませんか」

白虹は不審に堪えぬもののように、キョロキョロあたりを見まわすのだ。

「犯人の足跡がないというのでしょう」

「そうです。昨夜ここから逃げ出したからには、あいつの足跡が残っていなければならないじゃありませんか」

地面に顔をくっつけるようにして、だんだん奥の方へ探して行っても、違った足跡はどこにも見あたらなかった。しかも、入口から二、三間《けん》ほどは地面全体がやわらかい土なのだから、足跡をつけないで通りすぎることはまったく不可能なのだ。

白虹はお化けでも見たように、ゾッとしないではいられなかった。悪魔は足跡をつけないで、地上五、六寸のところを、人魂のようにフワフワとただよって行ったのかもしれない。

それにしても、乗杉氏はあらかじめこのことを知っていたらしい様子だが、いったいどんな論拠でそれを推察することができたのであろう。

「どうしたというのでしょう。あいつはまた忍術を使ったとでもいうのでしょうか。少し薄気味わるいですね」

「これには三つの解釈しかありません」

乗杉氏は、やっぱりニヤニヤしながら説明するようにいった。

「第一は、犯人が闇にまぎれて僕たちのわきをすり抜け、反対に楠のうつろの方へ逃げたかもしれないという解釈ですが、これはどうも不可能のようですね」

「不可能です。あの部分は地下道が少し広くはなっていましたけれど、僕と山崎君とは、まだその入口にいたのです。そのわきをすり抜けることなんかできっこありません。人一人やっと通れる細い道ですからね」

「第二は、犯人がどうして地面に足をつけないで逃げ去ったかという解釈です。人魂のように宙を走ったか、それとも蝙蝠のように羽ばたきをして飛んで行ったか」

「その想像が不気味で仕方がないのです。気違いの魂というものは、何か特別の能力を備えているとでもいうのでしょうか」

「第三は、この地下道の中に、別の枝道があるか、それとも、石垣のあいだに人の隠れるようなうつろがあって、犯人はここを通らないでも身を隠すことができたという解釈です」

「枝道があるようには見えなかったが、隠れ場所は、ひょっとしたら無いとはいえませんね。しかし、もしそうだとすると、あいつはまだこの中にいるかもしれない」

白虹はますます不気味に感じないではいれなかった。

「いずれにしても、今日は地下道の中を警察の人たちに充分調べてもらうのですね」

乗杉氏は例の秘密主義で、何かまだ云わないでいることがあるらしくみえた。彼自身では三つの解釈以外に、犯人逃走の別の手段を知り抜いているかのように感じられた。

結局、犯人の足跡がないという怪談めいた事実をたしかめただけで、二人は夏目邸に引き返したが、そして、家族一同と朝食をすませたところへ、数人の警察官が到着した。

しかし大がかりの地下道の捜索も、別段の得るところはなかった。たった一つ、昨夜芳枝さんの倒れていた少し奥の所に、一方の壁の石垣の一つが取りはずせるようになっていて、中に一尺四方ほどのうつろのあることが発見されたばかりであった。

「その中に何かありませんでしたか」

報告を聞いた時、乗杉氏はなぜかひどく熱心な面持で尋ねた。

「パンのかけらに蜜柑《みかん》の皮が少々。それっきりです。犯人が食料品を入れる場所に使っていたのでしょう」

「ああ、多分そうでしょうね」

乗杉氏はさりげなく答えたが、その頰に、注意して見ないではわからぬほどの、例の異様な微笑が浮かんでいた。彼はまたしても、まったく別の事柄を、彼だけが知っている何かの秘密を、ひとり考えているようにみえた。

復讐

さて、その晩のことであった。

芳枝さんは別にこれといって手傷を受けたわけではなかったが、心身の疲労のために病人同然であったから、夏目邸のもっとも安全な階下の日本間に床を敷いて静かに横になっていた。

その部屋は四方とも別の部屋にかこまれていて、窓は一つもなく、昼間は薄暗くだれも住み手のない廃室《はいしつ》であったけれど、安全という点では申し分なかった。一方は厚い壁をへだてて主人の書斎に接し、三方の隣室にはそれぞれ山崎青年と、召使いの佐助と、その細君《さいくん》とが、芳枝さんを包囲するようにして床を敷いていた。

部屋には明るい電燈がともり、はでやかな友禅縮緬《ゆうぜんちりめん》の夜具に照りはえていた。そのビロードの襟《えり》に顎《あご》を埋めた芳枝さんの顔は、青ざめてはいたけれど、その青白さが不思議になまめかしく美しかった。

まだ宵《よい》であったから、一家の全員がその枕元に集まって、芳枝さんの気分を引き立てるための雑談を取りかわしていた。

芳枝さんは、口をつぐんで多くを語らなかったが、菊太郎老人の心配のあまりの質問に、やっとこんなふうに答えた。

「いいえ、あの人はちっとも乱暴なことはしませんでした。気味のわるいほど丁寧なんですの。それは、この部屋の中からわたしを連れ出した時とか、ゆうべ皆さんが地下道へはいっていらしった時とかには、まるで野獣のように恐ろしくなるのですけれど、二人きりでいるあいだは、まるで奴隷《どれい》のようにおとなしくて、わたしの前にひざまずいて、たださめざめと泣いていますの。考えてみれば可哀そうですわ」

「別に乱暴ははたらかなかったのだね」

「ええ、そんなことはちっともありませんでした」

「しかし、あいつは、最初あなたを、どうして書斎から連れ出したのです。それがわれわれには非常な謎になっているのですが」

大江白虹はそれを聞いて見ないではいられなかった。

「そのことは、昼間も警察の方からきかれましたわ。でも、わたしあの時気を失ってしまって、何も知らなかったのです。突然電燈が消えたかと思うと、もうすぐそばに人間の息づかいが聞こえましたの。それが伯父でも山崎さんでもないことはわかっていましたので、びっくりして椅子から立ちあがろうとしますと、いきなりそいつが飛びついて来て、うしろから羽交締めにして、わたしの口をおさえようとしたのです。

わたし、無我夢中で抵抗しました。でも、じき力がつきてしまったのです。そして、何もわからなくなってしまったのです」

謎は依然として、謎のまま残された。

「で、そいつは、夏目太郎にちがいなかっただろうね」

「ええ、あの人でした。でも、大変やつれて見違えるようでしたわ。笹本の敵ですけれど、それから菊次郎伯父さんを殺した大罪人ですけど、わたしなんだかあの人が可哀そうで仕方がありませんでした。正気ではないのですもの。頭がどうかしているのですもの。その狂った頭で、世間の目をのがれるために、どれほど苦労をしたんだかと思うと……」

この芳枝さんの言葉が、一座にどうにもならない陰惨《いんさん》な気分を惹き起こした。緑衣の鬼はむろん憎むべき犯罪者であった。しかし、彼が二重の殺人を犯し、その素性も風体もすっかり知られていながら、半年以上の長いあいだ、野に伏し山に寝て、その筋の目をくらまし、ただ恋人芳枝さんを掠奪《りゃくだつ》したい一心で生き永らえている心理を想像すると、狂人の執念の恐ろしさ、運命の残酷さに、人々は底も知れぬ深い深い闇の中へ引きこまれて行くような、なんともいえぬ恐怖と憐憫《れんびん》を感じないではいられなかった。

そうして、人々が憂鬱に黙りこんでいた時、突然、芳枝さんの青白い顔に、ハッと恐怖の表情が現われた。

「どうしたんだ。気分がわるいのか?」

菊太郎老人がいち早く気づいて尋ねた。

「あれ、なんでしょう……妙な音がしましたわ……羽ばたきのような」

かすかに夢見るような声、色を失った唇がこまかくふるえている。

「なんでもありやしない。気のせいだよ」

だが、その言葉が終わるか終わらないうちに、芳枝さんの鋭敏《えいびん》な予感が的中して、何か黒いものがバタバタと羽ばたきながら、欄間《らんま》の隙間から部屋の中へ飛びこんで来た。

「アッ、蝙蝠だ」

人々は総立ちになってこの不吉な生きものをつかまえようとした。

白虹は昨夜の地下道の冒険を思い出していた。地下道の天井にはおびただしい蝙蝠が下がっていた。懐中電燈の光におびえて、盲目めっぽうに飛びまわっているのが、ともすれば顔にぶッつかりそうになった……この蝙蝠もきっとあの地下道から迷い出し、塒《ねぐら》を忘れてこんな部屋の中へ飛びこんで来たものにちがいない。

立ち騒ぐ人々のあいだを、黒い怪物は右往左往して容易につかまえられなかった。やがて山崎青年が箒《ほうき》を持ち出して来て、とうとう叩き落とした。

「おや、なんだろう。この蝙蝠の足に紙きれが結びつけてありますよ。鉛筆の細かい字が書いてある」

そう云いながら、山崎青年は蝙蝠の足からそれを抜き取って、皺をのばした。

「変だな。なんだか手紙みたいですよ」

大江白虹がそれを受け取って読みくだした。

> 貴様たちよくも邪魔だてしたな。俺はもう我慢がならぬ。きっと復讐してやるぞ。芳枝と山崎のことも、俺はちゃんと知っている。もうこの世では芳枝はいらない。俺はあきらめた。そのかわり他人にやるのもいやだ。俺は芳枝を地獄へ連れて行くつもりだ。地獄で永遠の結婚をするつもりだ。俺邪魔だてした奴らにもきっと思い知らせてやるぞ。見ているがいい。

白虹は初めの二行ほど声を出して読んだが、その文意の恐ろしさに気づくと、あとは黙読《もくどく》して、ソッと乗杉氏に紙きれを渡した。

怪しい紙きれは手から手へと渡って行った。そして、それを読んだ人々の顔がつぎつぎと青ざめて行った。

「なんですの。何が書いてありますの。もしや……」

芳枝さんがおびえた声で、一同の顔を見くらべる。

「いや、なんでもない。お前は心配しないでもいい。皆さんにおまかせして、お前は静かにしているがいい」

菊太郎老人が両手で押さえるようにして芳枝さんを落ちつかせた。彼女はそれを察しないはずはなかった。察してはいたけれど、かよわい女が騒いで見ても仕方がないとあきらめたのであろう。彼女は人々を安心させるためのように静かに目をつむった。

ああ、緑衣の鬼はとうとう最後の決心をしたのだ。この世ではどうしても成就《じょうじゅ》できない恋を、あの世で成しとげようと翻意《ほんい》したのだ。今までは芳枝さんを盗み出すのが目的だった。それが今度は彼女を殺害する目的と変わった。人々はおそいかかる不安におののかないではいられなかった。盗み出すことさえ防ぎ得なかったのに、それよりはずっとたやすい殺害を、どうしてはばむことができるだろう。

「乗杉さん、お願いだ。芳枝を救ってください。今ではわしはあれを娘同然に思っている。可愛いのです。死なせたくないのです。どうか救ってやってください」

老科学者は、乗杉氏を次の部屋へ引っぱって行って、拝まんばかりに頼むのであった。

「ご安心なさい。芳枝さんのお命は僕が保証します。決して気違いの自由にはさせません。芳枝さんは殺されないということを、信じていてくだすっていいのです」

乗杉氏は何か頼むところがあるらしく、断乎《だんこ》として云い放った。

菊太郎老人は、その言葉にやや安堵《あんど》したが、万一のことがあってはと、まだ二人の警官が玄関のところに見張り番を勤めていたのを幸い、その二人に泊まってもらうことにして、芳枝さんの寝室の三方の部屋部屋に、山崎青年、佐助夫妻、警官二人と、都合五人の床を敷かせ、その上老人自身は壁をへだてた書斎に頑張り、乗杉氏と大江白虹とには交替で終夜見まわりをしてもらうという、蟻《あり》の這い入る隙もない陣立てを備えたのであった。

十二時頃までは、だれも床にはいらないで、芳枝さんの寝室に詰めていたが、明日の昼間のこともあるからというので、それぞれ襖一枚へだてた次の間の寝室へ引き取ることにした。主人の菊太郎老人は乗杉、大江の両人と書斎にはいって、またしばらく雑談をつづけた。合わせて八人の護衛に四方から守られた寝室には、芳枝さんがスヤスヤと眠っていた。

一時、二時、城山の夜は、死のような静寂のうちにふけて行ったが、芳枝さんの身辺には何事も起こらなかった。いや、起こりよう道理がないのであった。緑衣の鬼の誘拐には、いつの場合もかならず窓があった。廊下があった。しかし、今度こそは、そういう外部との通路は何もないのだ。壁と襖と、その外には八人の人垣である。いかな魔法使いの犯人でも、ここまではいって来ることはできないように見えた。人々もそのように考えて、安心していた。

ところが、悪魔の悪企みには奥底がなかった。あいつは隙のないところに隙を見つけた。しかも、人々のまったくうっかりしていた非常に大きな隙を見つけたのであった。

その出来事が起こったのは、深夜の二時を少し過ぎた頃であった。

あとで芳枝さんがふるえながら語ったところによると、彼女は何か背中に異常なものを感じてふと目をさました。最初は気のせいかと思った。次の瞬間には敷蒲団の上に虫がいるのではないかと思った。しかし、その虫のようなものは見る見る大きくなって行くように思われた。蒲団の下へ一匹の鼠がもぐりこんでうごめいている気持だった。

しかし、どうもそれは生きものの感じとはちがう。何かしら鋭くとがったものだ。それが非常な早さで持ち上がって来るのを感じたという。

こんなふうにしるすと長いようだけれど、すべては一秒よりも短い瞬間の出来事であった。

芳枝さんは直覚的に危険を感じて、ガバとはね起きた。そして、悲鳴を上げながら蒲団の外へ飛び出してしまった。

ああ、危なかった。もし彼女が一秒の何十分の一かおくれたならば、一命のないところであった。見よ、芳枝さんが飛びのいたあとの敷蒲団のまん中から、ドキドキと銀色に光る鋭い金属が突き出していたではないか。

刀だ！　刀の切先《きっさき》だ！

だが、畳から刀がはえるだろうか。いや、そうではない。畳からではなくて、縁《えん》の下からなのだ。

一とふりの日本刀が、根太板《ねだいた》と畳の隙間を通し敷蒲団をつらぬいて、眠っている芳枝さんの背中を刺そうとしたのだ。この世にも恐ろしい殺人は、何者によって企てられたのか。いわずと知れた緑衣の鬼だ。狂える殺人鬼は、今度は人々の虚《きょ》をついて、縁の下からおそいかかったのだ。

芳枝さんはあんなにすばやく飛びのいたけれど、まったく切先を逃がれることはできなかった。彼女は興奮のあまりそれを少しも気づかなかった。少しの痛みも感じなかった。しかし、その寝間着《ねまき》の背中には、牡丹《ぼたん》の花が開いたように、まっ赤な血潮がにじんでいたではないか。

闇の声

芳枝さんのただならぬ叫び声に、隣室の見張り番の人々が、いっせいに飛び起き、襖を引きあけてはいって来た。主人の夏目菊太郎老人、名探偵乗杉龍平、探偵作家大江白虹。老人の秘書で芳枝さんの恋人である山崎青年、召使いの佐助じいや夫婦、二人の若いお巡りさん。その大勢の人々が、一《ひ》とかたまりになって傷ついた芳枝さんのまわりをとり巻いた。深夜のことゆえ、一同思い思いの寝間着姿である。

だが、説明を聞くまでもなく、蒲団のまん中から生えている刃を見れば、一切が明白であった。

「警官、床下を見てください。まだ逃げ出す暇はない。それに入口は一カ所しかないのです」

山崎青年がまっ先に叫んだ。

この部屋は和室といっても、全体が洋館になっている一部分なのだから、普通の日本建築とちがって、床下は開けっぱなしになっていない。そこへ忍びこむのは棟《むね》つづきの物置部屋の床板をはずすより手段のないことが、老主人にも青年秘書にも召使いたちにもわかっていた。

「物置へ行ってください。早くです。まだ間に合います。あすこの戸を閉めてしまえば、犯人は袋の鼠です」

山崎青年は呶鳴りながら、もう先に立って駈け出していた。二人の警官もそれにつづく。

「芳枝さんの介抱はご老人におまかせして、僕らも行ってみようじゃありませんか」

大江白虹は、じっとしていられぬ気持で、かたわらの乗杉探偵にささやいた。

だが、名探偵はなぜかいっこう気乗りのしない様子である。

「縁の下を這いまわってみても仕方がない」

そんなところに犯人なんかいるものかという調子だ。だが、刀がひとりで飛び出すはずはない。だれかが床下から突き刺したにちがいないのだから、一応はそれを調べて見るのが当然ではないのだろうか。白虹は乗杉氏の冷淡な態度が気に食わなかったので、無言のまま部屋を出て山崎青年たちのあとを追った。

物置部屋へ行って見ると、戸は開いたまま、入口に警官の一人がメリヤスのシャツにズボンという奇妙な姿で、じっと立ち番をしていた。

「いましたか?」

白虹が、犯人がまだ床下にいるかという意味で訊《たず》ねると、警官は物置部屋の床板を指さしながら、

「やっぱりここからです。こんなふうに床板が取りはずしてありました。しかし、犯人はまだいるかどうかはわかりません。今二人ではいって行ったところです」

と答えた。見れば、床にポッカリと黒い口があいて、のぞくと、縁の下の向こうの方に、チロチロ懐中電燈の光が動いている。

「山崎君、何か見つかったか?」

床の穴に首をさし入れて声をかけると、

「なんだか人間の這いまわったらしい跡があります。しかしだれもいません」

陰《いん》にこもって山崎青年の声が響いて来た。

だれもいないと聞いて元気づいたわけではないが、白虹も縁の下へはいってみる気

になった。穴を降りて、黴《かび》くさい土の上を、四つん這いになって、寒さにふるえながら、懐中電燈を目当てに進んで行った。

「山崎君！」

「大江さんですか」

二匹の犬のように顔をつき合わせて、お互いの名を呼んだ。

「いないのかい？」

「ええ、いないのです」

山崎青年は電燈で縁の下をグルッと一とまわり照らして見せた。

どこの隅にも人間らしいものはいない。

「ここから向こうは洋館の土台石が邪魔をしていて、通り抜けられないのですから、逃げたとすれば、元の物置部屋を通ったにちがいありません」

いかにもその通りであった。もし逃げたとすれば、物置部屋の外は塀も何もなく、城山の森に続いているのだから、もう捕える見こみはないのである。

「僕にその懐中電燈を貸してくれたまえ」

白虹は電燈を受け取ってみずから床下のあらゆる部分を入念に調べてみた。しかし、やっぱり人間らしい影もない。

また芳枝さんの部屋の真下に戻って、蒲団の下とおぼしき箇所を照らして見ると、想像した通り、そこに日本刀の柄《つか》がニュッと突き出していた。

「ああ、これだ。注意して抜いてください。証拠品です」

白虹の指図にしたがって、シャツのまま四つん這いになっていた警官が、その刀の柄に手をかけて、引き抜こうとした。

すると、その時、妙な虫の鳴くような声が、どこかから聞こえて来た。刀身が床板にふれる音かと思ったが、警官が引き抜く動作をやめても、虫の声はつづいていた。この寒い気候に虫が鳴くというのは変だ。

白虹はドキンとして、身体じゅうの産毛がゾーッと動くのを感じた。

虫ではない。人間だ。人間がかすかなしわがれ声で笑っているのだ。その笑い声が、少しずつ少しずつ高くなって行った。そして、しまいには闇の床下にこだまして、耳を聾するばかりの哄笑となって響き渡った。

ああ、忘れようとて忘れることのできないあの笑い声。口の中に一本の歯もない八十歳の老人のしわがれた笑い声。あいつだ。緑衣の怪物だ。

「だれだッ!」

警官が恐ろしい声で呶鳴りつけると、笑い声はピッタリやんでしまった。

白虹は大急ぎで声のした方角へ電燈を振り向けた。だが、今の声は幻聴ででもあったように、床下の空間には何事もない。

「あいつの声でしたね」

山崎青年が闇の中から這い寄って来て、恐ろしげにささやいた。

「ウン、だが、どこにいるんだろう」

白虹はもう一度電燈の光で、床下の闇をグルッと撫でまわした。

「いませんね、どこにも。しかし、たしかにあいつの声だった」

二人は恐る恐る這いまわって柱の蔭や土台石の隙を調べたが、やっぱり人の気配はなく、また直接外へ抜け出すような隙間もないことがわかった。

「早く外に出て、入口をふさごう」

「ええ、それがいいでしょう」

警官にもその旨ささやいて、三人は大急ぎで物置部屋に帰ると、床板を元のようにして、その部屋の中で、二人の警官に見張り番を勤めてもらうことにした。

「僕たちには見えなかったけれど、声がしたからには、あいつはたしかに床下にいるんです。いるとすれば、もう袋の鼠ですよ」

それから、白虹と山崎青年の二人は、芳枝さんの部屋に引き返して、一同に事の次第を告げ、佐助じいやに手伝わせ、蒲団をかたづけ、その下の畳をめくり、床板を何枚もはずして、明るい電燈を縁の下へさし入れ、充分に検査した。

「いない。影も形もありやしない」

「不思議だ。またあいつ例の魔法を使ったんだぜ」

人々はそんなことをつぶやきながら、怪談におびえた目と目を見かわすばかりであった。

「だから、縁の下の四つん這いなんか無駄だといったじゃありませんか」

あくまで冷淡に、傍観《ぼうかん》を続けていた乗杉氏は、気のない調子で、苦笑しながらいうのであった。

結局、この出来事は不可解のままに終わった。翌日夜の明けるのを待って、大勢の警官によって、もう一度床下の捜査が行われたけれど、なんの得るところもなかった。

芳枝さんを傷つけた日本刀は、夏目老人の愛蔵する刀剣のうちの一とふりであったことが判明した。犯人はどうしてそこへはいったのか、老人の寝室の押入れの中からそれを取り出したものに相違なかった。

疑惑

事件の翌日現場捜査が一段落すると、大江白虹は城山の森をあてどもなくさまよいながら、もがけばもがくほど沈みこんで行く泥沼のような、不気味な疑惑になやまされていた。

あの床下には、物置部屋のほかどこにも抜け道はなかった。それは再三の検査によって、はっきりたしかめられている。その床下で、つい耳のそばで、あいつは傍若無人に笑ったのだ。長いあいだ笑ったのだ。

あんなに近く笑い声が聞こえたからには、犯人はすぐ手の届く場所にいたのにちがいない。ところが、いくら探しても、いなければならぬ犯人の姿が見えなかった。

あの時、笑い声が止むとすぐ、闇の中から山崎青年の顔が電燈の光の中へ浮き出して来て、

「あいつの声でしたね」

といった。その異様な感じをまざまざと思い出した。山崎はたしかに、手品使いが、この通り何も持ってはいませんと両手をひろげて見せるような、妙にずるい表情を浮かべていたではないか。白虹は今こそそれをハッキリと感じることができた。

笑ったのは山崎青年なのだ。物理の原則からも、そのほかにはまったく考えようがないのだ。

だが、山崎がなんのために、緑衣の鬼の笑い声を真似《まね》たのだろう。そして、その物真似がなんと真に迫っていたことだろう。

あいつは、ひょっとしたら、緑衣の鬼の夏目太郎の廻しものじゃないのかしら。

いやいや、そんなはずはない。あれほど芳枝さんと愛し合っている山崎が、芳枝さんの敵に身を売るわけがない。

またもし彼の愛情が、芳枝さんたちを油断させるための偽装だとしても、それならば、何も夏目太郎自身が、あんな危険をおかして誘拐などしないでも、山崎が甘言《かんげん》をもって芳枝さんを連れ出せばよいではないか。芳枝さんはたしかにこの青年に心から溺れているのだから、それは実にたやすいことなのだ。

にもかかわらず、あの笑い声の主はやっぱり山崎青年であった。理窟はどうあろうとも、白虹の直覚が、そのほかの考え方を許さなかった。

疑っては打ち消し、疑っては打ち消し、はてしもない疑惑の泥沼にもがきながら、夢遊病者《むゆうびょうしゃ》のように歩いていて、ついうっかりしているところを、うしろからポンと肩を叩くものがあった。

ハッと目が醒めたように振り返ると、そこに乗杉龍平がニヤニヤ笑いながら立っていた。

「ひどく考えこんでいますね。君は何かに気づきはじめたんじゃありませんか」

そういわれて乗杉氏の顔を見ると、昨夜の彼の異様に冷淡な態度が思い出された。この人は何もかも知っているのだ。あの床下に犯人などいないことも、ちゃんと見抜いていたのだ。

「いや、ますますわからなくなるばかりなんです。たった一人の狂人同様の男に、多勢のものが、これほど苦しめられるなんて、実に不思議だと思うのです。まさか世間でいうように魔法を使うわけじゃないでしょう。しかし、いくら考えても、僕には手品の種《たね》がわからないのです」

白虹が情けないという顔をして述懐《じゅっかい》すると、乗杉氏はまたニヤニヤと異様な微笑を浮かべながら、

「手品といえば、君は知っているでしょう。手品師は舞台のトリックを見破られないために、舞台の前方から客席の方に向けて強い電燈をつけ、見物の視力を弱めるという手段をとることがありますね」

と、意味ありげにいう。

二人は肩を並べて、森の中を歩き始めた。

「ええ、それは知ってますよ。しかし、それがこの事件に何か関係があるのですか?」

「例えばね」乗杉氏はまた薄気味のわるい笑い方をして、

「君がそういう手段によって、視力を弱められているかもしれないというのですよ」

「わかりませんね。もう少しハッキリ云ってください」

探偵作家は不快を隠すことができなかった。

「君は探偵じゃないから、別にそれが落度《おちど》というわけではないけれど、その感情がいけないんですよ。探偵という職業には、或る種の情熱は禁物です。その情熱が今の手品師の強い電燈と同じはたらきをすることがあるのです」

乗杉氏はそこでぷッつり言葉を切って黙りこんでしまった。

白虹は何かしら痛いところにさわられたような感じを受けた。こちらから、それ以上訊ねる勇気もなく、同じように黙々として歩きつづけた。

「ですが、この事件は犯人がちゃんとわかっていて、ただそいつだけを捕縛《ほばく》するだけの仕事ですから、探偵の智恵をはたらかせる余地は少ないように思いますが」

やがて白虹がさいぜんの竹篦《しっぺい》返しのように口を切った。

すると名探偵は、びっくりしたような表情で彼をジロジロ眺めながら、

「ほら、そういうことをおっしゃる。だから君は手品師のトリックにかかっているというのですよ。はたして犯人がわかりきっているかどうですかね。そうではなくて、われわれは犯人も、犯罪の目的さえも、ほんとうにはわかっていないと云った方が正しいのですよ」

と、妙なことを云い出すのだ。そして、言葉をつづけて、

「ところで、僕はこんな表を作って見たんですがね。写しを取っておいたから、一枚君に上げましょう。一つ冷静にこの表を研究してほしいのです。この表の中に、緑衣の鬼の事件のあらゆる秘密が隠れていると云ってもいいのですからね」

と、ポケットから手帳を出して、その間にはさんであった二枚の紙片を白虹に手渡した。紙片には左のような捜査資料が、こまごまと認《したた》めてあった。

〇二つの不可解

(1)　犯人は童話作者笹本静雄の屍体をなぜあれほどの苦心をして銀行の金庫内に隠匿《いんとく》しなければならなかったか。

(2)　犯人は伊豆半島S村海岸の洞窟において実父を殺害し、その屍体に犯人の

洋服を着せて海岸に投じたが、これという理由もなく、なぜあれほどの惨虐を行わなければならなかったか。

○五つの不可能

（1）犯人は劉ホテルの密閉された一室から、いかにして消え失せることができたか。

（2）犯人はS村水族館内の鉤の手通路においていかにして消失したか。

（3）城山夏目邸書斎より芳枝さんを誘拐せる手段いかん。当時同書斎はあらゆる出入口に監視あり、密閉された部屋と同様の状態にあった。

（4）犯人は城山地下道出口の地面にまったく足跡を残さないで、いかにして逃走することができたか。

（5）監視厳重なる夏目邸床下において、笑い声を立てたる犯人が、たちまち消え失せたる手段いかん。同床下も出入口はまったく密閉されていた。

○犯人の出現せる状況と目撃者一覧表

場所	出現の状況	目撃者	備考
銀座街頭	影	芳枝、大江、折口、群衆	
笹本邸	影と声	故笹本静雄、芳枝、大江、折口	
笹本邸	背後より折口氏を殴打昏倒せしむ	折口	
笹本邸	影と声	大江、折口、女中、隣家の人々	
笹本邸より劉ホテル	芳枝さんを誘拐	芳枝	
劉ホテル	滞在中顔を見せている	ホテルの人々、運転手	
劉ホテル	影と声	大江、木下警部、ホテル支配人	消失
S村水族館	望遠鏡の視野に現わる	芳枝、大江	

同　水族館	芳枝さんを誘拐	芳枝	
同　水族館	館内の薄闇に姿を現わす	大江、山崎	消失
海岸洞窟	姿を現わす	故夏目菊次郎、山崎	消失
城山森林	姿を現わす	山崎、大江、乗杉	
夏目邸書斎	影と声	芳枝、夏目菊太郎、山崎	消失
城山地下道	姿を現わす	芳枝、大江、山崎、乗杉	消失
夏目邸床下	声のみ	大江、山崎、警官	

一《ひ》と通《とお》り眼を通して見ると、要領よく概括《がいかつ》してあるというだけで、ことごとく白虹の知り抜いている事柄ばかりであった。

「この表の中に秘密を解く鍵が隠れているとでもおっしゃるのですか？」

白虹は不満らしく訊ねないではいられなかった。

「そうです。この表は細かく分析して見れば、解答はたった一つしかないことがわかるでしょう」

「すると、あなたは、その解答をもうご存知なんですか？」

白虹は驚きを隠すことはできなかった。

「いやいや、まだ確信を得たわけではありません。証拠をつかまなければなりません。ただ、論理的にこうでなければならないという一つの推理は立つのです。しかし、それは犯罪史上に前例もない怪奇至極の事柄で、口に出していうのも恐ろしいのです。僕は確証をつかむまで沈黙を守るつもりです。君にお話しすることさえ控えたいのです。

「ただ、この表をお渡しする理由はね、これを研究することによって、君がおちいっている一つの大きな錯覚を悟ってほしいと思うのですよ。僕の考えを打ち明けるのは、そのあとでもおそくはない……まあゆっくり研究してください」

それだけ云ってしまうと、乗杉氏はクルッと廻れ右をして、あっけにとられた探偵作家をその場に残したまま、急ぎ足に森の外へ立ち去ってしまった。

白虹はそこの伐《き》り株に腰をおろして、二枚の紙片を再三読み返した。そして、乗杉氏のいわゆる前代未聞の大秘密を探し出そうとあせった。

表にすれば、犯人の出現十五回、そのうち、影と声だけのものが六回、あとは姿を現わしているのだが、その一々の場合によって、或いは望遠鏡のレンズを通してであったり、夕暮の森の中であったり、水族館や洞窟や地下道や床下のくらがりの中であったりして、よく考えて見れば、白虹自身犯人の顔をツクヅク眺めたことは一度もないという、変てこなことに気づかないではいられなかった。

「ハテナ、すると、事件が起こってから、あいつの顔をまともに見た者は、いったいだれとだれだろう」

表によって指折り数えて見ると、まず第一に二度も誘拐されて夏目太郎と話さえしている芳枝さん、殺害された笹本静雄、それから、劉ホテルの支配人やボーイたち、あの時の自動車の運転手、海岸の洞窟で出会った漁師、それから、殺された夏目菊次郎氏、夏目氏の舟を漕いで行った山崎青年、白虹が見聞きして知っているところでは、それだけであった。

真の目撃者の人数は案外少なかった。いや或る見方をすれば非常に少ないのだということがわかった。

白虹はまたしても恐ろしい泥沼に落ちこんだ気持であった。頭が混乱して、表の文字が無数の小さな虫のように動き出し、身体じゅうにベットリと脂汗がにじみ出た。

「恐ろしい、恐ろしい」

彼は思わずつぶやいた。ハッキリ真実をつかんだわけではなかった。ただ漠然と、非常に大きな入道雲のような恐怖が感じられた。

彼はそれを分析する勇気がなかった。分析すればその恐怖の正体が「バァッ」と顔を出すかもしれない。それが無性に恐ろしかった。

彼は小春日和《こはるびより》の冬の陽《ひ》ざしを全身に受けて、伐り株に腰かけたまま、長いあいだ身動きもしないで黙りこんでいた。

異様な出発

それから五日の後、乗杉氏が突然旅行をすると云い出すまで、夏目邸にはこれという出来事もなく過ぎ去った。

K町の警察力を挙げての大捜索もむなしく、緑衣の鬼は例によって完全に姿をくらましたまま、再び夏目家を襲うようにも見えなかった。

ただその間に起こった事柄で、事件というほどのものではないが、一応読者に伝えておきたいことが二つばかりあった。

その一つは芳枝さんのその後についてである。

彼女の背中に受けた傷は大したものではなかったが、精神的打撃がはなはだしく、町の医師を招いて手当てを受けながら、ずっと洋室のベッドについたきりであった。病室のまわりは、K警察署の刑事が、昼夜交替で見張りを勤め、乗杉氏をはじめ家じゅうのものが護衛の任にあたって、今度こそはもう蟻の這い入る隙もない厳重さであった。

しかし、芳枝さんの神経はなかなか静まらなかった。いや、それどころか、彼女は日一日と病的に興奮して行くように見えた。

これまであれほど恐ろしい目に遭いながら、よく堪え忍んで来た彼女の神経も、今度こそ、最後の抵抗力を失ったように見えた。

芳枝さんは何か恐ろしい幻になやまされるらしく、ウトウトと眠りはじめたかと思うと、いきなりゾッとするようなうめき声を立てて、ベッドの上に起き上がることがしばしばであった。

「僕でさえ気味わるくなりますよ。あの人は、不意に部屋の隅を指して、あれ、あすこに隠れている。なんて叫び出すんですからね。しょっちゅう、緑衣の鬼の姿が目先にちらつくらしいのですよ」

ベッドにつききりで介抱している山崎青年が、そんなことを家人にもらすようになった。

二日三日と睡眠不足が続くにつれて、神経はますます病的に興奮するばかりであった。そして、芳枝さんはまるで気違いのような哀れな状態になってしまった。

或る日山崎青年が睡眠を取るあいだ、大江白虹がかわりにベッドのそばについていたことがあったが、もう半狂乱の芳枝さんは人の見さかいもつかぬらしく、いきなり白虹の手を探って、ギュッとにぎりしめ、何かみだらなことを口走りながら、常人に真似のできないあの不気味な気違いの笑いを笑うのであった。

「芳枝さん、芳枝さん」

白虹はビックリして、思わず顔を赤らめて、彼女の名を呼んだ。

しかし芳江さんは、気がついたのかつかぬのか、返事もしないで、なおも彼の手をにぎりしめ、艶然《えんぜん》と頬笑みつづけた。

病的にやつれてはいたけれど、それ故にこそいやますなまめかしさ。魂が宙に浮いているような幻の嬌笑《きょうしょう》。しかし、少しだって下品な感じはなく、ただ気高く、愛らしく、しかもそのすき通った頬のどこやらに、かすかに相手を嘲笑《ちょうしょう》するかのような影さえ見えたのである。

白虹はこのなまめかしく複雑な芳枝さんの表情を、その後長いあいだ忘れることができなかった。

さて、もう一つしるしておかなければならないのは、例の日本刀事件から四日目の夕方、主人の夏目老人と大江白虹とのあいだに取りかわされた、ちょっと奇妙な会話についてである。

その時、二人は老人の書斎の、あの立派な彫刻のある古風な大机をはさんで対坐していた。老人が「ちょっと」と云って、用事ありげに白虹を書斎へ呼びこんだのであった。

「大江さん。あんたは乗杉君をどう思います？　わしにはどうも腑に落ちないことが多いのじゃが」

老人は乗杉名探偵の才能を疑うかのごとく、そんなふうに始めたのである。

「とおっしゃるのは？」

白虹は老人の疑惑を無理とも思わなかったので、素直にその云い分を聞いてみることにした。

「あの男はわしが主張して呼んだのですが、今になって考えて見ると、あんたに対しても相済まんようなわけでね。大江さん、あんたには、この事件については一方《ひとかた》ならぬお骨折りを願って、再三芳枝を救い出していただいておる。あれにとっては大恩人です。そのあんたをさしおいて、いくら名探偵じゃからといって、あの男を呼んだりしたのは、どうもわしの失敗じゃったようです」

老人は不満に堪えぬもののように、止めどもなくしゃべり出した。

「まず第一は、あの楠の抜け穴で犯人を取り逃がしたことです。それは山崎君もしきりに非難しよるが、わしももっともだと思います。一方の出口を開け放しにしておいて犯人を捕えようとするなんて、あの男の常識が疑わしくなる。それに、犯人と同じ服装をして森の中をうろつくにいたっては、まるで子供だましの酔狂《すいきょう》としか思われんじゃありませんか。

「それから、一昨日《おととい》の事件の際のあの男の態度です。あれはなんです。あんたや山崎君が、この寒いのに床下にもぐりこんで、一生懸命調べていてくださるのに、あの男はふところ手をしたまま、立ちあがろうとさえしなかったじゃありませんか」

「そのことは僕も同じように感じましたが、あとになって考えなおしますと、いつも乗杉さんのやり方は間違っていなかったことがわかるのですよ。地下道の場合は、犯人は出口の方から逃げた形跡はないし、また床下の取り調べは、乗杉さんの予想した通り、なんの得るところもなかったのですからね。なんだか間が抜けているようでいて、その実あの人はいつも、ちゃんと押さえるところは押さえているような気がするのです」

白虹は、乗杉探偵の奥底の知れない智恵を信じていたので、老人をなだめるほかなかった。

老科学者は、しかし、なかなか頑固である。

「まあそれはそれとして、ほかにもいろいろと腑に落ちかねることがあるのです。あんたはご存知ないじゃろうが、あの男はここに着いた日に、いきなりわしを物蔭に引っぱって行って、だれにもないしょで、わしの最近の写真を一枚くれというのです。

「変なことをいう男だと思ったが、ともかく最近写した大型の写真をやりますとね、あの男はそれを郵便で、しかも飛行便にして、どこかへ送った様子です。なんのためにそんな真似をするかと訊ねても、ニヤニヤ笑うばかりで説明してくれないのです。

「いや、変なのはそればかりじゃない。つい二、三日前の事ですが、乗杉君がわしをつかまえて、あなたはどのくらい財産があると聞くじゃありませんか。

「まあこのくらいのものだと答えますとね。ホウなかなか持っているんですねと、人をばかにしたようなことを云って、それから、お子さんがないのだから、その財産は他人のものになるのでしょうが、いったいだれにゆずって行くつもりかと訊ねるのです。

「大きなお世話だと思いましたがね、まあ別に話しても差し支えないことだから、わしは肉親といってもほかにないので、姪の芳枝にゆずるつもりだと答えました。

「実はこれについては、わしも半年ばかりのあいだいろいろ頭をしぼって考えたのですが、結局あれらが希望していますので、芳枝と山崎をいっしょにして、つまり山崎君をわしの相続人にしてですね、この二人にすっかり財産をゆずり、先祖の祭りを頼んで行こうと考えているのですが、そのことをかいつまんで話しますとね、じゃその遺言状をもう作ったかと、いよいよぶしつけなことを訊ねるのです。

「いや、わしはまだなかなか死にはせぬと云いますとね。ハハハハハ。ああそうですか、僕も遺言状をお書きになったとは思ってませんでしたよ、と人を小馬鹿にしたようなことを云って、プイとどこかへ行ってしまったのです。なんのためにそんな変てこな質問をしたのだか、まるで意味がないじゃありませんか。

「そうかと思うと、今度はあの男は、その遺言状をすぐお書きなさいといって、わしにすすめるじゃありませんか。

「それはつい今しがたのことですがね。あの男のところへ、どこか遠方から小包郵便が届いたのです。しかも、わしはそれをチラッと見たのですが、たしかに飛行郵便でした。

「その郵便をまだ手に持ったまま、乗杉君は大急ぎでわしのところへやって来て、さア遺言状をお書きなさいというのです。なぜ書くのだときくと、なんでもいいからお書きなさいと、こうです。正気の沙汰じゃありません。

「いや、それればかりじゃない。実は明早朝、東京へ帰るのだが、その時はぜひわしにT町の停車場まで見送りをしてくれと頼むのです。

「わしは怒りましたよ。君はここへ何をしにやって来たんだ。帰るならひとりで帰りたまえ。見送りなんてまっぴらごめんだ。それから、遺言状についても君の指図は受けんといってね」

夏目老人はわれとわが言葉に興奮して、まっ赤になってしゃべり立てるのであった。

「そうですか、乗杉さんが帰るというのですか。それは初耳《はつみみ》です。しかし、これには何か訳のあることかもしれませんよ。あの人は奇人といわれているだけあって、少し変なところもありますが、その時は突拍子《とっぴょうし》もなく見えてても、後になってよく考えると、ちゃんと筋道の通っていることが多いのです。今度もやっぱり、何か深い考えがあって、そういうことをいうのじゃありますまいか」

白虹はあくまで乗杉氏を信じていた。

「訳があるのなら、その訳をまず話してくれたら、よさそうなものじゃ。藪《やぶ》から棒に突拍子もないことを持ち出されては、老人は面くらうばかりです」

　夏目氏の怒りはなかなかとけそうにもなかった。

　こんな会話が取りかわされたのは、夕方五時頃のことであったが、それから一同夕食をすませて二時間ほどすると、夏目老人の考えがガラリと変わってしまった。

　そのあいだに乗杉氏が老人を説きつけたものらしい。そして、その云い分が、今度は夏目氏の腑に落ちたのにちがいなかった。

「大江さん、わしはやっぱりあの男を停車場まで見送ってやりますよ。聞いて見れば、もっともな点もあるのです。行ききりに東京へ帰るのではなくて、この事件について、東京で調べなければわからぬことがあるというのです。それをすまして、また直《す》ぐ戻って来るんだそうです。で、わしもあの男の云い分を通して、見送ってやることにしました。

「それから、例の遺言状のことね。あれもわしは先生の意見に従いますよ。それについては、あすの朝関係者に知らせるつもりです」

　老人はニコニコ笑いながら、あざやかな豹変《ひょうへん》ぶりを示すのであった。

　白虹はあっけにとられたが、わざと何事も訊ねなかった。乗杉氏のやり口に質問は無駄なことを知りぬいていたからである。

その翌朝八時頃、夏目老人は、旅装をととのえた乗杉龍平を、城山の麓から自動車に同乗して、T町の停車場へ見送ることになった。

大江白虹も山崎青年も老人のかわりに乗杉を見送ることを申し出でたが、これには乗杉自身が反対した。

「君たちが留守になっては芳枝さんが心配です。僕はご老人だけにお見送りを願えば充分だから、君たちは芳枝さんの病室を一歩もはなれないようにしてください。緑衣の鬼は、いつどこからはいって来るか、まったく予想を許さないのですよ。

「それから、僕の留守中、大江さんにくれぐれもお頼みしておくことがある。君はほかのことは何もしないでいいから、芳枝さんの病室に詰め切っていてください。むろん山崎君といっしょにです。芳枝さんの護衛は二人になっても決して多過ぎはしないのだからね」

乗杉氏はそのことを幾度も繰り返して念を押した。

その朝、山崎青年は思いなしか、ひどく明るい表情になって、時にはニヤニヤ笑っているのが眺められた。

朝食の前に夏目老人は彼を書斎に呼んで、何か長いあいだ話しこんでいたが、おそらく例の遺言状を昨夜のうちに作製して、それを山崎に見せ、いろいろ将来のことを云い聞かせていたのにちがいない。

ただ残念なのは、花嫁の芳枝さんが、意識も不明なほどの重態であることだが、しかし、精神病というほどでもないのだから、やがて、健康を回復する時も来るであろう。いや、二人の結婚が許されたと伝えたら、それだけでも病勢がグッとおとろえるにちがいないのだ。

さて、乗杉氏と夏目老人の自動車は、途中別段のこともなくT町の停車場に着いたが、発車までに一時間ほどの余裕が見てあったので、二人はそのあいだ、駅前の旅館の二階で休むことにした。

ここでまたちょっと奇妙なことが起こったのである。

二人は旅館の一室にはいると、女中に手をたたくまでは決してはいって来てはいけないと固く命じて、襖をしめきったまま、いったい何をしているのか、ヒッソリと静まり返って話し声さえもれては来なかったが、やがて発車の時間が近づいて、旅館を立ち出でた二人の様子には、どこと指摘することはできないけれど、なんとなく異様なところがあった。

乗杉氏はソフトの鍔《つば》をグッと眉のところまで下げ、いつ用意していたのか、べらぼうに大きな玉の鼈甲縁《べっこうぶち》の黒眼鏡をかけ、それから外套の襟を立てて、その上に黒ラクダの襟巻《えりまき》を鼻の頭が隠れるまでグルグルと捲《ま》きつけて、妙な腰つきをして、ヒョコヒョコと歩くのである。

夏目老人はというと、これは白髪頭に小さな鳥打帽をヒョイとのせ、胸までたれる白髯《はくぜん》をしごきながら、太い籐《とう》のステッキをついて、ヨタヨタと歩く。

よく見ると、痩せて小柄な老人が、いつのまにか少し肥ったようなあんばいで、猫背になって、膝を曲げて歩く様子が、どことなく不自然だし、乗杉氏の方は、無理に肩をいからし、シャンと身体を伸ばして、わざと大股に歩いてはいるのだけれど、どことなくあぶなっかしい腰つきであった。

二人は改札口を出て、陸橋を渡り、プラットフォームに出ると、無言の挨拶をかわして、乗杉氏はそこにとまっていた列車の二等車へ乗りこんだ。

やがて、窓からニューッと異様な首がのぞく。ソフトはかぶったまま、襟巻は巻いたままの、黒眼鏡の顔だ。

「ではご機嫌よく」

プラットフォームの夏目老人が、窓に近よって、変なしわがれ声でいうと、黒眼鏡の怪物は襟巻の中で、ブツブツと何かつぶやいたが、その声はほとんど聞きとれなかった。

待つほどもなく、発車の信号が鳴って、列車はプラットフォームをすべり出す。

「ではお大切に。それから、さいぜんのことよろしく頼みますよ。油断をしないようにね」

夏目氏が遠ざかり行く窓に向かって、そんなことを叫んだが、どうしたわけか言葉づかいまで、いつもの老人の調子とはひどくちがっていた。

それから、老人は小さな鳥打帽を脱いで、それを右手に高くかざしながら、列車の窓の乗杉氏の顔が見えなくなるまで、しきりと打ち振るのであった。

怪又怪

城山の夏目邸には、床下から日本刀が飛び出して以来というもの、なんとも解釈のつかないような奇妙な出来事が続発した。

その第一は、奇人乗杉龍平が、犯罪捜査の曙光《しょこう》も見えぬに、危険にさらされた芳枝さんのそばをはなれて、突然東京へ帰ると云い出したことである。

第二の不思議は、その乗杉氏を、三里ほどはなれたところにあるT町の停車場まで、自動車に同乗して見送りをした夏目菊太郎老人が、城山へ帰って来てからというもの、まるで性格が一変してしまったことである。

この老科学者は、白髪のはえた子供のように世間知らずで、ひどく頑固なところはあったが、どちらかといえば快活な話好きな性格であったが、T町から帰ってからというもの、恐ろしく人嫌いになって、書斎にとじこもったまま一歩も外へ出ず、食事も三度三度そこへ運ばせるという変わり方であった。

さすがに、帰るとすぐ芳枝さんの病室を見舞いはしたが、それもドアを半分あけて、ちょっと顔をのぞかせたまま、

「ぐあいはどうだね」とジロリと部屋を一瞥《いちべつ》したきりで、返事を聞こうともせず書斎へ帰ってしまった。

白虹などが、用事があって書斎を訪ねると、カーテンを引いた薄暗い部屋の、大机の向こうに坐って、眼ばかりキラキラ光らせていた。そして、こちらがドアをあけるや否や、遠くから両手で止めるような恰好をして、

「わしは少し気分がわるいから、話はあとにしてください」

と、にべもなく面会をことわるのであった。

不思議はそれだけではなかった。老人が乗杉を見送って帰った日の夕方から深夜にかけて、第三、第四の怪事件が引き続いて起こった。そして、最後には恐ろしい殺人事

件、緑衣の鬼にとっては三回目の殺人罪が犯されたのである。この事件で初めてのピストルが火を吐き、被害者の白いパジャマの胸に、まっ赤な牡丹の花が咲いたのである。

その夕方、大江白虹はただ一人、芳枝さんの病室の見張り番を勤めていた。

病室には狭い控えの間がついていて、廊下からの出入りは、そこを通ってでなければできないようになっていた。病室には二つの窓が庭に面して開いていた。高い二階なので、曲者が外からよじ登る心配はまずなかったが、念のために二人の若い警官が、窓の下を交替で見張ることになっていた。

白虹は狭い控えの間に安楽椅子《あんらくいす》とテーブルと大火鉢を置き、テーブルの上には新聞と雑誌と洋酒の瓶《びん》まで用意して、今夜は徹夜をするつもりであった。そのあいだに山崎青年は充分睡眠を取って、翌早朝白虹とかわり合う手筈《てはず》である。

芳枝さんは今日は気分がよいらしく、食慾も進むと見えて、今しがた看病の婆やに命じて、台所へボイルド・エッグスをこしらえにやったところであった。

窓の外には夕闇が迫り、しかし室内にはまだ電燈がついていないという大禍時《おおまがどき》である。控えの間の白虹はふと煙草を呑《の》もうとして、シガレット・ケースがからっぽになっているのに気づいた。

廊下を十間《けん》ほどへだてた、同じ二階の自分の部屋まで行けば、ウエストミンスタアの百本入りの罐が置いてある。ホンの二、三分のあいだ、芳枝さんをひとりぼっちにしておいたところで、異変が起ころうとも思われぬ。

「芳枝さん、僕、部屋まで煙草を取りに行って来ます。すぐ帰ります」

ドア越しに声をかけると、

「ええ、いいわ」

と、やさしい答えが聞こえて来た。

白虹は部屋を出ると、薄暗い廊下を一《ひ》と曲《ま》がりして、自分の寝室へ急いだ。

だが、彼はあまり急いでいたので、病室のま向こうにある空部屋のドアが、細目に開いて、暗い室内からよく光る二つの目が、ソッとのぞいているのを少しも気づかなかった。

ホンの二、三分、シガレット・ケースに煙草をつめて、控え室に戻って見ると、さいぜん閉めてあった病室とのあいだのドアが、どうしたことか半開きになっていた。ばあやが台所から帰ったのかしらと、白虹は何気なく、開いたドアから、芳枝さんのベッドの方をのぞいて見た。

その刹那《せつな》、彼の心臓はギョッと停止してしまった。冷たい風がサーッと背中を走った。

夕闇の病室の中、白いベッドの芳枝さんの枕元に、全身緑色のものが立っていた。モジャモジャに赤茶けた髪の毛と云い、洋服の色合いと云い、あいつだ。お化けのような緑衣の鬼が、いつの間にか忍びこんで芳枝さんの顔の真上に迫っているのだ。

白虹が呶鳴りつけようとするよりも早く、先方で人の気配に気づいたと見えて、いきなり戸口の方に向きを変えると、アッと思う間に、夏目太郎のあの恐ろしい顔が、白虹の目の前に近づいていた。

その勢いに気圧《けお》されて、茫然とたたずむ隙に、相手はサーッと風のようにドアを通り過ぎ、白虹のわきをすり抜けて、もう廊下へ飛び出していた。

「待てッ」

白虹は気を取りなおして怪物のあとを追った。

暗い廊下に風が渦巻いて、二つの黒い影が矢のように走った。

もうそこで廊下の行きどまりであった。壁に明かりとりの窓が開いている。曲者はそこから庭へ逃げるつもりかもしれない。

しかし、白虹はその余裕を与えず、無我夢中に相手に組みついて行った。

ああ、とうとうつかまえたぞ。こうして組みついてしまえば、いかな魔法使いでも、もう消えうせることはできまい。

白虹はこの大手柄を立てた嬉しさに、力百倍して、なんの苦もなく、相手を膝の下に組みしいてしまった。緑衣の鬼は案外にも格闘には弱いやつであった。

もう階下の警官を呼んで引き渡しさえすればよいのだ。なあんだ。あの怪物はこんな弱虫だったのか。

だが、彼が大声に階下の人々を呼ぼうとした時であった。組みしかれていた男が、どこか聞き覚えのある声で、

「待った、待った、早まってはいけない」

と云った。

「エッ?」

その言葉の異様さに、思わず聞き返す。

「僕だよ、僕だよ」

下の男が静かに云って、みだれた縮れ毛に手をやると、それを頭からスッポリと引きむしった。鬘だ。それから頬の大きな傷痕を絆創膏《ばんそうこう》をめくるようにめくり取った。染めた眉や頬の絵の具はそのままでも、見ているうちに素顔が浮き上がって来た。

おお、これはどうしたことだ。そこにあるのは、今朝東京へ出発したはずの乗杉龍

平の顔ではなかったか。

「わかりましたか、僕ですよ。シッ、僕の名を呼んではいけない。大きな声を立てないで」

組みしかれた乗杉がささやき声で云った。

だが、ここは芳枝さんの病室へは遠いのだし、ほかに二階にはだれもいないのだから、それほど用心しなくても、人に聞かれる気づかいはない。

「東京へは行かれなかったのですか？」

「中途から引き返したのです。これにはいろいろ訳のあることです。しかし、今お話ししているひまはない。いずれ明日にもくわしく訳を話します。君は早く病室へ戻ってください。今の足音で、下からだれか来るといけない。サ、早く」

いわれるままに手を引くと、緑衣の鬼に変装した乗杉は、スックと立ちあがって、薄闇の廊下を階段の方へ音もなくすべるように消えて行った。

白虹は狐につままれた気持であった。

乗杉はいったいなんの必要があって、またしても緑衣の変装をしたのであろう。いつかは城山の地下道へ同じ変装ではいって行った。あの時は犯人をつかまえるためであったが、今日のはそうでなくて、芳枝さんの病室へはいって来たのだ。もしあの時、白虹がもう少し遅れたら、彼は芳枝さんをいったいどうするつもりだったのであろう。

薄闇の廊下を病室へと戻りながら、白虹は、うしろから大入道の化物におそわれるようなえたいの知れぬ恐怖を感じはじめていた。

彼はふとルブラン作の「八一三」やルルウ作の「黄色の部屋」などの探偵小説を思い浮かべた。この二つの小説では、名探偵だとばかり思いこんでいた人物が、そのじつ大犯罪者であった。名探偵はとりもなおさず自分自身を捜索していたのであった。

まさか、あの乗杉龍平が緑衣の鬼と同一人物だとは考えられない。しかし、それならどうして今のようなえたいのしれぬ行動をするのであろう。

「おかしいぞ、おかしいぞ」

白虹は思わずつぶやかずにはいられなかった。

すると、最初東京で乗杉氏を訪問した時、土蔵の二階で出くわした異様な光景が目の前に浮き上がって来た。

緑衣の鬼の変装は今に始まったことではない。乗杉氏は初対面の時から、もうちゃんとあの不気味な緑色の姿をしていたではないか。彼はその時巧みに弁解して見せたけれど、あれをそのまま信じてしまっていいのかしら、もしかしたら、ああ、もしかしたら……。

病室に帰って見ると、芳枝さんは青ざめた顔でベッドの上に起き上がっていた。

「逃げてしまいましたの？」

声も恐怖にふるえている。

「ええ、残念ながら……しかしあなたは？」

「あたし、もう少しで喉をしめられるところでした。でも、あなたが早く帰ってくだすったので、よかったわ。でなければ……あなたが煙草を取りにいらしって間もなく、ふと気がつくと、そこの隅にあいつが立っているじゃありませんか。恐ろしい目であたしを睨みつけて、ジリジリと近よって来て両手をこう開いて、あたしの喉のところへ……あまりの恐ろしさに、あたし気が遠くなって、助けを呼ぶこともできませんでした」

云いながら、芳枝さんはその時の怖さを思い出したように、ワナワナと身ぶるいするのであった。

いよいよ奇径である。乗杉はなぜなれば芳枝さんの喉をしめようとしたのであろう。まるで緑衣の鬼その人のごとく、芳枝さんを迫害《はくがい》しようとしたのであろう。

白虹は芳枝さんには何も打ち明けなかったけれど、心中の疑いはますます深まるばかりであった。その疑いが深まるにつれて、彼自身の心臓も、芳枝さんの身ぶるいと調子を合わせでもするように、異様にふるえ出すのをどうすることもできなかった。

最後の殺人

さて、その深夜、夏目老人の寝室に、重なる奇怪事のとどめを刺すかのように、世にも恐ろしい異変が起こったのである。

深夜一時、老人は階下の寝室のベッドの上にスヤスヤと眠っていた。天井の電燈は消され、枕もとのテーブルの上のベッド・ランプが、息するたびに揺れる老人の白髯をほのかに照らし出していた。

庭に面して二つの窓があり、それには鎧戸《よろいど》をしめカーテンが引かれてあったが、その赤いカーテンが、風もないのに、異様にユラユラと動いていた。

しばらくすると、ランプの光も届かぬカーテンの下部に、二本の足が現われた。緑衣のズボンである。それから、目に見えぬほど、ゆっくりゆっくりと、カーテンが開かれて、その細い隙間からまずギラギラ光る二つの目がのぞいた。

二つの目は、長い間じっとベッドの老人の顔に注がれていたが、熟睡しているのを見きわめると、またカーテンがそろそろと開かれて、曲者の全身が暴露した。赤茶けたちぢれ毛、大きな頬の傷痕、萌えるような緑色の背広服、いうまでもなく、緑衣の鬼である。彼は屋外から、鎧戸を破り、ガラス窓を開いて、この寝室へ忍びこんだのであろう。

すべてがかすかな物音さえも立てないで行われたので、老人は何も知らず熟睡している。

曲者は厚い絨毯の上を抜き足しながら、ベッドに近づき、老人の枕もとに立ちどまった。ベッド・ランプを背中に受けて黒い巨大な人影が、掛け蒲団の白いシーツいっぱいに、化物のようにのしかかった。

曲者の両手が、肱を曲げ、指をみにくく開いて、徐々に老人の喉元に迫って行く。緑衣の鬼はついに、芳枝さんの保護者である夏目家の主を、なきものにしようと決意したのである。

あぶない、あぶない。次の瞬間には、年老いた夏目氏の頸《くび》は、鉄のような曲者の腕にしめつけられて、たちまち息の根も止まるであろう。

大蜘蛛のような両手の指の影が、シーツを這って、三寸、二寸、一寸、老人の白髯に迫り、あわや、その喉元に喰い入ろうとした刹那であった。

「ばか野郎！」

押し殺したような力強い声が、老人の白髯の中からほとばしって、白い眉の下の両眼が、ランプを受けて、らんらんとかがやいた。

夏目氏はこのことあるを予知して、睡眠をよそおっていたのであった。

緑衣の鬼は、不意の一喝に、木彫人形《きぼりにんぎょう》のように立ちすくんだ。ギラギラと敵意に燃える四つの目が、薄暗い寝室の中で、刃物のように切りむすび、いどみ合った。

不思議なことに、気合では、どうやら老人の方に勝ち味があった。彼は賊と睨み合いながら、動くともなく身を起こして、いつしかベッドの上に起き上がっていた。

そして、アッと思う間に、実に奇妙なことが起こった。老人の敏捷《びんしょう》な右腕が、ヌーッと空中に延びたかと見ると、いきなり曲者の髪の毛に手がかかり、赤毛の鬘がスッポリ引き抜かれてしまったのだ。

さすがの緑衣の鬼も、このけもののようにすばやい攻撃を防ぐすべもなくて、意気地なく狼狽した。

曲者の鬘の下からは、つやつやとした黒髪が現われた。

「やっぱり貴様だったな。俺もとっくから貴様だと思っていた。俺はこの機会を今か今かと待ちかねていたんだぞ。さすがの悪魔も、まんまと、老人の罠にかかったな。ウフフフフ、もう、観念するがいい」

老人は純白のパジャマ姿で、腕組みをして、ベッドの前にスックと立ち上がっていた。

「オイ、おいぼれ、これを見ろ」

だが、曲者も負けてはいなかった。いつの間に取り出したのか、彼の右手には小型ピストルがにぎられ、その筒口がジリジリと上がって老人の胸にピッタリと狙いが定められた。

「素顔を見られたからには、いよいよ生かしておくことはできない。俺は飛び道具なんか使いたくないんだが、こうなっては仕方がない。爺《じじ》い、覚悟しろ」

残念なことに、夏目老人の方にはピストルの用意がなかった。今や再び主客顚倒《てんとう》して、老人はタジタジとあとじさりをするばかりであった。

曲者の目が気違いのような光を放って、唇をムッとへの字に結んだかと思うと、ピストルを構えた右手がギックンと激動して、地の底からのような恐ろしい物音が響いた。

老人の純白のパジャマの胸に、ポッツリと黒い点が現われたかと思うと、それが見る見るまっ赤ににじみひろがって、たちまちそこに一輪の牡丹の花が開いた。

白髯が奇妙に揺れて、しわがれたすすり泣きの声がもれた。そして、老人は、さいぜんの赤毛の鬘を右手につかんだまま、五体の骨が抜けてでもしまったように、クナクナと床の上にくずおれて行った。

曲者はすばやく老人の死骸に飛びついて、鬘をもぎ取ると、元のようにそれをかぶり、サーッと窓に走った。赤いカーテンが大きく揺れて、賊の姿は戸外の闇に消えた。そして、その闇の中から、あのゾッとする八十歳の老人の笑い声が、凱歌《がいか》を奏するかのように響いて来た。

それと入れちがいに、廊下の方に、ハタハタと人の足音がして、サッと寝室のドアを開いた者がある。ピストルの音を聞きつけて、いち早く佐助爺やが駈けつけたのであった。

爺やはドアをあけるや否や、一《ひ》と目《め》で主人の死骸を認め、同時に窓の外のいやらしい笑い声を耳にした。

ベッドの前の床に、白いパジャマが奇妙な形にくずおれて、その胸からはまだタラタラとまっ赤な液体が流れていた。

爺やはオズオズと死骸に近づき、その肩をつかんで、

「旦那様、旦那様、しっかりしてくだせえ」

と叫んだが、うなだれた老人の白髪首は、張子《はりこ》の虎《とら》のようにグラングランと揺れるばかりで、まったく手ごたえがなかった。

主人がもう締切《ことき》れたと見るや、爺やはまっ青になって、歯の根も合わず、廊下へ飛び出した。

「た、たいへんだア、旦那さまがやられただア、早く来てくだせえエ」

爺やの悲鳴が家じゅうに響き渡った。

十秒、二十秒、焦慮の時が過ぎ去る。階下には山崎青年とばあやと一人の警官とが寝ているのだが、三人とも昼の疲れに熟睡しているのか、急には起きて来ない。

「山崎さーン、早く来てくだせえ。大江せんせーい」

爺やは何度も叫び続けた。

すると、やっと目を覚ました警官がまず駈けつけ、続いて婆や、山崎青年と、皆寝間着姿で、老人の寝室の前に集まった。

「どうしたんだ。夏目さんがどうかされたのか？」

若い警官が半狂乱の爺やを捉えて聞きただした。

「やられただ。あいつです。わしはたしかにあの笑い声を聞きました。外へ逃げたにちがいねえ」

「夏目さんは？　この寝室の中か？」

「そうでがす。早く、早く……」

警官は、爺やの言葉を聞き流して、開いたままのドアの中へ飛びこんで行った。山崎青年も無言のままあとにつづく。

その頃には、騒ぎを聞きつけて、二階から、大江白虹と病人の芳枝さんまでが、そこへ降りて来た。夏目老人がやられたと聞いては、芳枝さんも病室にとじこもってはいられなかったのであろう。

「オイ、佐助さん、ちょっと来てくれ。夏目さんはどこにいられるんだ？」

寝室の中から、警官の頓狂な声がもれて来た。

「どこって、何をいってるだ」

爺やは腹立たしげに、いきなり寝室へはいって行って、ベッドの前を指さそうとしたが、その指がグルグルと宙に迷った。

爺やはにわかにあわてだして、部屋じゅうを駈けまわった。カーテンをめくって見たり、ベッドの下をのぞきこんだり、何かしきりと探しものをしているのだ。

「オイ、佐助さん、どうしたんだ。君は夢でも見たんじゃないのか？」

寝室の入口に立っていた山崎青年が、そこの壁のスイッチを押して天井の電燈を点じたので、室内はさいぜんの悪夢のような薄暗さに引きかえて、目もまばゆい明るさであった。

その明るさが、怪奇の幻影を吹きはらったのであろうか。これはどうしたことだ、寝室の中には夏目氏の死骸は影も形もないのである。

「夢だって、インヤそんなはずはねえ。わしゃ、ちゃんとこの手で旦那さまの肩にさわっただからな」

爺やは狐にでもつままれた恰好で、キョロキョロ部屋じゅうを見まわしていたが、やがて、何を見たのか、いきなりベッドの前の絨毯を指さしながら叫び出した。

「ほら、これだ。これを見なせえ。これが何よりの証拠だ。旦那さまの胸から流れた血のあとだ」

人々が近よって、爺やの指さす箇所を見ると、なるほど絨毯の絵模様にまぎれて、丸く血のしみこんだ痕がついている。指でこすって見ると、生々しいまっ赤な液体がベットリと指の腹を染めた。

爺やが屍体を発見してから、人々が駈けつけるまで、ホンの三十秒、多く見積っても一分とはたっていなかった。そのわずかの時間に、殺人鬼はまたしても、死骸をどこかへ隠してしまったのである。

これは緑衣の鬼の解しがたき常習の手口であった。笹本静雄の場合は、屍体をトランク詰めにして銀行の地下金庫に預け入れた。夏目菊次郎氏の場合は、洞窟の中から運び出して緑衣の変装をさせて海に投じた。

今、三度目の夏目菊太郎氏の死骸が、魔法のように消え失せたのも、それらの前例を考え合わせればさして驚くことはないのであった。

「あの窓だな」

警官は云いながら、そこへ走って行って、赤いカーテンをサッと開いた。すると、窓ガラスは半開きになり、外の鎧戸が破壊されていたことがわかった。

「オーイ、北川《きたがわ》君」

警官はその窓から闇の中へ首をつき出して、建物の角を曲がった向こう側に、芳枝さんの病室の見張りを勤めているもう一人の警官を呼んだ。

北川巡査は、まだ屋内の騒ぎを知らず、芳枝さんの部屋の下にたたずんでいたのだが、同僚の声を聞くと大急ぎで窓の外へ走って来た。

「あいつが、この窓を破って侵入したんだ。そして、夏目さんを殺害して、その死骸をかついで、またここから逃げ去ったのだ。君は何も気がつかなかったのかい？」

「エッ、あいつがここから？　変だなア、僕はちっとも気づかなかった」

北川巡査はあっけにとられたように答えた。

しかし、彼がこの部屋の出来事に気づかなかったのは無理もない。この窓と彼の持ち場とのあいだは相当の距離があるのだし、建物の角にさまたげられて、見通しも利かないのだから。

それから一時間ほどのあいだ、両警官に大江、山崎の二人も手伝って、窓の外の森の中の捜査が行われたが、草むらで足跡は残っていないし、城山の麓まで、はても知れぬ森つづきなのだから、闇の中を、ただ懐中電燈だけを頼りの捜索は、結局なんの得るところもなく終わった。

やがて、急報によって、町の警察署長が、二名の私服刑事をしたがえて、駈けつけて来た。そして、型通りの取り調べがすむと、一同老人の書斎に集まって、善後《ぜんご》の策を講じることになった。病人の芳枝さんのためには、書斎の中へベッドが運ばれ、彼女はそこに横になって、人々の話を聞いていた。芳枝さんを一人二階の病室に置くのは非常に危険であったし、そうかといって、この重大な場合、大江や山崎が彼女を守るために協議の席をはずすこともできなかったからである。

署長を中心に、人々は大机をかこんで円座《えんざ》を作ったが、ただ青ざめた顔で目と目を見かわすばかり、だれの頭にもこれという考えは浮かばなかった。

「乗杉さんは？」

署長がふと気づいたように、大江白虹の顔を見て訊ねた。

「何かこの事件について、東京で調べたいことがあるといって、今朝出発したのですが……」

白虹はそのあとを云おうとして躊躇した。彼の深い疑惑をそのまま口に出すのがあまりに恐ろしかったのである。

「ヘエ、東京へね。妙な探偵法ですね。僕ら凡人《ぼんじん》には、あの方のやり口は、まるで見当がつきませんよ」

「しかし僕はあの男の頭の鋭さをよく知っています。乗杉氏はまるで彼自身が犯人ででもあるように、この事件の秘密をすっかり知り抜いている様子です」

「それは僕も聞いていないではありません。あの人はずっと以前、東京の警視庁に勤めたことがあって、その時の手柄話は有名なものですからね」

「なんだか奥底が知れなくて、怖いようなところがあります。東京へ出発したといっても、ほんとうに出発したのかどうかさえ疑問ですよ。現に今も、こうして話しているのを、あの人はどっかそのへんで、ちゃんと聞いているかもしれません」

白虹はお化けの話でもするように、ソッとうしろを振り返って見るのであった。

すると、彼が振り返った視線の正面のドアが、まるで申しあわせでもしたように、スーッと静かに開いて、黒い背広を着た人物が、音もなく室内へはいって来た。

「アッ！」

白虹はまっ青になって、小さい叫び声を発した。

一座の人々の視線が、不意の闖入者に集注された。どの顔にも、どの顔にも、一方ならぬ驚愕の表情が現われた。

「おお、乗杉さんじゃありませんか？」

署長があっけにとられて叫んだ。

それはいかにも乗杉龍平であった。

彼は無言のまま、人々に目礼して、ツカツカと大机のそばに歩み寄り、あいていた安楽椅子に腰をおろして、静かに一座を見まわしながら、

「おどろかせてすみません。僕は東京行きを中止して、今帰って来たのですよ」

と、ぬけぬけと嘘をついた。

「夏目さんが撃たれたのです。その上死骸がまた紛失してしまったのです」

署長が乗杉の怠慢《たいまん》を責めるようにいうと、彼はニッコリ笑ってうなずいて見せた。

「よく知っています。僕は実はそれを待ちかねていたのです。緑衣の鬼はもうわれわ

れの手中のものです」

夏目氏が殺害されるのを待ちかねていたとは、なんという思い切った云い草であろう。

白虹はそれを聞くと、或る恐ろしい予感にふるえ上がらないではいられなかった。

乗杉龍平は、今にも気違いのように笑い出すのではないのかしら、そして、犯罪者の虚栄心《きょえいしん》に陶酔して、いきなり、

「君たちがおじ恐れている緑衣の鬼は、ほかでもないこの俺だよ」

と呶鳴り出すのではないのかしら。

白虹は昂奮のあまり紙のように青ざめていた。署長をはじめ警官たちの、これも青ざめて緊張した面持、佐助爺やの泣きぬれた顔、一座たれもかれも異様な激情にとらわれている中に、ただ二人平然として顔色を変えぬ人物があった。

その一人は山崎青年、その無表情な美貌は明るい電燈に照り映えて、まるで人形のように美しかった。

もう一人は乗杉龍平、彼は口辺《こうへん》に、なんとも形容のできない妙な微笑をただよわせて、それぞれにちがった一座の人々の表情を、さも楽しげにジロジロと見まわすのであった。

大江白虹の推理

「すると、あなたは、あいつの隠れ場所をご存知なんですか？」

大江白虹は、一種異様の表情で、乗杉龍平を睨みつけながら、鋭く訊ねたが、語尾はかすかにふるえていた。

「ウン、まあそうです」

乗杉氏は落ちつきはらって椅子に腰をおろすと、なぜか微笑を浮かべて、白虹をじっと見つめた。

不思議な睨み合いの形であった。ほかの人たちは何も知らなかったけれど、乗杉氏と大江白虹とは、それぞれ相手の心の底を見すかそうとでもするように、火花の散るような視線をかわしていたが、やがて、乗杉氏がにこやかに口を切った。

「大江さん、君はこのあいだの表を研究しましたか。ほら『犯人の出現せる状況と目撃者一覧表』というものをお渡ししておいたでしょう。あれを綿密に研究さえすれば、緑衣の鬼の事件はほとんど解決がつくはずなんだが、君はあれによって何か悟るところがありましたか？」

「あの表からはなんら得るところはありませんでした」

白虹はほとんど敵意をあらわにして云い切った。

「むろん、僕もいろいろと仮説を立てて見ました。しかしあらゆる場合にあてはまる仮説というものは、一つも成り立たないのです。一方の条件を満足すれば、かならず一方ではまったく両立し得ない大きな矛盾が生じるのです。そういうわけで、僕はあの表による研究は、結局断念するほかはなかったのですが、しかし……」

「しかし？」

乗杉氏はまた妙な微笑を浮かべて、相手を見くびったような訊ね方をした。それが白虹の敵意をあおり立てないではおかなかった。

「しかし僕はあの表とは別に一つの仮説を組み立てたのです。実に驚くべき仮説です。あなたがいつもおっしゃっていた通り、ほとんど前代未聞の犯罪手段です。そして、その仮説なれば、どこにも矛盾は生じないのです」

白虹はもう果たしあいのような意気ごみであった。顔は蒼白となり、息づかいは荒く、膝に置いた握り拳がブルブルふるえていた。

「ホウ、それはおもしろいですね。ちょうどここに署長もいられるのだし、めいめいの意見を述べ合うための会議なんだから、その君の仮説というのを、ぜひここで説明してほしいものですね」

「では一つ僕から、あなたに質問をさせてもらいますが、差し支えありませんか。非常に突飛《とっぴ》な質問ですが、この席でそれを質問してもいいのですか?」

「差し支えありませんとも、この席こそ、そういう意見をたたかわす場所じゃありませんか」

白虹は、もう引くに引かれぬ気持であった。それは、いかに彼の仮説が奇怪で幻想的であっても、そのほかに真実はあり得ないという確信があった。彼はいよいよ思い切って始めた。

「僕の仮説の出発点は数日前この城山の地下道で起こった出来事にあるのです。まず第一不思議に感じたのは、乗杉さん、あなたが、緑衣の鬼の事件では共働者であるべき僕にさえ知らせず、こっそりあの地下道へ忍びこまれたことです。しかも、その時あなたは洋服はもちろん、例の赤茶けた頭髪から、頰の傷痕まで、犯人と寸分ちがわない変装をしていましたが、犯人を捕えるのに、どうして犯人とそっくりの変装をしなければならないのか、僕にはその理由がまるでわからなかったのです。乗杉さん、あれについて説明してくれませんか」

「それは一《ひ》と口《くち》にいえないのです、そこに非常な複雑な事情があるので、それを理解しないで僕の行動だけを見れば、或いは不思議に感じられたかもしれません。それは順序を追ってお話ししなければわからないことですよ」

「しかし、いくら複雑だといって、説明できないことはないでしょう」

「いや、それが、今はできないのです」

乗杉氏はなぜか冷然と突っぱなすようにいうのだ。

「では、僕が勝手に一つの仮説を組み立てても構いませんか。邪推《じゃすい》かもしれないのですが……」

「ホウ、邪推ですって？　そいつはおもしろい、ぜひ聞こうじゃありませんか」

「あの時、結局犯人を取り逃がしてしまったのですが、犯人の逃げ去った道は、地下道の城山の中腹への出口のほかにはどこにもなかった。それはここにいる山崎君も知っているし、むろんあなたもご承知のことですが、ところが、その出口を調べてみると、われわれの足跡のほかには全然足跡というものがついていなかった。全体にやわらかい土なんだから、犯人が鳥でない以上は、かならず足跡が残らなければならないのに、その足跡がなかった。緑衣の鬼は気体のように蒸発してしまったのです。

「しかし、人間が気体になったり羽根がはえて飛び上がったりする怪談を信じることはできません。これには何か奇想天外《きそうてんがい》なトリックがなくてはならない。僕はそればっかりを、頭の痛くなるほど考えたのです。そして、ふと或る妙な事柄に思い当たりました。乗杉さん、それがいったいなんだったと思います。あなたのトランクの中にはいっている変装用の鏡ですよ。一尺四方もあるようなあの大きな鏡ですよ」

「おや、君は僕のトランクを無断で開いたのですか」

乗杉氏はさすがにびっくりした様子であった。

「変装用の鏡がはいっているにはちがいないと思ったのですが、その大きさがたしかめたかったのです。あなたはうかつにも、あのトランクに鍵もかけていなかったですね」

「それはともかく、あの鏡がどうしたというんです」

「つまり、地下道には緑衣の鬼なんていなかったのだということを気づいたのですよ。エ、おわかりですか。あなたはあの地下道の暗闇の中で、左手を伸ばして鏡を持ち、右手で懐中電燈をつけて、自分自身の顔を照らしたに過ぎないのです。そしてすぐに懐中電燈を消してしまいました。むろんあなたは僕の尾行を予期していた。僕がどのへんで様子をうかがっているかも知っていた。その僕に見えるように、鏡の角度を定めて、あなた自身の顔を照らせば、緑衣の鬼が二人になるわけじゃありませんか。僕はあの時、まるで鏡に映ったように寸分ちがわない顔を見たのですが、まるでではなくてほんとうに鏡に映っていたのです。なんという奇抜《きばつ》な着想《ちゃくそう》でしょう」

「すると、大江さんは、あの時乗杉さんが一人芝居をして、いもしない犯人を、いるように見せかけたのだとおっしゃるのですか？」

警察署長が腑に落ちぬ顔で言葉をはさんだ。

「そうですよ。そうして、あとから足跡の残っていないところを見せて、緑衣の鬼の神通力をまことしやかに信じさせようとしたわけです」

「しかし、乗杉さんが、どうしてそんな妙なことを……」

「おわかりになりませんか。乗杉氏としては、自分のほかにほんとうの緑衣の鬼がいるということを、われわれに信じさせたかったのです。そして、そいつがどんな名探偵の手にもおえない魔術師だということを見せつけて、われわれの判断を混乱させたかったのです」

「待ってください。だが、もし地下道に犯人がいなかったとすると、お嬢さんを誘拐したのは、何者ですか？」

署長はまだ呑みこめないのである。

「むろん、犯人はいたのです。ただ、乗杉氏がこしらえた鏡の中の男が架空《かくう》の人物であったというだけで、犯人がいなくて犯罪が行われるはずはありません。では、その犯人は何者か？　それは、僕が今まで申し上げたところによって、ご判断願いたいと思います」

大江白虹は乗杉氏をじっと見つめながら言葉を切った。さいぜんまで青白かった顔が、興奮のためにボーッと上気している。

「つまりこの僕が緑衣の鬼だっていうのだね。ハハハハハこれはおもしろい。だが、小説としてはおもしろいけれど、裁判所へ持ち出すのには少し論拠薄弱《ろんきょはくじゃく》だね。何一つ確証というものがないじゃないか」

乗杉が皮肉たっぷりに応酬《おうしゅう》した。

「確証が要《い》るとおっしゃるのですか。ではあなたはなんの必要があって、今日の夕方、緑衣の変装をしたのです。そして芳枝さんの病室へ忍びこんだのです。僕がちょうどそこへ行きあわせたからよかったものの、もしそうでなかったら、芳枝さんは今頃この世の人でなかったかもしれません」

「おや、そんなことがあったのですか。大江さん、それはほんとうですか。いったいどうして今まで黙っていたのです」

びっくりした警察署長が非難するように叫んだ。署長ばかりではない、一座の人皆これは初耳なので、いぶかしげに大江と乗杉の顔を見くらべるばかりであった。

「乗杉氏のために躊躇していたのです。口留めをされたものですから。しかし、こうなっては、もう暴露しないわけにはいきません。証拠といって、これほどはっきりした証拠はないのですからね」

そして、白虹は一同に、夕方の出来事をくわしく語り聞かせたのである。

「その時、緑衣の鬼の姿をした乗杉氏は、芳枝さんのベッドの上にのしかかって、今にも首をしめようと身構えていたのです。僕が一と足おそかったら、取り返しのつかぬことになっていたかもしれません。僕が嘘をいっているのでないことは、当人の芳枝さんにお聞きくだされればすぐわかることです」

一同の視線がベッドの上に集まった。すると、仰臥《ぎょうが》していた芳枝さんは、半身を起こすようにしてこちらを向き、弱々しく口を開いた。

「ええ、大江さんのおっしゃる通りでしたわ。でも、まさかあれが乗杉先生だとは、想像もつきませんでした」

「乗杉氏は、今朝、いや正しくいえばもう昨日の朝ですが、何か東京に帰って取り調べることがあると称して出発しておきながら、実は東京へなぞ帰らないで、ソッとこの邸へ立ち戻っていたのです。いったいなんの必要があって、われわれにまでそんな嘘をつかなければならなかったか。この一事だけでも弁解の余地がまったくないのじゃないかと思います。

「それから、これも皆さんにはまだお話ししてないことですが、僕が最初東京で乗杉氏を訪問した時、そこでまず出会ったのは、思いもよらぬ緑衣の鬼の姿でした。乗杉氏は見も知らぬ犯人とまったく同じ姿に変装していたのです。その時僕は、困難な探偵事件を引き受ける時には、まずその犯人の姿になって、犯人自身の心理を研究するのが乗杉氏の癖《くせ》だという説明を聞かされましたが、なんとなく取ってつけたような弁解ではありませんか。

「そんな手数のかかる弁解を信じるよりは、乗杉氏がすなわち緑衣の怪人物であった。それゆえにこそあんなにしばしば犯人と同じ姿をしなければならなかった。と考える方がどれほどたやすいかしれません。

「実に恐ろしい考えです。乗杉氏自身がつねづね口にしておられた通り、いかにも犯罪史上に前例がないほどの奇妙な着想です。しかし、一度そこへ気がついてしまえば、あらゆる疑問が氷解《ひょうかい》します。今まで解き得なかったあらゆる矛盾が、立ちどころに消え失せてしまうのです。

「なんという簡単な事実でしょう。犯人はすなわち探偵だったのです。犯人が探偵に化けて、自分自身を探しまわっていたのです。いつまでたっても真犯人が現われて来る道理がないではありませんか」

大江白虹はとうとう云いたいだけのことを云ってしまった。越えがたい一線を、目をつむるようにして越えてしまった。力にあまる大敵を向こうに廻して、火蓋《ひぶた》を切ったのである。白刃《はくじん》と白刃とが音を立てて斬り結んだのである。彼の精神力は汗の玉となって、上気したこめかみを流れていた。

あまりに異様な結論に、一座はシーンと静まり返って、だれ一人口をきこうとするものもなかった。ほとんど一分ほどのあいだ、人々はお互いの息づかいだけを聞き合っていた。

当の乗杉龍平はと見ると、意外にも、彼は一座の中で一ばん冷静な表情をしていた。虚勢《きょせい》かもしれないけれど、口辺ににこやかな微笑をさえたたえていた。

「うまい。実に見事な論理です。僕は思わず聞きほれたほどですよ。さすがは探偵小説家だ。殊に地下道の鏡の着想などは、実際家にはとうてい思いも及ばない想像力です。しかしね、大江君、僕は君のお説《せつ》をおもしろい小説以上に買うことはできませんよ」

「では、その理由を説明してください。こんなことを云い出すからには、僕自身としては決して単なる空想とは考えていません。今申し上げたことで皆さんにもわかっていただけたと信じますが、僕のこの推論には、むしろ有りあまるほどの証拠が揃っているのです」

「君のいわれる通り、なんとなく疑わしい行動をとったことは僕も認めます。しかし、それには一つ一つ明確な理由があったのです。では、共働者である君になぜそれを打ち明けなかったかとおっしゃるでしょうが、それにもまた一つの理由があったのです。大江さん、いつかも云ったように、君はこの事件にかぎっては、ほとんど探偵の資格がないといってもいいのですよ。そういう無資格者に、僕としては相談をかけることはできなかった」

「抽象的《ちゅうしょうてき》なお話はもう充分です。事実について説明してください。たとえば今僕があげた疑問を一々反駁していただきたいのです。反証《はんしょう》をあげてほしいのです」

白虹は腑甲斐《ふがい》なくも絶叫せんばかりに興奮していた。彼は乗杉氏の奥底の知れない落ちつきぶりに、気合負《きあいま》けのようなものを感じたのだ。その所在のわからぬ不安が、彼の言葉をますます荒だてないではおかなかった。

「むろん反駁することができます。君の推論を反駁することが、とりも直さず事件の真相を語ることにもなるのです。それを皆さんにお話しするためにこそ、僕はこうして来たのだから、君のお言葉がなくても、僕は僕の推理を発表しますよ。しかし、それはなかなか複雑で、話の順序もあることだから、さしあたって君の誤解を解くために、たとえば、こういうことを考えて見てはどうでしょうか」

乗杉氏はいよいよ自信ありげに、話しぶりもゆっくりと落ちつきはらって、一糸乱れぬ態度であった。

「例えば？」

白虹は自分の弱小をひしひしと感じながら、しかし今更ら合わせた刀を引くことはできなかった。

「例えばですね。先日芳枝さんがこの書斎から犯人のために連れ去られた。そしてあの地下道へとじこめられなすったのだが、あれは夜の十時半頃の出来事でしたね。さて、大江さん、君が夏目さんからの電報によって、僕の土蔵を訪ねて来られたのはいつでしたかしら。

「書斎の出来事のあった翌日の午後ではありませんでしたか。つまりその間に十三、四時間のへだたりしかなかったのです。エ、どうです。僕のいう意味がわかるでしょう。

「もし僕が緑衣の鬼と同一人だとすれば、この不便なK町からたった十三、四時間で東京へ帰らなければならなかったということになるではありませんか。城山からT駅まで自動車を急がせても四、五十分はかかります。犯人には芳枝さんを地下道へとじこめておく時間も必要でした。すると、いくら急いでも、T駅へ着くのは夜中の十二時じゃありませんか。第一T駅からは夜の十時過ぎに出る汽車なんてありやしないのですよ。

「たといT駅から大阪まで自動車で連絡したと仮定しても、大阪に着くのはほとんど夜明けです。それから正午頃までに東京へ帰るなんて、まったく不可能なことじゃありませんか」

「わかりました。わかりました。もしこの世に飛行機というものがなかったとすれば、あなたのアリバイは充分成り立つということがよくわかりました」

白虹は皮肉をこめて云い放った。

「おやおや、君はそこまで考えていたのですか？」

しかし、乗杉氏は少しもあわてなかった。

「定期航空《ていきこうくう》では、東京にお昼前に着くのがないことは、君もご存知でしょうね。お昼前に着かなくては、飛行場から僕の家まで帰り、それから緑衣の扮装《ふんそう》をする余裕がないわけです。すると犯人は、いやこの僕は、民間の飛行家を一人雇い入れたということになりますね。むろんそうすれば、大阪へ出るまでもなく、この近辺の海上からでも出発することができるのだから、時間の点は充分辻褄が合うわけですね。

「ところが、いくら時間の辻褄だけ合っても、心理の辻褄が合わなくては仕方がないではありませんか。もし僕が緑衣の鬼その人とすれば、大切な芳枝さんを地下道の中へひとりぼっちでほうっておいて、なんのために遠い東京なぞへ帰るでしょう。夏目さんが電報を打たれることも、また君が僕を訪ねてくれることも、前もっては少しもわかっていなかったのだから、そんな苦労をして東京へ帰らなければならぬ理由が少しもないではありませんか」

乗杉氏は噛《か》んでふくめるように説明した。つまり相手を子供あつかいにしているのだ。白虹はいよいよ激昂《げっこう》しないではいられなかった。

「心理なんか、なんとでも説明はつきます。具体的の事実について、僕の疑いを解いてください。例えば昨日の夕方、君はなぜ芳枝さんの病室に忍びこみ、絞殺《こうさつ》しようとまでしたのです。君はこの厳然《げんぜん》たる事実をなんと弁明するつもりです」

ああ、ほんとうに乗杉氏は、この致命的な事実を、いったいなんと云い逃がれるつもりであろう。これだけはほとんど弁解の余地がないように見えるではないか。白虹がいくら小説家だといって、もしこういう明瞭な事実がなければ、まさか探偵即犯人なんて、奇想天外な想像をめぐらしはしなかったであろう。彼の論拠《ろんきょ》はほとんどこの一点にかかっていたといっても差支えないのである。

乗杉龍平の推理

「僕の妙な行動については、少し長い説明がいるのです。で、直接君の疑問に答える前に、まず僕の推理の出発点から始めて、皆さんのご批判を仰ぎたい。大江さん、そういう廻り道をすることは不服ですか？」

乗杉氏は一《ひ》と膝《ひざ》乗り出して、まず白虹の、次に警察署長の顔を、同意を求めるように眺めた。

「不服どころか、進んであなたの考えを聞きたいと思います。もし僕の推察が根本的に間違っているとすれば、この事件の裏には、人間業《にんげんわざ》では想像もできないような途方もない秘密が伏在《ふくざい》しているとしか考えられません。もしあなたの力で、その秘密があばかれるなれば、僕は喜んで自説を捨てます。そして、あなたに謝罪しなければなりません。しかし、まずそのお考えを聞こうじゃありませんか」

白虹が答えると、つづいて警察署長も、

「私たちもむろんお説をうかがいたい。こういう不可解な事件はできるだけ多くの方の意見を聞いて警察の方針を立てるほかはないのですから」

と、乗杉氏の説明をうながした。

佐助が気をきかして席をはずし、婆さんと二人で熱いコーヒーを運んで来た。一同は、少し緊張のほぐれた気持でそれをすすりながら、乗杉氏の説くところを謹聴《きんちょう》しようと身構えるのであった。

「大江さん、いつか君にお渡しした例の一覧表を、もう一度見てくれませんか。ここにもう一枚作っておいたから、これは署長さんにご覧願いましょう」

乗杉氏が、手帳のあいだにはさんであった一覧表をひろげて、警察署長に手渡すと、白虹もポケットから同じ表を取り出してテーブルにひろげた。隣席から山崎青年や刑事などが好奇の目を光らせてそれをのぞきこむ。

「まず、この『出現の状況』という欄に目を通してください。これが今度の事件で、犯人がなんらかの意味で姿を現わした全部の場合です。直接姿を見せないで影または声だけの場合を拾ってみると、六回あります。それから折口記者の背後から洋服の色だけを見せたのが一度、望遠鏡の視野の中へ遙かに姿を見せたのが一度――正確にいえば二度ですが、ほとんど同じ状況だったのですから、あとの場合はこの表には省略しました――それから、水族館の薄闇の中で一度、S村海岸の暗い洞窟の中で一度、この城山の森の中で一度、地下道の闇の中で一度、つごう六回姿を現わしていますが、いずれも暗闇の中だったり、非常に遠方だったりして、顔かたちの微細《びさい》な点までハッキリ眺められたわけではありません。

「つまり、全体で十五回のうち十二回まで、影だったりハッキリ顔が見えなかったり、非常に曖昧な状況で現われている。これは偶然にしては、あまりに割合が多過ぎはしないか。すると、犯人はあれほど大胆に振舞ったにもかかわらず、どうしてもハッキリ顔を見られたくない理由があったのだとしか考えられないではありませんか。

「彼がハッキリ相手に顔を見せた場合は、全体を通じてたった三度、しかもそのうちの二度は芳枝さんを誘拐した時で、いくらなんでも誘拐の相手の芳枝さんだけには、顔を見せないわけにはいかなかったでしょう。残る一度、というのは、例の劉ホテルに滞在中、ホテルの支配人やボーイたち、運転手などに平気で顔をさらしています。これはホテルには顔を見られていけない相手が一人もいなかったことを語るものです。それが証拠に、大江さんたちがホテルへ乗りこむや否や、彼はたちまち影となって消え失せてしまったではありませんか。

「僕はこの犯人が顔を見せることを極度に恐れた心理と、しかも彼がいつの場合にも、まるで看板のように緑色の服装をはなさなかった心理とに、大きな矛盾を感じた。それが僕の推論の第一歩となったのです。

「この矛盾は何を意味するか。ほかに考え方はありません。犯人は決して世間で考えている夏目太郎ではなかったことを意味するのです。まったく別の人物が、夏目太郎であるかのごとく見せかけるために、常に緑衣の看板が必要だったのです。赤茶けたモジャモジャ頭が必要だったのです。むろんあれは鬘でしょう。頬の傷痕も、ゴム製のこしらえものでしょう。その変装を見破られるのが怖さに、いつも影になったり、闇の中へ現われたりしたのです。

「そう考えて来ますと、この事件でのもう一つの大きな矛盾がたちまち解けて来るのです。緑衣の鬼は、いかに恋に狂っていたとはいえ、どうして実の父親を惨殺する気になったか、この点を世間でも大きな疑問にしていましたが、それは犯人が夏目太郎ではなかったからです。犯人にとって夏目菊次郎氏は親でもなんでもなかったからです。

「犯人が夏目太郎ではなかったとなると、では夏目太郎はなぜ行方不明になったか、彼は今どこに姿を隠しているのか、そして、真犯人はいったい何人《なんぴと》か、われわれの知っている人物か、或いはまったく見知らぬ人物かという疑問が生じて来ます。

「夏目太郎がどうしているかも、むろん僕にはわかっているのですが、それはしばらく後廻しにして、まず真犯人が何者であるかという点を考えて見ましょう。

「で、その犯人はわれわれの知っている人物かどうかですが、それにはここに一つの試験法《しけんほう》があるのです。表の『目撃者』という欄をごらんください。その中の影の出現している場合だけを拾って見ましょう。すると銀座での影を目撃した人は芳枝さん、大江さん、折口記者。笹本家での影は主人の笹本氏、芳枝さん、折口記者。笹本家の二度目の影は大江さん、折口記者。劉ホテルでの影は大江さんと木下警部。それからこの書斎の窓に映った影は夏目氏、芳枝さん、山崎君となっていて、われわれの知っている事件関係者は一人残らず影を目撃している。

「ここにいる人でいえば、大江さんも、芳枝さんも、山崎君も皆見ている。それも一人で見たのでなくて、いつもだれかがそばにいたのですから、この事実は充分信じていい。

「影を見た以上は、その人が影を映した本人であるはずはない。だれしもそう信じて疑わないにちがいない。エ、皆さんそうではありませんか？」

乗杉氏はここで言葉を切って、グルッと一同の顔を見まわした。そして何か秘密を楽しみでもするように、薄気味わるい微笑を浮かべながら、長いあいだ黙っていたあとでやっと言葉をつづけた。

「ところが、皆さん、そうではなかったのですよ。そこに犯人の恐ろしい智恵がはたらいていたのです。犯人はわれわれの知っている人物ではないと思いこませるために、彼はどんなに苦心をしたことでしょう。この表を見ると、その苦心のあとが、まざまざと現われているのです。

「われわれはこの影の出現した一々の場合について、もっと綿密に研究して見なければなりません。そこで、皆さんに僕から質問したいのですが、まず最初の影、この銀座に現われたやつはたしかに動いていました。これは問題ありません。この表には略しておきましたが、皆さんが笹本邸へ帰られる道で、地面に映った影があります。これも唇が動いたというのですから、たしかに生きていました。

「さて次には笹本家の応接室の窓に映った影ですが、これは身動きをしましたか。笑い声を立てる時に首が揺れましたか。大江さん、どうでしょう」

「ハッキリはいえませんが、ほとんど動かなかったようです」

白虹は今更らハッと或ることに気づいて、うかつを恥じながら答えた。

「その次は、殺人事件のあとの笹本家の窓の影です。これは？」

「非常に短い時間でしたが、たしかに動いていたようです。窓の外から逃げ出すところもハッキリ映りました」

「次は、劉ホテルの客間の影。あれはどうでした？」

「ひどく動きました。笑うたびに身体を前後に動かしていました」

「なるほど、残る一つはいつかこの書斎の窓へ映った影ですが、これは？　大江さんは見なかったのですね。じゃ山崎君、一つ思い出してください」

「動きました。ずいぶんひどく動いたようです」

山崎青年が、歯切れのよい口調で答えた。

「ほんとうですか。君は何か思い違いをしているのじゃありませんか。あの影はたしか、まるで人形のように動かなかったはずだが……」

「たしかに動いたと思うんですが……しかし、先生はどうして、動かなかったということをご存知なんです」

山崎青年は不審に堪えぬもののように訊《き》き返した。

「それには少しわけがあるのですよ。じゃあね、山崎君、君と僕とどちらがほんとうか、一つ実験をして見ようかね。おもしろい実験なんだ。皆さんも見物してください」

乗杉氏はまた意味ありげな微笑を浮かべて一同を見まわすのであった。いったいどんな実験を始めようというのであろう。一同はかたずを呑んで、乗杉氏の顔を見つめた。

彼はいきなり立ち上がると、自分の腰かけていた椅子をわきへのけて、その下の絨毯の一カ所を指し示して説明した。

「この絨毯の端に、ちょっと見たのではわからないくらいの小さな押しボタンが取りつけてあります。僕は椅子にかけたまま、皆さんに少しも気づかれないように、足でこの押しボタンを押すことができるのです。さア、実験にとりかかりますよ」

乗杉氏は元の場所へ椅子を戻して腰をおろした。

「ほら……」

掛け声とともに、たちまち電燈が消えて、部屋の中は真の闇となった。

闇の中の人々の視線は、期せずして、庭に面した窓に集中された。すると、ああ、これはどうしたことだ。そのガラス窓に映る庭の常夜燈の光の中に、クッキリと一つの影が浮き上がったではないか。

モジャモジャにみだれた頭、釣鐘マントのように裾のひらいた外套、緑衣の鬼だ、緑衣の鬼だ。

影はじっとたたずんだまま動かなかった。乗杉氏が主張した通り、まるで人形のように動かなかった。しかし、動かなかったけれど、そいつは声を出すことができた。あの耄碌親爺《もうろくおやじ》の、歯というものの一本もないしわがれ声で、さもおかしくてたまらないかのように、ケラケラと笑い出した。

闇の中の人々は、何か仕かけがあるとは知りながらもその声の物凄さに、背筋に水を浴びたような恐怖を感じないではいられなかった。

奇怪な笑い声は、とぎれては続き、とぎれては続き、まるで地獄の底からもれてでも来るように、いつまでも闇の中に響いていた。

真犯人

気の早い刑事の一人は、もうじっとしてはいられなかった。椅子をガタガタいわせて、人々のそばをはなれ、影の映っている窓の方へ駈け出そうとした。

「お待ちなさい。あれはなんでもないんだ。ただの影に過ぎないんだ。よく見たまえ、まるで切り抜き絵のようにちっとも動かないじゃないか。生きた人間なれば、どこか少しは動くはずでしょう」

意気ごんだ刑事も立ちどまって、人々とともに影を凝視した。いかにも動かない。血の通っていない人形のようだ。

しかし、あの窓の外に、そんな等身大の人形なんかが立っているのだろうか。

「山崎君、ちがいますか。いつかのはこの影じゃなかったのですか？」

乗杉氏の勝ちほこった言葉に、山崎青年は返事をすることができなかった。

「諸君、おわかりになったでしょう。影は動かないのです。つまりあれは人間の影ではないのです」

乗杉氏はそう云いながら、床の押しボタンを元に戻したらしく、パッと室内に電燈がともった。同時に窓の影は幽霊のように消え失せてしまった。

「アハハハハハ、実に簡単な子供だましのトリックですよ。幻燈ですよ。庭の茂みの中に幻燈器械が隠してあって、ここから電線が通じているのです。ボタンを押せば、部屋の電燈が消えるといっしょに、向こうの幻燈器械の電燈がついて、ガラスに描いた小さな緑衣の鬼の形が、あんなに拡大されて映るというわけですよ。署長さん、一つ庭の茂みの中を調べて見てくださいませんか」

それを聞いた一同は、殊に大江白虹は、あまりの子供だましに、あきれはてて、乗杉氏の言葉をただちに信じる気にはなれなかった。いったい、これほどの大犯罪事件が、そんな幻燈のトリックなんかで、ごまかせるものであろうか。いや、待てよ。影が動かなかったのは、笹本邸の場合とこの書斎の場合と、二度きりじゃないか。ほかの場合にはみんな動いている。あれを乗杉氏はいったいどう説明するつもりだろう。まさかあれは映画だったなんて、変てこなことを云い出すのではあるまいが。

白虹がそんなことを考えているあいだに、警察署長は二名の刑事をしたがえて庭を調べるために、部屋を出て行った。署長は、幻燈のある場所へ案内してくれと頼んだけれど、乗杉氏はなぜかそれをことわって、ただその位置を教えたばかりであった。そして、元の椅子にドッカリ腰をおろしたまま、何事かを監視でもするように、部屋の中をジロジロと見まわしていた。

「乗杉さん、僕にはどうも腑に落ちないことがあるんですが、今の影が幻燈だったとすると、あの笑い声はどこから出たのです。まさか、ラジオの仕掛けがあるわけではないでしょう」

白虹はふとそれに気がつくと、もう黙っていることはできなかった。

「ああ、そこが実におもしろいところですよ。緑衣の鬼というやつが、犯罪者としてあらゆる才能を備えていたことを語るものですよ。だが、ほかの者はごまかせても、僕にはその手は利《き》かない。なぜというと、僕自身が、やっぱり同じ才能を持っていたからです」

乗杉氏がそう云って口をつぐんだかと思うと、不思議、不思議、どこからともなく、またしてもあのいやらしい老人の笑い声が聞こえて来た。その笑いは窓の外からのようでもある。天井裏からのようでもある。また足元の絨毯の下あたりから響いて来るようでもある。

白虹はギョッとして、思わずキョロキョロと部屋の中を見まわした。しかし、お化けのような声の正体は、どうしてもつかめない。やがて、その笑い声がだんだんかすかに遠くの遠くの方へ消えて行ったかと思うと、今度は乗杉氏が大きな口を開いて笑い出した。

「ハハハハハ、大江さん、この事件にはいろいろと手品の種があるのですよ。幻燈仕掛けの影だとか、腹話術《ふくわじゅつ》だとか」

「エ、腹話術？」

白虹はハッとそこへ気がついて、相手の口元を見つめた。

腹話術というのは、手品の一種で、口をつぐんでいて物をいう術だ。からっぽの小箱を持って、見物席のあいだを歩きまわりながら、さもその箱の中に小鳥がいるかのように鳴き声を聞かせたりする、あの発声法だ。何くわぬ顔をして、口をつぐんでいるものだから、声の出所がわからず、箱を示されれば、ちょうどその中からでも洩《も》れて来るように感じる。天井からだといわれれば、そうも思えるし、窓の外からと聞けば、そうも聞こえる。大江白虹はこの腹話術というものをよく知っていた。

「すると、今の声はあなただったのですか？」

「そうですよ。僕は以前手品師について腹話術を練習したことがあるのです。酔狂じゃありません。むろん犯罪者と戦う一つの技術としてです。そして、今から五年前、或る事件でこれを使って、犯人を逮捕した経験があるのです。今度は二度目ですよ。

「僕は直接緑衣の鬼の笑い声を聞いていないけれど、君の話から想像して、まあこんな声だろうとやって見たのです。それに、腹話術の声というやつは、だれがやっても、似たような感じを与えるのですよ。気味のわるい老人の笑い声だというけれど、実はそういう声しか出ないのです」

「じゃ、犯人は今のように、窓に影を映しておいて、自分は部屋の中にいて、腹話術で笑って見せたとおっしゃるのですか？」

「そうです。恐ろしい影におびえてしまっているものだから、その声が、さも、影を映している男の口から出るように感じられたのです」

「すると、犯人は、笹本家の場合も、この書斎の場合も、ちゃんと部屋のなかにいたとおっしゃるのですか？」

白虹はせきこんで訊ねたが、云ってしまってから、その着想の突飛さにふるえ上がった。ヒョイと振り向いたとたん、すぐ目の前に大入道のお化けが立ちふさがっていたような、なんともいえぬ恐怖であった。

「そうです。犯人は二度とも部屋の中にいたのですよ」

乗杉氏は、口辺に微笑さえたたえながら、平然として答える。

「しかし……」

白虹には、それが何人《なんぴと》であるかわかり過ぎるほどわかっているようでいて、実は少しもわからなかった。その人物が真犯人だとしては、どうにも辻褄の合わないことが、あまりに多すぎることを知っていた。

そこへ、ドヤドヤと人の足音がして、庭へ行っていた署長と二名の刑事とが帰って来た。一人の刑事は茶色に塗った金属の幻燈器械を手にしている。

「仕掛けがおわかりになりましたか？」

乗杉氏が声をかけると、署長は幻燈器械から抜き取ったらしい、小さなガラス板をかざして見せて、

「驚きましたね。これですよ。この小さな人形の絵が、怪物の正体ですよ」

と、苦笑するのであった。

そこで白虹が、署長たちが席に着くのを待って、彼らの不在中の腹話術の実験について語り聞かせると、警官たちはいよいよあっけにとられてしまった。

「で、影も贋物《にせもの》、声も贋物とすると、いったいこれは何を意味するわけですか？」

署長が五里霧中の様子で訊ねる。

「犯人が洒落《しゃれ》や酔狂でそんな手数のかかる真似をするはずはありません。これには、どうしてもそうしなければならない理由があったはずです。そして、その理由は、理論上たった一つしかありません。アリバイです。アリバイをこしらえるために、そんな面倒な手品をやらなければならなかったのです。つまり犯人自身がほかの人たちといっしょに室内にいる時に、あの影を映して見せ、腹話術で笑い声まで聞かせて、この通り私は犯人ではありませんよ。犯人は窓の外にいるやつですよと、証明して見せたわけです。そうしておけば、たといほかに多少疑わしい点があっても、だれも嫌疑《けんぎ》をかけるものはありませんからね」

「すると、その犯人というのは……」

大江白虹は息づまるようになって、われにもあらず、せっかちな質問をしないではいられなかった。

「さア、それを一つ考えて見ようじゃありませんか」

乗杉氏は憎らしいほど落ちつきはらっている。

「この贋物の影が現われた二つの場合の目撃者を調べて見れば、その中に真犯人がいるということになるのですが、笹本家の場合では、故人の笹本氏と、その奥さんであった芳枝さん、大江君、新聞記者の折口君の四人でしたね。一つさっきの表を見てください。それから、この書斎での場合は、なくなられたご主人の夏目菊太郎氏と、芳枝さんと、山崎君でしたね。で、このうちから、一方にいて一方にいない人を引き去らなければならない。すると残るのは、芳枝さんだけですよ。ところが、芳枝さんは当の被害者だし、それに緑衣の鬼その人を目撃したこともあるのだから除外しなければならない。するあとに残るものはゼロです。ハハハハハ、つまり一方では、これらの人々のうちに犯人がいなくてはならない理由があり、一方では、そこには一人の犯人もいないという変な矛盾が生じる。皆さん、ここが実におもしろいところです。いや、おもしろいといってわるければ、恐ろしいところです。犯人の悪企みの底の知れぬところです」

だれも口をきくものはなかった。一同異様に黙り返って、奇人乗杉氏の雄弁に聞き入っている。警察の人々を除いては、皆ひどく青ざめていた。大江白虹は論理の圧迫に息づまるような顔をしていたし、山崎青年の青白い額にも、目に見えぬほどの汗の玉が浮いていた。乗杉氏の推理はつづけられる。

「ところで、この変てこな矛盾を解く鍵は、その表の初めにある『二つの不可解』という項目の第一にふくまれているのです。そこには『犯人は童話作者笹本静雄の屍体を、なぜあれほどの苦心をして、銀行の金庫内に隠匿しなければならなかったか』としてありますが、この疑問を解きさえすれば、もう一つの疑問も、自然解けて来るのですよ。

「あの時には、笹本氏が殺害されたことは、明白にわかっていたのだから、その屍体だけを隠してみたって、犯人にとって別段の利益はないはずです。それをあんなに苦心をして屍体を保護金庫に預け入れ、できるだけ長く世間の目から隠しておこうとしたのには、何か別に重大な理由がなくてはなりません。皆さん、おわかりですか。その理由というのは、たった一つしかあり得ないのですよ」

その時、乗杉氏の声のほかは水を打ったように静まりかえった一座に、コトンと妙な音がして、山崎青年の椅子の下へ小さなガラス瓶がころがり落ち、山崎はあわててそれを拾い上げたが、話に気を取られている人々は、誰もそんな些細《ささい》な出来事に注意を向ける者はなかった。乗杉氏も別に不審も起こさないで、話しつづけて行った。

「その理由というのは、ほかでもありません。殺されたのは笹本静雄氏ではなかったからです。その秘密を保つために、犯人はあれほどの苦労をして、屍体を隠したのです。では、ほんとうの被害者は何者であったかというと、これについては、僕はなんら具体的の証拠をもちませんが、一方に緑衣の鬼は半狂人の夏目太郎ではなかったという、ほとんど明白な推定が成り立っているのと対照して見ますと、何かしら辻褄が合って来るではありませんか。つまりあの屍体は笹本静雄ではなくて、夏目太郎その人であったと考えることはできないでしょうか。

「犯人は、芳枝さんに心引かれて、笹本家を訪ねて来た夏目太郎を惨殺した上、その屍体に笹本静雄の服装を着け、あの書斎にころがしておいて、折口記者が鍵孔からのぞくのを待ち構えていたのです。折口君は顔はよく見えなかったけれど、服装から判断して、笹本が殺されていると思いこんでしまった。そういう生きた証人を作るのが犯人の目的だったのです。ところが、折口君は予期以上に勇敢で、ドアを押し破って書斎に入り、近づいて死人の顔を見ようとしたので、犯人はそれを見られては一大事と、いきなりうしろから殴打して昏倒させてしまった。こう結びつけて考えると、折口君があんな目に遭わされた理由もハッキリして来るではありませんか」

「すると、笹本はどうなったのです。笹本がまだ生きているとでもおっしゃるのですか?」

白虹が驚いて訊ねると、乗杉氏はニヤリと笑って、またしても恐ろしいことを云い始めた。

「生きています。しかも、彼こそ夏目太郎を惨殺した犯人です。われわれが緑衣の鬼と呼んでいた人物は、笹本静雄その人だったのです。彼は夏目太郎を殺して、その屍体を笹本自身のように見せかけ、自分は赤毛の鬘と緑衣の服で、夏目太郎に化けおおせてしまったのです。

「さア、こういう推定が成り立つとすると、さっきの二つの場合の腹話術の主も、おのずからあきらかになって来ます。笹本家の場合は、いうまでもなく、笹本静雄があの笑い声を立てて見せたのですし、この書斎の場合は……」

「すると、あの晩にも、この書斎に笹本がいたとおっしゃるのですか？」

「そうです。素顔の笹本がいたのです。大江君、君が見た黒い眼鏡をかけて、髪をおかっぱにした笹本は、あれは変装だったのですよ。僕はこの事件を引き受ける時、笹本の素性を少しばかり調べておいたのですが、笹本静雄といえば童話作者としていくらか世間に知られていたけれど、それは紙上の名前だけで、本人に会ったものはほとんどない。雑誌などへの用件は、皆手紙ですませていたということです。もうその頃から、犯罪の準備に取りかかっていたのでしょう。実に奥底の知れない天才的犯罪者といわねばなりません」

「ちょっとお待ちください。私にはどうも腑に落ちない点があるのですが」

警察署長がたまりかねたように話の腰を折った。

「もしあなたのおっしゃるように笹本静雄が緑衣の鬼だとすると、犯人の目的が芳枝さんの誘拐にあったことと矛盾しやしませんか。芳枝さんはもともと笹本の奥さんだったのでしょう。それをわざわざ人殺しまでして、夏目太郎に化けて、芳枝さんを追っかけまわすなんて、意味がないじゃありませんか。そんなことをしないでも、なんの不自由もなく、夫婦生活がしていられたのですからね」

「さア、そこですよ」

乗杉氏は、まるでその質問を待ち構えてでもいたように一と膝乗り出した。

「そこにまた、この事件の大きな秘密が伏在しているのです。あなた方は、この事件は犯人が芳枝さんを得ようとするための犯罪で、幾つかの殺人も皆それがもとになっているのだとお考えでしょうが、それは、あなた方が犯人の欺瞞《ぎまん》にかかって、実に飛んでもない錯覚におちいっているのですよ。

「犯人が夏目太郎に化けて、芳枝さんを追っかけまわすように見せかけていたのは、実は世間の注意をそらすための深い企らみで、ほんとうの目的は、まったく別のところにあったのです。まず第一は笹本を殺したと見せかけて夏目太郎をなきものにしたこと、第二には夏目菊次郎氏を殺害したこと、第三には夏目菊太郎氏を殺害したこと、この三つの殺人事件が、犯人の真の目的だったのです。

「こういえば、もうおわかりでしょうが、犯人の大目的は夏目の一族を絶やすことだったのです。そして菊太郎さんのと菊次郎さんのとあわせて数千万の財産を我が物にすることだったのです」

ああ、そうだったのか。なるほど、そういえば、弟の菊次郎は妻に先立たれ、子供といっては夏目太郎たった一人であった。また、兄の菊太郎は学問好きの奇人で、妻というものを持たなかった。したがって、この三人さえなきものにすれば、夏目一族はほろび、数千万の資産が宙に浮くわけである。

大江白虹は、乗杉氏の明察に感じ入ると同時に、今までどうしてそこへ気がつかなかったのかと、わが愚かさを恥じ入るばかりであった。

「では、夏目の血筋を引く芳枝さんを、畳の下から刺し殺そうとしたのも、やっぱりその意味だったのですね」

あとで考えると、これは実に愚問であったが、白虹はついそう訊いて見ないではいられなかった。

「いや、それはまた別の理由によるのです。犯人は芳枝さんを殺す気持は少しもなかった。なぜというと、彼はもともと芳枝さんの夫なのですし、その上菊太郎さんに気に入られて、あらためて芳枝さんとの結婚を許され、夏目家の遺産は彼の手に入ることになっていたのですからね。

「皆さん、ここまでいえば、この書斎での腹話術の主がだれであったかはもうおわかりでしょう。この人です。この人が笹本静雄と夏目太郎との一人三役を勤めた真犯人です。緑衣の鬼です」

乗杉氏の烈しい語気が静まり返った室内に響き渡って、その指は真正面に山崎青年の顔を指し示した。

山崎青年の顔は死人のように青ざめていた。顔じゅうに薄気味わるく汗の玉が浮かんでいた。彼は集中する一同の視線を感じると、青ざめた顔をグッと上げて、いきなりカラカラと笑い出した。

「ハハハハ、恐ろしい空想力ですねえ。僕自身まですっかり引き入れられて、まるで僕がその犯人のような気がしますよ。しかし、乗杉先生、先生の空想は実にすばらしいけれど、なんだか小説のようで……」

「よしたまえ、緑衣の鬼ともあろうものが、往生ぎわがわるいじゃないか。しかし、小説というのなら僕の小説をもう少し聞かせて上げよう」

乗杉氏は、別に激《げき》するでもなく、更に彼のみごとな推理を語りつづけた。

「署長さん、犯人はここにすわっています。逃げようとて今更ら逃げられるものではありません。どうか安心して僕の説明をお聞き取りください。この山崎が実は緑衣の鬼であったとすると、数々の不思議がすっかり消え失せてしまいます。例えば、その表にある『二つの不可解』の第二、S村海岸の洞窟で夏目菊次郎氏を殺害した場合にしても、あの時菊次郎さんの小舟を漕いで行った秘書の山崎が殺人者であったと考えれば、すべての疑問が解けてしまうじゃありませんか。

「なんという巧みなトリックでしょう。山崎はまず緑衣の鬼に変装して、あの洞窟に行き、そこを通りかかった漁師に菊次郎さんへの偽手紙をことづけておいて、急いで夏目家に帰って来る。一方漁師の手紙を真に受けた菊次郎さんが現場へ出かけて行く時には、何くわぬ顔でそのお供をして、洞窟に上ると、うしろからおそいかかって殺してしまう。ああ、まるで子供だましです。

「あの洞窟には緑衣の鬼なんていやしなかったのですよ。ですから、あんなに山狩りまでして探しても、行方をつきとめることができなかった。犯人はちゃんと夏目家へ帰って、殊勝顔《しゅしょうがお》に主人の変死を歎いていたんですからね。

「また、同じS村の水族館で、大江君の目の前で犯人が消え失せたのだって、なんの不思議もありやしない。あの時は大江君と山崎とが、両方の入口から犯人を挟みうちにするつもりだったのですが、その一方の山崎が、とりも直さず緑衣の鬼なんだから、こんなたやすい芸当はありません。

「山崎は赤毛の鬘と緑色の上衣をつけて、先まわりをして、水族館の薄暗い通路にうずくまっていた。大江君がそれを見つけて追っかけると、いきなり逃げ出し、曲がり角を越して自分の姿が相手に見えなくなったとっさの間に、鬘と上衣を取って、今度は山崎になって引き返して来た。そして大江君とぶッつかり合ったというわけです。そう考えれば、犯人が二人の追手のまん中で、煙のように消え失せたという不思議も、訳もなく解けるじゃありませんか。

「それから芳枝さんを刺そうとした時の、ここの床下の笑い声だって、あの時は、山崎君も床下へもぐって、犯人を探すふりをしていたんだから、暗闇の中で、あの声で笑ってみせるなんて、なんの造作もなかったのです。

「オイ、山崎、いや、笹本君、君は少しお芝居を演じすぎたようだね。例の犯罪者の虚栄心というやつで、警察や世間をばかにしてみせて嬉しがっていたんだろうが、君のその虚栄心のおかげで、僕は案外早く真相をつきとめることができたんだぜ」

「ウフフフフ、犯罪者の虚栄心か。小説家はよくそんな言葉を使うようですね。先生は実に小説がお上手だ。しかし、証拠は？　一つ証拠が見せていただきたいもんですねえ。裁判所では小説家の空想なんかは通用しませんからねえ」

山崎は藍色になった顔に、目ばかりまっ赤に充血させて、しかし、態度や口調だけは傲然《ごうぜん》として鋭く云い返した。

「証拠がお望みなら見せて上げてもいい。今夜君は菊太郎さんを打ち殺して、最後の目的を果たしたんだねえ」

「最後の目的かどうかしりませんが、もし先生のおっしゃるように、僕が犯人だとしたら、なぜもっと早く逮捕しなかったのです。犯人がご主人を殺すのを知っていながら、先生は手をつかねて見ていたんですか？」

「ウン、見ていたよ。いかにも君があの空鉄砲《からでっぽう》を撃つところを見ていたよ」

乗杉氏はニヤニヤと薄笑いを浮かべて、また妙なことを云い出した。

「エ、空鉄砲？」

「ウフフフフ、そうだよ。あのピストルの玉は、僕が前もって抜いておいたのさ。君は夏目老人に空鉄砲を撃って、相手を殺したと思って喜んでいたんだよ。老人は死にやしない。ただパジャマの胸に隠してあった血糊のはいったゴムの袋が破れて、赤いものが流れたばかりだよ」

「ば、ばかな、そんなばかなことが……」

山崎は気違いのように叫んで、思わず席を立ち上がった。

「いや、それればかりじゃない。第一あの寝室には、夏目さんなんていやしなかったのだ。これだよ、これだよ」

乗杉氏はおどけたように云って、ポケットから白いモジャモジャしたものを取り出したかと思うと、それを頭からスッポリかぶってみせた。すると、これはどうだ。乗杉氏の顔はたちまち白髪白髯の老人に化けてしまった。その様子が夏目老人にそっくりである。

「ハハハハハ、驚いたか、君の方でいろいろと手品をやって見せてくれるものだから、僕も真似をして手品をやって見せたんだよ。君が夏目さんだと思って撃ったのは、この僕だったのさ。夏目さんは今頃近くの温泉場で、いい気持で湯につかっておられることだろう。

「大江君、君までだましてすまなかった。だが、こういう相手の尻尾をつかむのには、あのほかに考えがなかったのです。僕が東京へ帰るといったのは、まったくでためで、実は僕のかわりに夏目老人に近くのS温泉場へ逃げてもらい、僕が老人に変装して帰って来た。どうも、あんまり上手な変装でないものだから、家の人に見破られては困ると思って、あんなふうに薄暗くした部屋にとじこもっていたのですよ。

「老人の出発前に遺産譲与《いさんじょうよ》の遺言状を書かせたのも、実は僕の入れ智恵ですよ。犯人はそれを待っていたのです。この城山に来てから長いあいだ、犯人が妙なお芝居ばかりやって、かんじんの夏目老人に手をつけなかったのは、まったくこの遺言状が欲しかったからです。そのためにはずいぶん蔭で苦労をしていたようです。「ところがとうとう遺言状が手に入ったものだから、もう老人に用はなくなった。そこで今夜の殺人事件となったわけです」

ああ、そうだったのか。それで何もかもわかった。乗杉氏が夏目老人に写真をもらったのは、その写真を東京の鬘師に送って、変装用の鬘とつけ髯を注文するためだったにちがいない。それから数日して飛行便で小包がとどいたのは、その注文品ができあがって来たのである。それにしても乗杉氏はなんという恐ろしい探偵であろう。大江白虹は返す言葉もなく、驚きに青ざめた顔で、ただうなずいて見せるばかりであった。

「山崎、どうだね。これでも証拠がないと云い張るつもりかね。僕は夏目老人を殺しに来た緑衣の鬼を見たんだぜ。そして、この手でそいつの鬘をむしり取って、その下からあらわれた、君のそのノッペリと美しい顔を、ちゃんと見てしまったんだぜ」

山崎青年は立ち上がったままフラフラとよろめいて、今にも倒れそうに見えた。美しい顔が死人のようにくろずんで、みにくくゆがんでいた。

「もういい、もういい」

彼はさも苦しげに、乗杉氏の言葉を止めるための手真似をした。

「俺の負けだ……俺は、乗杉探偵を、見くびっていた……俺の不覚《ふかく》だった……」

シューシューと異様にしわがれた声でそこまで云った時、彼の色を失った唇から、タラタラと赤い液体があふれ落ちた。血だ。彼は血を吐いているのだ。

「ヤ、貴様、毒を呑んだなッ」

警察署長が叫んで、山崎のそばへ走り寄った。

「おどろくことはない……俺は、こういう場合のために、チャンと、薬を用意していた……それを、さっき、呑んだのだ……ゲ、幻燈の、仕かけが、見やぶられたとき、おれは、もう覚悟を、きめて、いた……こんな部屋ぐらい、逃げるの、わけはない……だが、逃げた、ところで、もう、おれは、緑衣の鬼には、なれないから、すぐつかまって、しまう……おれは、乗杉に、まけたのだ……」

そこまでいうのがやっとであった。美貌の悪魔は、骨がなくなりでもしたように、クナクナと床にくずおれて行った。

その時、茫然と立ちすくむ一同の中へ、鉄砲玉のようにころがりこんだものがあった。ベッドに寝ていた芳枝さんだ。

芳枝さんは、狂気のように山崎青年のなきがらに走り寄り、折り重なって、顔も上げ得ず泣き入った。ああ、芳枝さんの美貌の婚約者への愛情は、これほどの極悪人《ごくあくにん》とわかっても、まだ醒《さ》めないのであろうか。

最後の秘密

人々は泣き入る芳枝さんを見守って、せんすべもなく立ちつくしていた。乗杉氏の推理の、意外につぐ意外を以《もっ》てする目まぐるしさと、真犯人が暴露すると同時に、早くも彼が自殺してしまったあっけなさに、思考力を取りまとめるひまもなく、人々は醒めやらぬ驚きのうちにただ立ちつくしていた。

「乗杉さん、ちょっと」

大江白虹は何を思ったのか、ツカツカと乗杉氏に近づいて、ささやくように声をかけた。

「犯人が自白してしまったのですから、今更らこんなことを云い出すのは変ですが、僕にはまだ、どうしてもわからないことがあるのです」

「というのは？」

乗杉氏は、何か奥底の知れないような、薄気味のわるい表情で聞き返した。

「例えば、城山の地下道で、緑衣の鬼が消え失せた点です。あの時、山崎はたしかに僕のうしろにいました。しかしあなたと犯人とは僕の前で顔を合わせていたのです。少なくともあの際には、山崎と緑衣の鬼とは別人でした。これをどう説明すればいいのです。

「いや、そればかりではありません。この書斎から芳枝さんが連れ去られた時、山崎君はズッと庭にいたのです。しかも夏目老人は、暗闇の部屋の中で芳枝さんともう一人のやつとが、とっ組み合う音を聞いたというではありませんか。そのもう一人のやつは、理論上山崎ではあり得ないのです。

「それからまだあります。僕らがここへ着いて城山を登って来ると、山崎が林の中に緑衣の鬼の姿を発見して知らせて来たじゃありませんか。走って行って見ると、たしかに緑衣のやつが林の中へ逃げこんで行くのが見えました。あの場合はいうまでもなく山崎と緑衣の鬼とは別人でした。

「それからもう一つは劉ホテルの場合です。あの密閉された部屋から犯人が消え失せたのを、どう説明すればいいのです。犯人が、僕らがふみこんで行く直前まで部屋にいたことは、芳枝さんも認めているし、第一、窓に映った例の影が証拠です。あれは幻燈やなんかじゃない。たしかに動いていました。

「僕も一度は山崎を疑ってみたことがあります。しかし、今云ったような場合を考えると、どうしても得心《とくしん》ができなかったのです」

白虹は、芳枝さんが犯人の屍体にとりすがって、泣き伏している、この場の激情《げきじょう》をも忘れたかのごとく、長いあいだの疑問をただして見ないではいられなかった。

その時、警察署長が二人のそばに近よって来たが、乗杉氏はそれに構わず、えたいの知れぬ苦笑のようなものを浮かべて、こんなことをいった。

「それは、いつかも云ったように、君の論理が君の感情のために晦《くら》まされていたからですよ。第一君は、そういう一つ一つの場合よりも、もっと明白なことを忘れているじゃありませんか。それはね、芳枝さんが、あんなにたびたび誘拐され、犯人と話をしながら、どうして緑衣の鬼の正体を見破らなかったかということです。いくら巧みに変装していても、まさか自分の夫を気づかないなんてことはありませんからね」

その声はおだやかであったが、乗杉氏のこの言葉は、白虹の心臓を喉もとまで飛びあがらせた。眼界いっぱいに、恐ろしい大入道のお化けが、バアと云って手をひろげた感じであった。

署長も非常な驚きの表情を浮かべて、向こうに泣き沈んでいる芳枝さんを流し目に見やりながら、二人の問答に聞き入った。

「わかりましたか。緑衣の鬼は一人ではなかったのです。夫妻共謀の長年にわたる深い深い企らみだったのです。どちらかといえば、僕は細君の方が主謀者ではなかったかと疑っているほどです。ところが、君は芳枝さんを可憐な淑女だと思いこんでいるものだから、芳枝さんだけが君の盲点に入ってしまっていた。このかんじんの秘密が解けないので、君には事件全体がまるで訳のわからないものになってしまったのですよ」

それでは芳枝さんは、あの最初の銀座での影におびえて、舗道に倒れた時から、もうお芝居をしていたのであろうか。信じられない、信じられない。

「そういえば、もう説明するまでもないでしょうが、地下道の場合は、芳枝さんが緑衣の鬼の変装をして、僕らを待ち構えていたのです。どうして、僕が地下道へはいって行くことがわかっていたかというと、ほら、この書斎にあった城の絵図を書いた古文書です。山崎はわざと僕らがあれに気づくように仕向けたのですよ。それがちゃんと地下道の芳枝さんへ通じてあったのです。

「芳枝さんは緑衣の鬼の変装姿を僕らに見せると、すぐ闇の中へ逃げ出したのです。僕が綱につまずいて倒れている間に、変装を解いて元の芳枝さんの姿になり、岩角にしがみついて、さも岩の向こう側から緑衣の鬼に手を引っぱられているような、すばらしい一人芝居を演じて見せたのです。僕をつまずかせるために綱を引いておいたのもむろんあの女です。それから、あとであの地下道の途中の石垣に、一尺四方ほどの穴があることがわかったでしょう。あれは、芳枝さんの食料貯蔵庫でもあり、変装具の隠し場所でもあったのですよ。

「僕は大方はそれと察していたので、地下道の出口の方を気にかけなかった。翌朝君といっしょに調べて見ると案の定、犯人の足跡がなかったので、いよいよ僕の想像が間違っていないことがわかったのです。

「それから、この書斎から芳枝さんが誘拐されたのも、むろんあの女の一人芝居でした。闇の中で一人角力《ひとりずもう》を取り、二いろの呼吸の音を聞かせ、開いていた窓からすばやく庭へ飛び出して、そのまま地下道の中へ隠れてしまったのです。窓の外には山崎がいたけれど、相棒がいたって少しも邪魔にはなりやしない。

「劉ホテルの場合も同じことです。追手が来たと知ると、まず山崎を廊下伝いに裏ばしごから逃がしておいて、芳枝さんは例の釣鐘マントを着て、犯人はまだここにいますよとガラス窓へ影を映し、笑い声さえ真似て見せたのです。これが密閉された部屋から犯人が煙のように消え失せた手品の種ですよ。

「僕たちがここに着いた時、城山の林の中に姿を見せたのも、むろん芳枝さんの変装でした」

「それじゃ、あなたが、緑衣の鬼に変装なすったのも……」

白虹は、もしや芳枝さんも、山崎同様に毒薬を呑むようなことが起こりはしないかと、その方ばかり気にしながら、最後の質問を発した。

「それは、あの女が同類かどうかをたしかめるためでした。地下道の場合も、あの姿ではいって行って、もし芳枝さんが一人でいたら、山崎をよそおって話しかけて見るつもりだったのです。

「芳枝さんが怖がって逃げ出すか、それとも平気で話しかけるかを、ためして見たかったのです。もし話しかけるようだったら、同類にきまっていますからね。

「それから、君に見つかった今日の夕方の場合も、同じ目的でした。ああして芳枝さんの病室へ忍びこんで、あの女が怖がるかどうかをためして見たのです。すると、僕の計略は見事に成功しました。芳枝さんは僕を山崎と間違えて、今時分そんなふうをしてはいって来ちゃあぶないじゃないかと叱りつけたのです。

「僕は充分目的を達したので、そのまま部屋を出ようとすると、折悪《おりあ》しく君が帰って来て、ひどい目に遭ってしまった。あとで、あの女が、僕が喉をしめようとしたなんていったのは、むろん疑われまいためのでたらめです。

「実に恐ろしい女です。犯罪にかけてはどんな男も及ばぬほどのズバ抜けた才能を持った女です。あの女は、窮屈なトランク詰めにされるくらいはおろか、水族館の水槽ではは ずかしい裸踊りを踊って見せたり、床下から突き出された日本刀には、われとわが身を傷つけてさえいます。数千万の目的のため、周囲の疑いをそらすためには、あらゆる苦業《くぎょう》を、まるで神経のない生きもののように、平然として耐え忍んで来たのです。

「あの床下から刀の生えた事件のトリックも、君はもう察しているでしょうね。刀は前もって床下から敷蒲団の上まで刺し通してあったのです。あの女は何くわぬ顔で、そのぶっそうな蒲団の中に寝ていて、夜中になるのを待って、さも今刀が突き出されたように、少し背中を傷つけて悲鳴を上げて見せたのですよ。

「それから、まるで大病人のように寝ついたのも、気違いめいた様子を見せたのも、みんな人を油断させるための手管《てくだ》に過ぎなかったのです」

「それだけうけたまわれば、充分です。私はあの女を拘引《こういん》しなければなりません」

イライラしながら乗杉氏の長話を聞いていた警察署長は、もう我慢ができないというふうで足をふみ鳴らさんばかりに云った。

「注意してください。相手はなかなかのしたたかものだから」

乗杉氏は、犯罪の秘密さえわかってしまえば、もう逮捕などどうでもいいという調子だった。彼は犯罪者を捕えるための探偵ではなくて、事件そのものと智恵競べを楽しむ探偵のように見えた。

大江白虹は、まったく想像もしなかった事の成行きに、どういう態度をとっていいのかほとんどわが身の処置に窮《きゅう》した。何よりの打撃は、今の今まで愛着を捨てかねていたあの可憐な芳枝さんの、聞くも恐ろしい悪心であった。乗杉氏に、彼自身のひそかな感情を指摘された事を思い出すと、恥ずかしさに、この場にいたたまれない気持だった。

警察署長はツカツカと、泣き倒れている芳枝のそばへ近づくと、その肩に手をかけて何か云おうとしたが、それよりも早く、相手の方で立ち上がってしまった。

彼女はスックと立ち上がるや否や、恐ろしいすばやさで署長の手を振りはらい、ベッドのところへ駈けて行って、その掛蒲団の下から一挺のピストルを取り出すと、キッと身構えをして、すさまじく逆立った目で一同を睨みつけた。

敏感な彼女は、乗杉氏のヒソヒソ話をとっくに感づいていたのだ。そして今更らどんなお芝居を演じて見ても、もう逃れるすべのないことを悟っていたのだ。

「ホホホホ、おもしろいわねえ。これがあたしのお芝居の大詰《おおづめ》かと思うと、おかしくって涙がこぼれるわ。なんてすばらしい幕切れでしょう。日本一の素人探偵さん、それから有名な探偵小説家さん、警察の署長さん、あんた方が、あたしの道づれなら、ちっとも淋しかないわ。かえって光栄なくらいなもんだわ。

「ここにピストルの玉が六発あるのよ、でも六発じゃ少し足りないわね。まあ爺やと小母《おば》さんは勘弁して上げよう。それからもう一人、そこの若い可愛らしいお巡りさん、あんたの恋人のために許して上げるわ。

「ほら、射撃のお稽古よ。あたし、こう見えたって、射撃ではずいぶん年季《ねんき》を入れているんだから」

まず狙いを定められたのは乗杉氏であった。芳枝の白い指が引金にかかった。左手を曲げて、その上に筒口が載せられた。アッと思う間に、カチッと引金が鳴った。だが、カチッと鳴ったばかりで、煙も立たなければ、人も倒れなかった。

「アハハハハハ」

たちまち人もなげなる哄笑が起こった。一同がびっくりして振り向くと、乗杉氏が大口あいて笑っているのだ。

「駄目だよ。駄自だよ。そのピストルも僕はちゃんと玉を抜いておいたんだよ」

乗杉氏は無邪気な子供のように叫ぶのである。

「そう！　よく手が廻ったわね」

だが、妖婦《ようふ》は少しもひるまなかった。冷然としてピストルを投げ捨てると、またしても毒口をたたくのであった。

「でもね、いくら名探偵さんでも、これぱかりは気がつかなかったでしょう。ほら、これよ」

彼女は左手の薬指にはめた大きなアレキサンドライトの指環を見せた。

人々はハッとして駈け寄ろうとしたが、そのひまがなかった。彼女はその宝石を右手で金の台座からパチッとはずすと、その下の小さなうつろに充満している白い粉を、指環ごとすばやく口へ持って行った。どこかの女王様の真似《まね》をした自殺用の毒薬である。

「ホホホホ、これでおしまい！　あたしたちは、地獄の底でまたいっしょになるのよ」

彼女の笑い顔は見る見る青ざめて行った。おそいかかる苦痛が、美しい顔をゆがめた。

毒婦は、今魂の飛び去ろうとする身体で、フラフラと泳ぐように歩き出した。そして、やっとの思いで山崎の屍体のそばまでたどりつくと、いきなり、ガックリとその上に折り重なった。

死人の顔と、断末魔の女の顔とが相寄った。そして、毒薬にしびれた彼女の唇が、男の唇に接近すると、そこに流れているまっ赤な血を、音を立ててすすった。

やがて、全身をかすかな痙攣《けいれん》が走ったかと思うと、彼女はもう動かなかった。

人々はこの恐ろしい光景を、茫然として、身動きもせず見守っていた。乗杉氏は乗杉氏の感慨をこめて、白虹は白虹の感慨をこめて、警察署長は警察署長の感慨をこめて。

それらの人々の名状しがたい視線の中に、生涯を悪事の苦闘にささげた二人の死骸は、互いの唇と唇を合わせて、悪魔の国の美しい彫像《ちょうぞう》のように眠っていた。

（『講談倶楽部』昭和十一年一月号より十二月号）

日記帳

ちょうど初七日《しょなのか》の夜のことでした。私は死んだ弟の書斎にはいって、何かと彼の書き残したものなどを取り出しては、ひとり物思いにふけっていました。

まだ、さして夜もふけていないのに、家じゅうは涙にしめって、しんと鎮《しず》まりかえっています。そこへもって来て、なんだか新派のお芝居めいていますけれど、遠くの方からは、物売りの呼び声などが、さも悲しげな調子で響いて来るのです。私は長いあいだ忘れていた、幼い、しみじみした気持になって、ふと、そこにあった弟の日記帳を繰りひろげて見ました。

この日記帳を見るにつけても、私は、恐らく恋も知らないでこの世を去った、はたちの弟をあわれに思わないではいられません。

内気者《うちきもの》で、友達も少なかった弟は、自然書斎に引きこもっている時間が多いのでした。細いペンでこくめいに書かれた日記帳からだけでも、そうした彼の性質は充分うかがうことが出来ます。そこには、人生に対する疑いだとか、信仰に関する煩悶《はんもん》だとか、彼の年頃にはだれでもが経験するところの、いわゆる青春の悩みについて、幼稚ではありますけれど、如何にも真摯《しんし》な文章が書き綴ってあるのです。

私は自分自身の過去の姿を眺めるような心持で、一枚一枚とページをはぐって行きました。それらのページには到るところに、そこに書かれた文章の奥から、あの弟の鳩《はと》のような臆病《おくびょう》らしい目が、じっと私の方を見つめているのです。

そうして、三月九日のところまで読んで行った時に、感慨に沈んでいた私が、思わず軽い叫び声を発したほども、私の目をひいたものがありました。それは、純潔《じゅんけつ》なその日記の文章の中に、始めてポッツリと、はなやかな女の名前が現れたのです。そして「発信欄」と印刷した場所に「北川雪枝《きたがわゆきえ》（葉書）」と書かれた、その雪枝さんは、私もよく知っている、私たちとは遠縁《とおえん》に当たる家の、若い美しい娘だったのです。

それでは、弟は雪枝さんを恋していたのかも知れない。私はふとそんな気がしました。そこで私は、一種の淡《あわ》い戦慄《せんりつ》を覚えながら、なおもその先を、ひもといて見ましたけれど、私の意気込んだ予期に反して、日記の本文には、少しも雪枝さんは現われて来ないのでした。ただ、その翌日の受信欄に「北川雪枝（葉書）」とあるのを始めに、数日のあいだをおいては、受信欄と発信欄の双方に雪枝さんの名前が記されているばかりなのです。そして、それも発信の方は三月九日から五月二十一日まで、受信の方も同じ時分に始まって五月十七日まで、両方とも三月《みつき》に足らぬ短い期間続いているだけで、それ以後には、弟の病状が進んで筆をとることも出来なくなった十月なかばに至るまで、その彼の絶筆《ぜっぴつ》ともいうべき最後のページにすら、一度も雪枝さんの名前は出ていないのでした。

数えて見れば、彼の方からは八回、雪枝さんの方からは十回の文通があったに過ぎず、しかも彼のにも雪枝さんのにも、ことごとく「葉書」と記してあるのを見ると、それには他聞《たぶん》をはばかるような種類の文言《もんごん》が記してあったとも考えられません。そして、また日記帳の全体の調子から察するのに、実際はそれ以上の事実があったのを、彼がわざと書かないでおいたものとも思われぬのです。

私は安心とも失望ともつかぬ感じで、日記帳をとじました。そして、弟はやっぱり恋を知らずに死んだのかと、さびしい気持になったことでした。

やがて、ふと目を上げて、机の上を見た私は、そこに、弟の遺愛《いあい》の、小型の手文庫のおかれているのに気づきました。彼が生前、一ばん大切な品々を納めておいたらしい、その高まき絵の古風な手文庫の中には、あるいはこの私のさびしい心持をいやしてくれる何物かが隠されていはしないか。そんな好奇心から、私は何気なくその手文庫を開いて見ました。

すると、その中には、このお話に関係のないさまざまの書類などが入れられてありましたが、その一ばん底の方から、ああ、やっぱりそうだったのか。如何にも大事そうに白紙に包んだ十一枚の絵葉書が、雪枝さんからの絵葉書が出て来たのです。恋人から送られたものでなくて、だれがこんなに大事そうに手文庫の底へひめてなぞおきましょう。

　私は、にわかに胸騒《むなさわ》ぎをおぼえながら、その十一枚の絵葉書を、次から次へと調べて行きました。ある感動のために葉書を持った私の手は、不自然にふるえてさえいました。

　だが、どうしたことでしょう。それらの葉書には、どの文面からも、あるいはまたその文面のどの行間《ぎょうかん》からさえも、恋文《こいぶみ》らしい感じはいささかも発見することが出来ないのです。

　それでは、弟は、彼の臆病な気質から、心の中を打ち明けることさえようしないで、ただ恋しい人から送られた、何の意味もないこの数通の絵葉書を、お守りかなんぞのように大切に保存して、可哀そうにそれをせめてもの心やりにしていたのでしょうか。そして、とうとう、報いられぬ思いを抱いたままこの世を去ってしまったのでしょうか。

　私は雪枝さんからの絵葉書を前にして、それからそれへと、さまざまの思いにふけるのでした。しかし、これはどういうわけなのでしょう。やがて私は、その事に気づきました。弟の日記には雪枝さんからの受信は十回きりしか記されていないのに（それはさっき数えて見て覚えていました）今ここには十一通の絵葉書があるではありませんか。最後のは五月二十五日の日附になっています。確かその日の日記には、受信欄に雪枝さんの名前はなかったようです。そこで、私は再び日記帳をとり上げて、その五月二十五日のところを開いて見ないではいられませんでした。

すると、私は大変な見落としをしていたことに気づきました。如何にもその日の受信欄は空白のまま残されていましたけれど、本文《ほんもん》の中に、次のような文句が書いてあったではありませんか。

「最後の通信に対してYより絵葉書来る。失望。おれはあんまり臆病すぎた。今になってはもう取り返しがつかぬ。ああ」

Yというのは雪枝さんのイニシアルに相違ありません。ほかに同じ頭字《かしらじ》の知り人はないはずです。しかし、この文句はいったい何を意味するのでしょう。日記によれば、彼は雪枝さんのところへ葉書を書いているばかりです。まさか葉書に恋文をしたためるはずもありません。では、この日記には記してない、封書を（それがいわゆる最後の通信かも知れません）送ったことでもあるのでしょうか。そして、それに対する返事として、この無意味な絵葉書が返って来たとでもいうのでしょうか。なるほど、以来彼からも雪枝さんからも文通を絶っているのを見ると、そうのようにも考えられます。

でも、それにしては、この雪枝さんからの最後の葉書の文面は、たとい拒絶の意味を含ませたものとしても、余りに変です。なぜといって、そこには、(もうその時分から弟は病《やまい》の床《とこ》についていたのです)病気見舞の文句が、美しい手蹟《しゅせき》で書かれているだけなのですから。そして、またこんなにこくめいに発信受信を記していた弟が、八通の葉書のほかに封書を送ったものとすれば、それを記していないはずはありません。では、この失望うんぬんの文句はいったい何を意味するものでしょうか。そんなふうにいろいろ考えて見ますと、そこには、どうも辻つまの合わぬところが、表面に現われている事実だけでは解釈の出来ない秘密が、あるように思われます。

これは、亡弟《ぼうてい》が残して行った一つのなぞとして、そっとそのままにしておくべき事柄だったかも知れません。しかし、なんの因果《いんが》か私には、少しでも疑わしい事実にぶつかると、まるで探偵が犯罪のあとを調べまわるように、あくまでその真相をつきとめないではいられない性質がありました。しかも、この場合は、そのなぞが本人によっては永久に解かれる機会がないという事情があったばかりでなく、その事の実否は私自身の身の上にもある大きな関係を持っていたものですから、持ち前の探偵癖《たんていへき》が一層の力強さをもって私をとらえたのです。

私はもう、弟の死をいたむことなぞ忘れてしまったかのように、そのなぞを解くのに夢中になりました。日記も繰り返し読んで見ました。その他の弟の書きものなぞも、残らず探し出して調べました。しかし、そこには、恋の記録らしいものは、何一つ発見することが出来ないのです。考えて見れば、弟は非常なはにかみ屋だった上に、この上もなく用心深いたちでしたから、いくら探したとて、そういうものが残っているはずもないのでした。

でも、私は夜の更けるのも忘れて、このどう考えても解けそうにないなぞを解くことに没頭していました。長い時間でした。

やがて、種々さまざまな無駄な骨折りの末、ふと私は、弟の葉書を出した日附に不《ふ》審《しん》を抱きました。日記の記録によれば、それは次のような順序なのです。

三月……九日、十二日、十五日、二十二日、

四月……五日、二十五日、

五月……十五日、二十一日、

この日附は、恋するものの心理に反してはいないでしょうか。たとい恋文でなくとも、恋する人への文通が、あとになるほどうとましくなっているのは、どうやら変《さ》ではありますまいか。これを雪枝さんからの葉書の日附と対照して見ますと、なお更らその変なことが目立ちます。

三月……十日、十三日、十七日、二十三日、
四月……六日、十四日、十八日、二十六日、
五月……三日、十七日、二十五日、

これを見ると、雪枝さんは弟の葉書に対して（それらは皆なんの意味もない文面ではありましたけれど）それぞれ返事を出しているほかに、四月の十四日、十八日、五月の三日と、少なくともこの三回だけは、彼女の方から積極的に文通しているのですが、若《も》し弟が彼女を恋していたとすれば、何故この三回の文通に対して答えることを怠《おこた》っていたのでしょう。それは、あの日記帳の文句と考え合わせて余りに不自然ではないでしょうか。日記によれば、当時弟は旅行をしていたのでもなければ、あるいは又、筆もとれぬほどの病気をやっていたわけでもないのです。それからもう一つは、雪枝さんの、無意味な文面だとはいえ、この頻繁《ひんぱん》な文通は、相手が若い男であるだけに、おかしく考えれば考えられぬこともありません。それが、双方とも云い合わせたように、五月二十五日以後はふっつりと文通しなくなっているのは、いったいどうしたわけなのでしょう。

そう考えて、弟の葉書を出した日附を見ますと、そこに何か意味がありそうに思われます。若しや彼は暗号の恋文を書いたのではないでしょうか。そして、この葉書の

日附がその暗号文を形造《かたちづく》っているのではありますまいか。これは、弟の秘密を好む性質だったことから推して、まんざらあり得ないことではないのです。

そこで、私は日附の数字が「いろは」か「アイウエオ」か「ＡＢＣ」か、いずれかの文字の順序を示すものではないかと一々試みて見ました。幸か不幸か私は暗号解読についていくらか経験があったのです。

すると、どうでしょう。三月の九日はアルファベットの第九番目のI、同じく十二日は第十二番目のL、そういうふうにあてはめて行きますと、この八つの日附は、なんと、I LOVE YOUと解くことが出来るではありませんか。ああ、なんという子供らしい、同時に、世にも辛抱《しんぼう》強い恋文だったのでしょう。彼はこの「私はあなたを愛する」というたった一《ひ》と言《こと》を伝えるために、たっぷり三カ月の日子を費やしたのです。ほんとうに嘘のような話です。でも、弟の異様な性癖《せいへき》を熟知《じゅくち》していた私には、これが偶然の符合だなどとは、どうにも考えられないのでした。

かように推察すれば一切が明白になります。「失望」という意味もわかります。彼が最後のUの字に当たる葉書を出したのに対して、雪枝さんは相変わらず無意味な絵葉書をむくいたのです。しかも、それはちょうど、弟が医者からあのいまわしい病を宣告せられた時分なのでした。可哀そうな彼は、この二重の痛手にもはや再び恋文を書く気になれなかったのでしょう。そして、だれにも打ち明けなかった、当の恋人にさえ、打ち明けはしたけれど、その意志の通じなかった切ない思いを抱いて、死んで行ったのです。

私は云い知れぬ暗い気持に襲われて、じっとそこに坐ったまま、立ち上がろうともしませんでした。そして、前にあった雪枝さんからの絵葉書を、弟が手文庫の底深くひめていたそれらの絵葉書を、なんの故ともなくボンヤリ見つめていました。するとおお、これはまあなんという意外な事実でしょう。ろくでもない好奇心よ、のろわれてあれ。私はいっそすべてを知らないでいた方が、どれほどよかったことか、この雪枝さんからの絵葉書の表には、綺麗な文字で弟の宛名が書かれたわきに、一つの例外もなく、切手がななめにはってあるではありませんか。わざとでなければ出来ないように、キチンと行儀よく、ななめにはってあるではありませんか。それは決して偶然の粗相なぞではないのです。

私はずっと以前、多分小学時代だったと思います。ある文学雑誌に切手のはり方によって秘密通信をする方法が書いてあったのを、もうその頃から好奇心の強い男だったと見えて、よく覚えていました。中にも、恋を現わすには切手をななめにはればよいというところは、実は一度応用して見た事があるほどで、決して忘れません。この方法は当時の青年男女の人気に投じて、ずいぶん流行したものです。しかしそんな古い時代の流行を、今の若い女が知っていようはずはありませんが、ちょうど雪枝さんと弟との文通が行われた時分に、宇野浩二《うのこうじ》の「二人の青木愛三郎《あおきあいざぶろう》」という小説が出て、その中にこの方法がくわしく書いてあったのです。当時私たちのあいだに話題になったほどですから、弟も雪枝さんも、それをよく知っていたはずです。

では、弟はその方法を知っていながら、雪枝さんが三月も同じことを繰り返して、ついには失望してしまうまでも、彼女の心持を悟ることが出来なかったのはどういうわけなのでしょう。その点は私にもわかりません。あるいは忘れてしまっていたのかも知れません。それともまた、切手のはり方などには気づかないほど、のぼせきっていたのかも知れません。いずれにしても、「失望」などと書いているからは、彼がそれに気づいていなかったことは確かです。

それにしても、今の世にかくも古風な恋があるものでしょうか。若し私の推察が誤らぬとすれば、彼らはお互いに恋しあっていながら、その恋を訴えあってさえいながら、しかし双方とも少しも相手の心を知らずに、一人は痛手を負うたままこの世を去り、一人は悲しい失恋の思いを抱いて長い生涯を暮らさねばならぬとは。

それは余りにも臆病過ぎた恋でした。雪枝さんはうら若い女のことですからまだ無理のない点もありますけれど、弟の手段に至っては、臆病というよりはむしろ卑怯に近いものでした。さればといって、私はなき弟のやり方を少しだって責める気はありません。それどころか、私は、彼のこの一種異様な性癖を、世にもいとしく思うのです。生まれつき非常なはにかみ屋で、臆病者で、それでいてかなり自尊心《じそんしん》の強かった彼は、恋する場合にも、先《ま》ず拒絶された時の恥かしさを想像したに相違ありません。それは、弟のような気質の男にとっては、常人には到底《とうてい》考えも及ばぬほどひどい苦痛なのです。彼の兄である私には、それがよくわかります。

彼はこの拒絶の恥を予防するためにどれほど苦心したことでしょう。恋を打ち明けないではいられない。しかし、若し打ち明けて拒まれたら、その恥かしさ、気まずさ、それは相手がこの世に生きながらえている間、いつまでもいつまでも続くのです。なんとかして、若し拒まれた場合には、あれは恋文ではなかったのだと云い抜けるような方法がないものだろうか。彼はそう考えたに相違ありません。

その昔、大宮人《おおみやびと》は、どちらにでも意味のとれるような「恋歌《こいか》」という巧みな方法によって、あからさまな拒絶の苦痛をやわらげようとしました。彼の場合はちょうどそれなのです。ただ、彼のは日頃愛読する探偵小説から思いついた暗号通信によって、その目的を果たそうとしたのですが、それが、不幸にも、彼の余り深い用心のために、あのような難解なものになってしまったのです。

それにしても、彼は自分自身の暗号を考え出した綿密さにも似あわないで、相手の暗号を解くのに、どうしてこうも鈍感だったのでしょう。自《うぬ》ぼれ過ぎたために飛んだ失敗を演じる例は、世に間々《まま》あることですけれど、これはまた自ぼれのなさ過ぎたための悲劇です。なんという本意《ほい》ないことでしょう。

ああ、私は弟の日記帳をひもといたばかりに、とり返しのつかぬ事実に触れてしまったのです。私はその時の心持をどんな言葉で形容しましょう。それが、ただ若い二人の気の毒な失敗をいたむばかりであったなら、まだしもよかったのです。しかし、私にはもう一つの、もっと利己的な感情がありました。そして、その感情が私の心を狂うばかりにかき乱したのです。

私は熱した頭を冬の夜の凍《こお》った風にあてるために、そこにあった庭下駄をつっかけて、フラフラと庭へおりました。そして乱れた心そのままに、木立のあいだを、グルグルと果てしもなく廻り歩くのでした。

弟の死ぬ二カ月ばかり前に取りきめられた、私と雪枝さんとの、とり返しのつかぬ婚約のことを考えながら。

（『新青年』大正十四年四月）

注1　一丈
　約三メートル。
注2　円タク
　一円均一で大都市を走っていたタクシーのこと。料金変更の後もタクシーの通称として使われた。
注3　へまむし入道
　カタカナのヘマムシを横顔、漢字の入道を体に見立てた落書き。
注4　細引
　細引き縄。麻などをよりあわせた細い縄。
注5　野面
　野原。野のおもて。
注6　掛人
　居候。食客。他人の世話になって生活している人。

『緑衣の鬼』解説

落合教幸

江戸川乱歩は大正時代には、多くの短篇小説を書いた。博文館の雑誌『新青年』が主な発表媒体であったが、いくつかの雑誌にも活動の場を広げていく。その最初が旬刊誌『写真報知』大正十四（一九二五）年三月五日号の短篇「日記帳」だった。この小説は続いて同誌に掲載の「算盤が恋を語る話」や、翌年に春陽堂の雑誌『新小説』に掲載された「モノグラム」などと同じく、恋愛と暗号をあつかった小品である。

そうした短篇小説を数多く書いていた時代から、一旦の休筆を経て、長篇小説の時代に入っていく。「孤島の鬼」「蜘蛛男」からの、大衆向けの雑誌に書いた小説は乱歩の名声を飛躍的に高めることになった。

大正時代の末にも乱歩はいくつか長篇小説を試みていた。「闇に蠢く」「湖畔亭事件」などである。しかしこれらは、いずれも乱歩の満足のいく結果にはならなかった。そして、新聞連載「一寸法師」をなんとか書き上げたところで、乱歩は休筆に入ることになる。

一年半ほどで復帰した際に書いた「陰獣」は、三回の連載となった中篇だが、これは好評だった。

この「陰獣」も含め、それまでの乱歩の多くの作品は、『新青年』に掲載されていた。『新青年』自体は探偵小説の雑誌ではなく、文芸全般を扱う雑誌である。だが、探偵小説特集の別冊を出すなど、大正時代からの探偵小説の流行の中心となる雑誌で、ほとんどの探偵作家がこの雑誌に書いていた。

この『新青年』を出している博文館から、大衆向けの新雑誌が創刊されることになり、そこに連載されたのが乱歩の「孤島の鬼」である。この時点では乱歩はあまり大衆読者を意識していなかったようだが、結果としてはこれから続く、乱歩の長篇小説のさきがけとして位置づけられる作品となる。

その「孤島の鬼」連載中に始まったのが、「蜘蛛男」である。それまで避けていた講談社の連載を引き受けることで、乱歩は大衆読者へ向けた作品を書いていく覚悟を決めたと言ってよい。ここから「魔術師」「吸血鬼」「黄金仮面」と講談社の雑誌に連載を続け、乱歩の知名度は大幅に上がった。

そして平凡社の江戸川乱歩全集が刊行される。乱歩自身も関わったこの全集の広告は、連載中の長篇「黄金仮面」を効果的に使っていくなど、長篇作品のイメージを押し出したものになっている。この全集は非常によく売れた。その収入による経済的なゆとりが、二度目の休筆を可能にしたのだった。乱歩はしばらくの間、旅行などして過ごした。

そして二度目の休筆からの復帰作として「悪霊」を『新青年』に出す。犯罪事件にかかわる書簡集を手に入れ、それを発表していくというかたちで物語は展開する。第一信、第二信と書かれていったが、結果としてこの試みはうまく行かず、休載を重ねた後に作品を中絶させてしまった。

乱歩は同時期の連載長篇「妖虫」「黒蜥蜴」「人間豹」は完結させている。だが、これらは乱歩にとって、特に新しい試みではなく、従来の大衆向けの長篇の延長に過ぎないと位置付けている。

そして翌昭和十(一九三五)年も、乱歩は小説を発表せず、休筆に近いものになってしまう。探偵小説界にとっては、この昭和十年前後は「第二の山」というような盛り上がりを見せていた。夢野《ゆめの》久作《きゅうさく》が「ドグラ・マグラ」を刊行し、小栗虫太郎《おぐりむしたろう》や木々高太郎《きぎたかたろう》が登場した時期である。こうした隆盛を横目に見ながらも、小説に行き詰まっていた乱歩は、評論を書いたり、傑作集の編集に携わったりすることになるのだった。

この時期の乱歩の人間関係で、最も重要だったひとりが、井上良夫《いのうえよしお》という年下の人物である。井上は、父親が乱歩と同時期に鳥羽造船所に勤務していたため、少年期から乱歩と面識はあった。その後、探偵小説の評論や翻訳をするようになる。名古屋在住のため乱歩と実際に会うことはほとんどなかったが、お互いに数多くの手紙を書いた。その期間は、昭和十年ごろから、昭和十八(一九四三)年ごろにわたった。

井上は昭和二十(一九四五)年四月、空襲が頻繁ななかで体調を崩し、肺炎で亡くなっている。乱歩は昭和二十一(一九四六)年になってそのことを知る。乱歩は井上の翻訳が刊行されるように取り計らうなどしている。乱歩は井上からの影響を忘れず、評論集『幻影城』の冒頭には、井上への献辞が掲げられている。

昭和二十二(一九四七)年の「名古屋・井上良夫・探偵小説」という文章で、乱歩は井上良夫との交流について書いている。乱歩は井上の功績として、「樽」のF・W・クロフツ、「赤毛のレドメイン家」のイーデン・フィルポッツ、「エンジェル家の殺人」のロジャー・スカーレット、「完全殺人事件」のクリストファ・ブッシュ、「Yの悲劇」のバーナビー・ロス(のちにエラリー・クイーンの別名であることが知られる)などを紹介したことを挙げている。

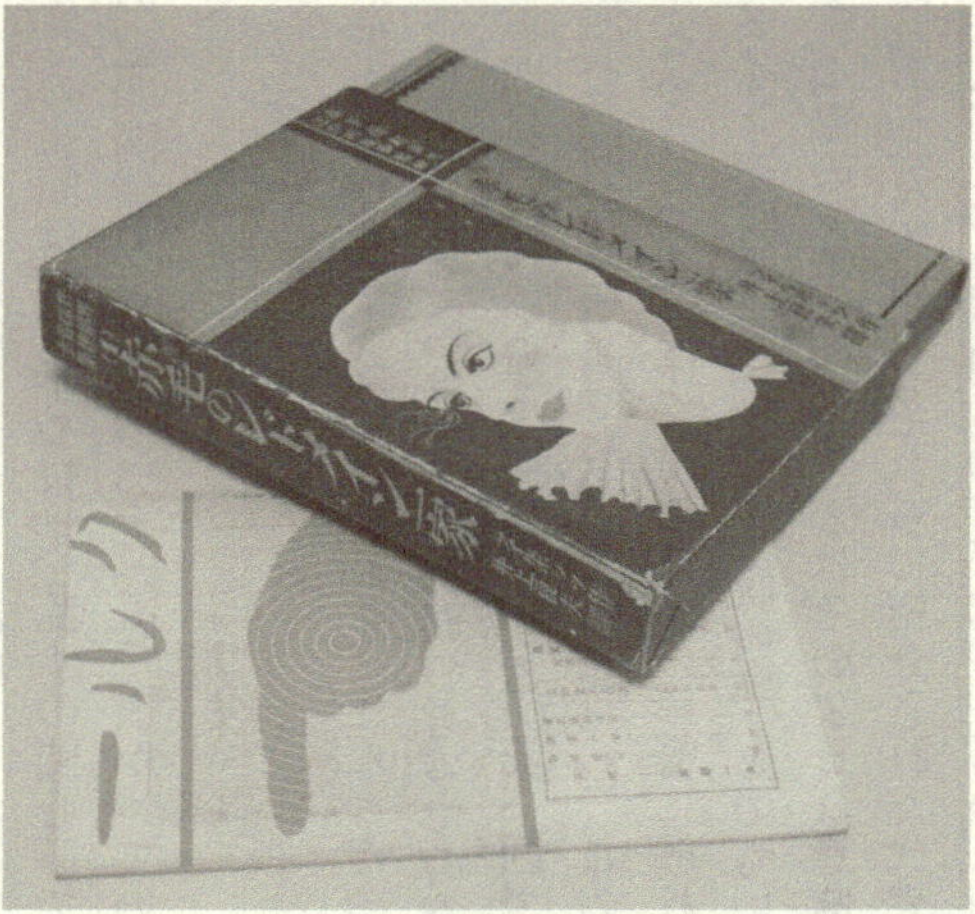

江戸川乱歩旧蔵書より井上良夫翻訳書

乱歩と井上の文通は、戦時中にさかんにおこなわれた。たとえばメイスンの「矢の家」を井上は評価し、乱歩はベントリー「トレント最後の事件」を評価するというような、論争的なやりとりもあった。ふたりの書簡は純文学や哲学、乱歩の関心事である古代ギリシアや、井上が読んだ英文の犯罪関係の書籍についてなど、広がっていったという。

このように、井上との交流のなかで、何人もの作家を乱歩は知ることになったのであるが、イーデン・フィルポッツ「赤毛のレドメイン家」はその最初期のものである。乱歩は評論『鬼の言葉』を探偵小説の専門誌『ぷろふいる』に連載する。第一回であつかわれたのが「赤毛のレドメイン一家」(当時はこのように表記)であった。この連載はのちに評論集『鬼の言葉』としてまとめられ、その序文でも井上の影響に触れている。井上にすすめられて「赤毛のレドメイン家」を読み、「探偵小説の鬼」とでもいうべき熱狂が乱歩の中でふたたび目覚めた。『鬼の言葉』の「鬼」とはそのような意味である。そこから乱歩は、当時の探偵小説論を読んでいく。それらで紹介された代表的な作品を読み、『世界探偵名作全集』の企画などをする。日本の作品についても、『日本探偵小説傑作集』を編集した。

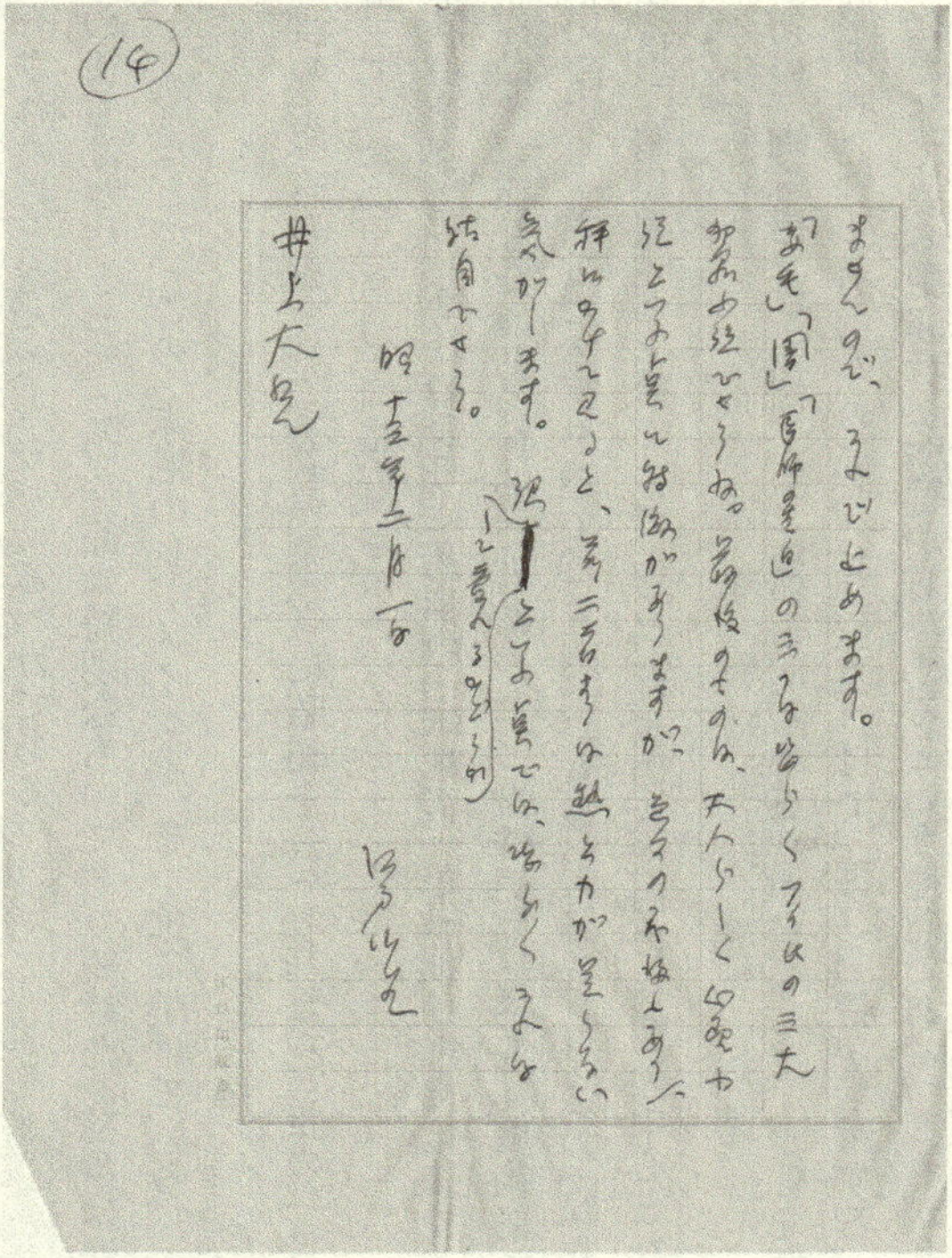

井上良夫宛乱歩書簡
フィルポッツ「医師の告白(医者よ自分を癒せ)」の感想「「赤毛」「闇」「医師の告白」の三つは恐らくフィ氏の三大犯罪小説でせうね」
(立教大学江戸川乱歩記念大衆文化研究センター『大衆文化』第11号)

つまり、乱歩の評論家としての活動の始まりが、この「赤毛のレドメイン家」を井上に紹介されたことだったともいえるわけである。その後も乱歩にとってこの作品は特別なものであり続けた。乱歩は海外探偵小説のベストテンなどで、この「赤毛のレドメイン家」を一位に挙げている。

乱歩の「緑衣の鬼」は『講談倶楽部』に昭和十一（一九三六）年の一月号から翌十二（一九三七）年の二月号まで掲載された。『講談倶楽部』は、前述のように乱歩の「蜘蛛男」が掲載された雑誌で、乱歩が大衆向けの作品を意識した最初の舞台でもあった。「蜘蛛男」以後も、「魔術師」「恐怖王」と書き継いでいく。さらに休筆を経て、「人間豹」も書いた。そしてこの「緑衣の鬼」の後は、「幽霊塔」「暗黒星」へと続くのである。乱歩の大衆向け長篇の中心となる雑誌だったといえるだろう。

最初の「蜘蛛男」は、途中から探偵の明智《あけち》小五郎《こごろう》が登場して、事件を解決に導く。続く「魔術師」は、その事件の後という位置づけで、再び明智が活躍する。どちらもタイトルになっている犯罪者と明智が対決するという趣向である。これが乱歩の長篇の型となっていく。

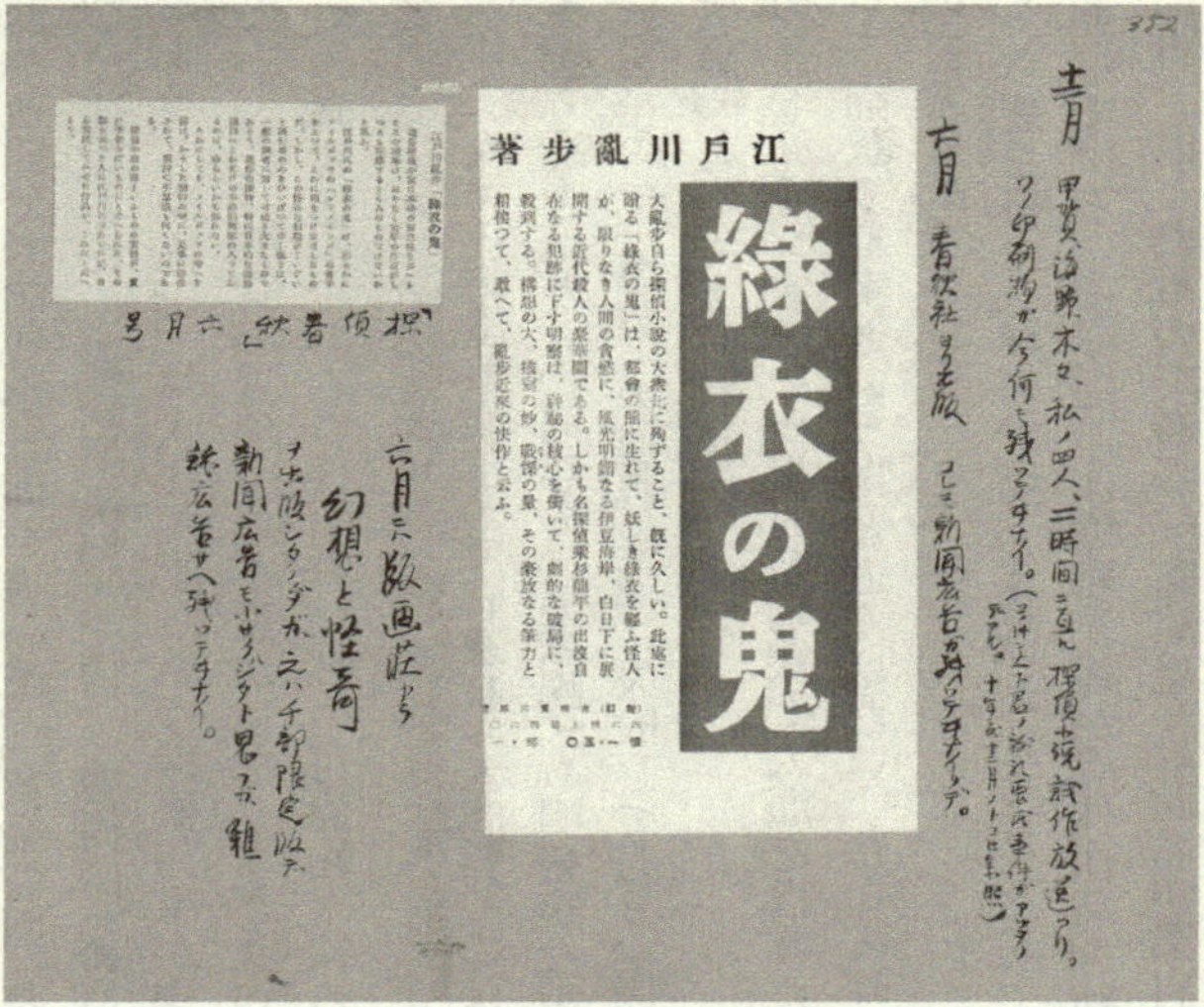

春秋社版『緑衣の鬼』広告（『貼雑年譜』）

乱歩は別の雑誌や新聞でも明智小五郎を書いた。「黄金仮面」を『キング』に、「吸血鬼」を『報知新聞』で連載した。『講談倶楽部』では、「魔術師」の最終回と同じ号で「恐怖王」の連載が始まる。「恐怖王」は大江蘭堂《おおえらんどう》という探偵作家が探偵役をつとめ、明智小五郎ものではなかった。明智の登場する小説が重なりすぎないようにしたのか、物語の展開のうえでの必要性か、あるいは明智以外の可能性を探ろうとしたのか、さまざまな理由を考えることができるだろう。

やや期間を置いて、次の『講談倶楽部』での連載「人間豹」では、やはり明智小五郎が登場して怪人と闘うことになり、同年の「黒蜥蜴」も明智が女賊と対決している。この時期乱歩は、『新青年』で「悪霊」の連載継続に失敗しており、探偵小説について考え直す時期に入っていったと考えられる。

乱歩は「赤毛のレドメイン家」から犯罪の動機と大筋を借りた。乱歩的な小説に書き直しているので、翻訳や翻案というほど近くはない。たとえば緑色の影についてなどは、乱歩独自の要素になっている。

海外探偵小説から想を得て「緑衣の鬼」を書いた乱歩だったが、次の「幽霊塔」ではまた違った試みをしている。「幽霊塔」は黒岩涙香が海外作品を翻案した同名の「幽霊塔」を乱歩なりに書き直したものである。「暗黒星」は題名が黒岩涙香の作品から来ているが、乱歩オリジナルの小説である。結果的には大きな路線変更はなく、それまでの長篇に近いものになったが、この小説にもある程度、新しい要素を入れようとした痕跡は見ることができる。

「緑衣の鬼」は、こうした乱歩の『講談倶楽部』的な大衆向けの長篇の流れのなかで、当時の海外探偵小説を読むことで受けた刺激を合わせて生まれた小説だった。

監修／落合教幸
協力／平井憲太郎
　　立教大学江戸川乱歩記念大衆文化研究センター

本書は、『江戸川乱歩全集』（春陽堂版　昭和29年〜昭和30年刊）収録作品を底本としました。旧仮名づかいで書かれたものは、なるべく新仮名づかいに改め、筆者の筆癖はそのままにしました。漢字は変更すると作品の雰囲気を損ねる字は正字体を採用しました。難読と思われる語句には、編集部が適宜、振り仮名を付けました。

本文中には、今日の観点からみると差別的、不適切な表現がありますが、作品発表当時の時代的背景、作品自体のもつ文学性、また筆者がすでに故人であるという事情を鑑み、おおむね底本のとおりとしました。

説明が必要と思われる語句には、最終頁に注釈を付しました。

（編集部）

江戸川乱歩文庫
緑衣《りょくい》の鬼《おに》
著　者　江戸川乱歩《えどがわらんぽ》

2019年10月31日　初版第1刷　発行

発行所　株式会社　春陽堂書店
104-0061　東京都中央区銀座3-10-9
KEC銀座ビル9F
編集部　電話03-6264-0855

発行者　伊藤良則

印刷・製本　株式会社マツモト

乱丁・落丁本は、ご面倒ですが小社営業部宛ご返送ください。
送料小社負担にてお取替えいたします。

ISBN978-4-394-30174-5 C0193